일주일에 한 번 클래스메이트를 사는 이야기2

~두 사람의 시간, 변명의 오천 엔~

하네다 우사
USA HANEDA

일러스트 / U 35

일주일에 한 번 클래스메이트를 사는 이야기 2

~두 사람의 시간, 변명의 오천 엔~

하네다 우사
USA HANEDA

일러스트 / U 35

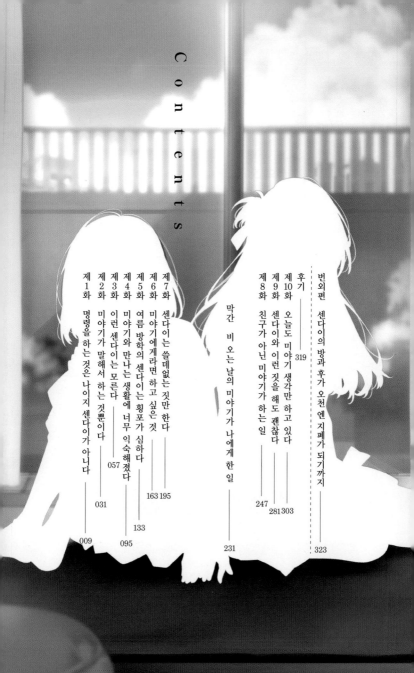

Contents

「그래. 그대로 있으면 감기 걸려.」

이것은 센다이를 위해서 하는 것이다.

조금 두근거리기는 하지만

분명 기분 탓이다.

「친구놀이」의 상대가 시야에 들어왔다.
멀리서도 센다이라는 것을 알 수 있는 그 사람은,
우리 집에 오는 그녀와 복장도 분위기도 달랐다.

이 행위는 아무것도 틀리지 않았다.

신경 쓰는 게 오히려 이상할 텐데.

어째서인지 나는 보여도 되는 이유를 찾고 있었다.

「……그렇게 날 벗기고 싶어?」

제1화
명령을 하는 것은 나이지 센다이가 아니다

3학년이 된 후 첫 중간고사는 엉망이었다.

공부는 싫어하지만 시험 직전이 되면 교과서 정도는 펼쳐보았고, 공식이나 연호 암기 정도의 노력은 하고 있다. 하지만 그러지 못했고, 별 도움도 되지 못했다.

덕분에 특별히 좋은 것은 아니지만 나쁘지도 않은 성적을 받았다.

이유는 센다이에게 있다.

시험 전날 그런 일이 있었던 탓에 조금도 진도가 나가질 않았다.

나는 침대를 등받이 삼아 바닥에 앉은 채 작게 한숨을 내쉬었다.

6월에 들어서며 하복으로 갈아입고 한결 가벼워진 센다이는 태연한 얼굴로 내 옆에 앉아 잡지를 읽고 있었다.

그녀의 정위치는 원래 침대 위였다.

키스를 한 것 때문인지는 모르겠지만, 너무 스스럼없이 구는 것 같다.

나는 펼쳐놓고 읽지도 않은 만화에 시선을 떨어뜨렸다

가, 이내 닫았다. 센다이가 읽고 있는 잡지에 눈을 돌리니 술술 페이지가 넘어간다. 귀여워 보인다거나 호감도를 올린다든가 하는 경박한 글자들이 표지에 나열돼 있던 그것은, 서점에서 지갑을 잊고 왔던 센다이에게 오천 엔을 건네주었을 당시 그녀가 사려고 했던 것과 비슷한 종류로 보였다.

표정 하나 바꾸지 않고 센다이가 다시 페이지를 넘겼다.

『어색한 건 처음뿐이야.』

그렇게 말한 것은 센다이였지만, 5월에 키스하고 나서 처음 불렀음에도 불구하고 어색함은 느껴지지 않는 것처럼 보였다.

잘 모르겠다.

키스한 이래로, 센다이와는 친구도 아닌 더 알 수 없는 관계가 되어 버렸다.

나는 만화책을 책장에 다시 넣고 새 책을 가져왔다.

—부르지 말 걸 그랬어.

오늘은 안 좋은 일이 없었지만, 센다이를 집으로 불렀다.

오천 엔을 주고 그녀의 방과 후를 산다.

지금까지 그래왔듯이 오늘도 그렇게 했다.

키스를 했다는 이유로 더는 부르지 않는다고 생각하는 것도 싫었고, 그 정도는 아무것도 아니라는 얼굴을 하고 그녀를 만날 수 있을 거라 생각했지만, 나는 벌써 그것을 후회했다.

5월의 사건이 6월의 나에게 영향을 미치고 있었다.

그런데도 여전히 블라우스 단추를 두 개 풀고 넥타이를 느슨하게 한 센다이는 키스하기 전과 다름없는 평소와 같은 그녀였다.

"미야기는 이런 잡지 좋아해?"

읽는 것인지 훑고만 있는 것인지 알 수 없는 속도로 책장을 넘기고 있던 그녀가 잡지에서 시선을 들며 물었다.

"안 좋아해."

"계속 이쪽을 보고 있길래 이런 걸 좋아하나 하고."

"본 적 없고 그런 잡지는 관심 없어."

가벼운 목소리와 살짝 올라간 입꼬리에서 놀리고 있다는 것을 알아차린 나는 쌀쌀맞은 투로 그렇게 대답했다.

"나도 딱히 안 좋아해."

"일부러 사서 읽고 있는데?"

"맞아, 일부러 별로 좋아하지도 않는 잡지를 사고 있어."

단조롭게 말한 센다이가 잡지를 닫았다.

재미있게 읽는 것처럼 보이지 않았던 이유는 알았지만, 좋아하지도 않는 잡지를 사는 이유는 알 수 없었다. 하지만 그녀의 친구 관계로 미루어 봤을 때 짐작은 가능했다.

표지를 장식한 낯간지러운 캐치프레이즈는 이바라키가 좋아할 만한 문구였다.

팔방미인도 고생이 많네.

내 앞에서도 그 팔방미인의 모습을 발휘해 준다면 조금 더 평화롭게 보낼 수 있을 것 같은데, 그러한 센다이는 이 방에 필요 없었고, 그런 센다이였다면 이렇게나 오랜 시간 이 방에 부르지도 않았을 것이다.

"참, 미야기. 시험 잘 봤어?"

보리차를 마시면서 센다이가 물었다.

안 좋았다고는 말하고 싶지 않았다.

결과가 나빴던 이유를 쉽게 상상할 것 같아서, 절대로 말하고 싶지 않다.

"보통이었어. 센다이는?"

"나도 보통이야. 평균점 알려줘. 답안지 받았지?"

물론 돌려받긴 했지만, 「중간고사 성적 답안지」는 별로 보고 싶지도 않고 기억하고 싶지도 않았다.

"왜 그런 걸 알려줘야 하는데? 듣고 싶으면 본인 걸 먼 저 말해."

"좋아, 내 가방 좀 줘. 답안지 들어 있으니까. 보는 편이 더 빠르잖아."

그렇게 말하며 센다이가 내 팔을 만졌다.

어느덧 복장은 춘추복에서 하복이 되었고, 블라우스는 긴팔에서 반소매가 되었다. 그녀의 손을 막아줄 천이 없는 탓에 피부로 직접 열이 전달되었다. 가방은 내 근처에 있다. 그것을 빨리 열어보라며 신호를 보내는 손길에 몸이 굳었다.

어처구니가 없다.

작게 한숨을 내쉬고 센다이의 손을 밀쳤다.

"안 봐도 좋은 점수를 받았다는 건 아니까 됐어."

"안 좋았어. 보통이야."

"머리 좋은 사람의 보통은 나랑 비교하면 좋은 점수라는 뜻이잖아."

"그렇지 않다니까. 가방 좀 집어줘."

센다이가 툭 내 팔을 때렸다.

아마 시험 점수는 아무래도 상관없을 것이다.

내가 안 본다고 하니까 장난기가 발동해 더 보여주려고 하는 것뿐이다.

그녀는 이런 행동만 한다.

나는 센다이의 무릎 위에 있던 잡지를 빼앗아 그녀의 가방을 향해 내던졌다.

"가져와."

차갑게 일갈하며 센다이를 보았다.

가방을 들고 싶으면 잡지를 집는 김에 가져오면 된다.

"네, 네. 명령이지?"

대답은 한 번만 하라고 몇 번을 말해도 듣지 않는 센다이가 「영차」 하고 일어서더니, 잡지만 가지고 돌아왔다. 손에 든 그것을 건네주는가 싶더니 원래 있던 자리에 앉아 가볍게 페이지를 넘기며 머리가 부드럽게 웨이브진 여자아이를 보여준다.

"이런 머리 모양 해보는 거 어때?"

그녀가 보여준 머리 모양은 귀엽지만 나와 어울릴 것 같지는 않았다.

"내가 해 줄까?"

그러면서 뻗어온 그녀의 손에 기억이 되살아났다.

키스를 하기 전, 센다이가 머리를 만져왔다.

부드럽고, 다정하게.

그리고 그 손이 볼에 닿았고—.

"안 해줘도 돼."

기억을 더듬듯 뻗어온 그녀의 손을 피하며 머리에 그 손이 닿기 전에 말했다.

"잘 어울릴 것 같은데."

"어울리든 안 어울리든 상관없어."

의식하고 한 행동인지 아니면 무의식으로 한 행동인지는 모르겠지만, 오늘의 센다이는 평소 이상으로 가까운 것 같은 기분이 들었다.

이런 행동을 하니까, 그녀가 짓궂게 느껴지는 것이다.

키스했을 때도 짓궂었다.

일부러 내가 명령하도록 만들었다.

미움받는 것은 아니라고 생각하고, 놀림을 받았던 것도 아니라고 생각하지만, 센다이가 왜 나를 통해 명령받는 것을 고집했는지는 알 수 없었다. 한 가지 분명한 것은 센다이가 나를 좋을 대로 휘두르고 있다는 점이다. 학교와는 달리 내숭을 떨지 않는 센다이의 모습은 싫지 않았고 내게도 역시 그녀를 만지고 싶은 마음은 있었지만, 이런 상황은 달갑지 않았다.

나는 센다이쪽으로 몸을 돌렸다.

선생님이 눈감아줄 정도의 갈색 머리가 눈에 들어왔다.

반묶음을 한 머리카락 너머로 귀가 보였다.

"귀걸이 안 했네. 할 것 같은데."

센다이는 화려한 타입은 아니지만, 귀걸이를 하고 있어도 이상하지는 않았다. 항상 함께 있는 이바라키는 귀걸이를 하고 있어서 선생님에게 자주 혼이 났다.

"선생님한테 찍히는 건 싫으니까. 미야기는 안 해?"

"안 해."

짧게 대답한 뒤 귀걸이가 있어도 이상하지 않은 귓불을 잡아당기자, 센다이가 깜짝 놀란 얼굴을 했다. 나는 그대로 귀 뒤로 손가락을 움직였다.

"간지러운데."

평이한 목소리가 들려왔다.

"그대로 움직이지 마."

오늘은 그녀에게 명령을 강요당하지 않을 것이다.

내가 하고 싶은 것을 하고 싶은 대로 할 뿐이다.

천천히 손가락을 움직여 귀 뿌리 쪽을 만지자, 센다이가 내 손목을 잡았다.

"간지럽다니까."

들려온 말은 만진다는 행위를 거부하는 말은 아니었다. 하지만 그녀는 귀를 만지는 내 손을 힘을 줘서 털어냈다.

"움직이지 말라고 했는데, 못 들었어?"

이건 부탁이 아니라 명령이다.

그건 아마 센다이도 알고 있을 것이다.

"애초에 귀 좀 만진 건데 반응이 지나쳐. 혹시 여기 약해?"

손을 뻗어 한 번 더 센다이의 귓불을 잡아당겼다.

"미야기, 너무 당기잖아. 아파."

센다이가 약하다는 말을 부정하지 않고 인상을 찌푸렸다. 하지만 표정만 움직였을 뿐 몸은 움직이지 않았다.

천천히 귓불에서 귀 뒤로 손가락을 기어갔다.

귀 뿌리를 다시 만지자 흠칫 센다이의 어깨가 떨렸다.

눈에 비치는 그녀의 표정은 불만으로 가득해 누가 봐도 이 행위에 납득하지 않은 모습이었다. 하지만 아까처럼 손목을 잡아 오지는 않았다.

"그런 식으로 내가 하는 말을 들어."

잠자코 내 말대로 하는 센다이를 보면 안심이 된다. 내 방인데 마치 남의 방에 있는 것 같은 불안한 기분은 들지 않았다.

이 장소의 주인은 나이지 센다이가 아니다.

있어야 할 원래의 모습으로 돌아온 관계에 어수선했던 마음이 가라앉았다.

귀의 윤곽을 더듬듯이 손가락을 움직였다.

석고로 굳힌 듯 부루퉁한 얼굴을 계속 유지하고 있는 센다이의 귓속으로 손가락을 미끄러뜨리자, 그녀는 나에게서 도망치듯 몸을 뺐다.

"잠깐."

낮은 목소리가 들려왔지만, 귓속을 간지럽히듯 계속 만졌다.

센다이가 손을 들려다가, 다시 내렸다.

움직이지 말라는 명령은 계속 지켜졌고, 나는 그녀의 귀를 만지작거렸다.

학교에서는 고고한 얼굴을 한 센다이가, 발끈한 얼굴을 하면서도 묵묵히 참는 모습은 재미있었다.

분명 센다이에게 재미없는 것은 나에게 재미있는 것이고, 나에게 재미없는 것은 센다이에게 재미있는 것이겠지.

생각할 것도 없이 나와 그녀는 정반대로, 맞물리는 부분이 없다.

6월이 되니 5월의 일은 없었던 것처럼 행동하는 그녀를 내가 이해하지 못하는 것은 어쩌면 당연하다. 태양이 내리쬐듯 언제나 밝은 곳에 있는 센다이가 무슨 생각을 하고 있는지 알 수 있을 리가 없다.

나는 손가락을 귀밑에서 목덜미로 움직였다.

센다이가 움찔하고 몸을 떨며, 억눌린 소리를 냈다.

"즐기고 있지?"

참다못해 그녀가 내 팔을 잡았다.

"즐거워. 저항해도 돼."

"이제 그만 좀 해."

센다이가 노골적으로 반항적인 눈빛을 드러냈다.

"싫어."

한마디로 센다이의 말을 거부하고 그녀의 손을 뿌리쳤다. 그리고 귀를 잡아당기며 그녀에게 다가갔다.

"미야기, 아프다고."

그럴 것이다.

일부러 아프게 잡아당겼으니 그녀는 적절한 반응을 보이고 있었다.

나는 그것에 만족하고 좀 더 거리를 좁혔다.

키스를 했을 때처럼 가까운 장소에 센다이가 있다.

쿵, 하고 심장이 센다이에게 호감을 품고 있다고 착각했다.

나는 빨라지기 시작한 심장 소리를 눈치채지 못한 척, 그녀의 귀에 입술을 가져갔다.

달콤한 향기가 코를 간지럽혔다. 그것은 센다이가 침대를 점령한 날 베개에서 나는 냄새로, 불쾌한 냄새는 아니었다.

샴푸, 뭐 쓰고 있을까.

과거 몇 번이나 떠올랐던 의문에 사고의 일부를 빼앗긴 채, 혀끝을 귀에 갖다 댔다.

"간지럽다니까!"

센다이가 나의 어깨를 눌렀다. 하지만 움직이지 말라는 명령은 잊지 않았는지 그렇게 힘이 실려 있지는 않았다. 허용 범위 내의 저항에 연골 위에 가볍게 이를 세우자, 센다이가 과장되게 몸을 떨었다.

"물지 마. 명령은 이제 끝내도 되잖아."

화가 난 것은 아닌 것 같지만, 평소보다 더 낮은 목소리가 들려왔다.

"안 돼."

"싫다니까. 그만해."

"센다―."

귓전에 대고 속삭이다가 멈췄다.

그리고 정정했다.

"하즈키, 시끄러워."

이 방에서 센다이에게 「시오리」라고, 이름으로 불린 적이 있었다.

이것은 그 보복으로, 깊은 의미는 없는 호칭이다.

나와 센다이를 이어주는 것은 하나의 계약으로, 그 이상의 관계도 그 이하의 관계도 되지 않는다. 처음 오천 엔을 건네준 날부터 그러기로 정해졌고, 그녀가 이곳에 오는 기간도 한정되어 있다.

길어도 졸업 전까지.

그 이상은 지속되지 않는다.

우리 사이는 계속 이어질 이유가 없다.

단절된 관계 속에서, 서로의 이름을 부르는 것은 특별한 일이 아니다.

나는 귀밑 언저리에 입술을 가져갔다.

센다이의 손이 내 등에 순간 닿았다가 바로 떨어졌다. 혀끝으로 매끄러운 피부를 만지자, 그녀가 조용히 숨을 내쉬었다. 놓칠 것 같은 작은 소리였지만, 그것이 귀에 남아 내 심장 소리에 섞였다. 나는 그 소리에서 도망치듯 귀 뒤로 혀를 움직였다.

"미야기, 기분 나빠."

그 목소리는 여느 때와 다름없었다. 하지만 호흡이 좀 흐트러져 있다. 내 심장도 빨리 걸었을 때보다 더 빠른 속도로 뛰고 있었다.

이 이상은 안 된다.

하지만, 나는 깨닫지 못한 척하고 있던 고동에 휩쓸렸다.

센다이에게 체중을 실어 그대로 뒤로 넘어뜨렸다.

허무할 정도로 쉽게 센다이의 등이 바닥에 닿았다. 그대로 귀를 깨물려 했지만, 센다이가 내 쇄골 근처를 힘껏 밀어왔다.

"이 이상은, 룰 위반."

섹스는 하지 않는다.

그런 규칙에 저촉된다고 말하고 싶은 것이겠지만, 이것은 그런 것이 아니다.

"위반한 건 아니잖아."

얼굴을 떼고 불평하자 센다이가 나를 밀치고 몸을 일으켰다.

"그것과 유사한 행위지, 이런 건."

"혹시 기분 좋았어?"

놀리듯이 그렇게 묻자, 센다이가 귀를 닦듯이 만지더니 귀찮다는 듯 몸을 일으켜 나를 내려다보았다.

"바보 아냐? 넘어뜨리지 말라는 뜻이야."

거리낌 없이 내 허벅지를 발로 찬다.

"있지, 미야기."

센다이가 침대에 누워 나를 불렀다.

"왜?"

"이제부터 하즈키라고 불러도 돼."

"더는 안 불러."

침대에 기댄 채 대답하자 베개로 머리를 맞았다. 그다지 아프지도 않은데 과장되게 「아파」라고 말했다. 하지만 사과의 말은 들려오지 않았다. 그 대신 다시 한번 베개로 머리를 맞았다.

"미야기는 재미없어."

중얼거리는 그 목소리는 정말로 재미없게 들렸다.

칠판 위로 세계의 역사가 늘어섰고, 타카하시 선생님—도라바시는 오늘도 파란색 옷을 입고 있었다. 들려오는 것은 조금도 관심이 가지 않는 나라의 흥망성쇠를 반복해온 역사이며, 도라바시의 목소리는 내 귀를 그대로 통과해 나갔다.

언제나 뜻대로 되는 일이 없다.

결국 센다이에게 명령해도 그녀가 동요하는 것은 아주 짧은 시간뿐이고, 마지막에 꽉 막힌 연기처럼 답답한 기분을 느끼는 것은 나였다.

내가 바라는 것은 이런 결과가 아니다.

나는 교과서를 한 페이지 넘겼다.

센다이의 숨결.

달콤한 향.

부드러운 귓불과 뼈의 감촉.

그리고 아주 조금 붉었던 볼.

머리에 떠오르는 것은 어제 있었던 일뿐이다. 기억의 서랍에 버려둘 수 없는 사건이 계속된 탓에 생각의 대부분을 센다이에게 빼앗겨 버렸다.

이런 건 이상하잖아.

지금까지도 그 정도의 일은 했었다.

키스마크를 단 적도 있고 목덜미를 문 적도 있다. 어제 했던 일은 그런 것과 크게 다르지 않다.

그런데도 기억은 계속 머리에 남아 점점 더 선명해졌다.

요즘은 이런 일들뿐이다.

센다이와 얽히면 좋을 것이 없다. 변덕에서 비롯된 관계였을 텐데, 그녀의 존재가 생각 이상으로 무거워지는 느낌이었다.

나는 필통 안에서 센다이에게 결국 건네주지 못하고 방에 남겨졌던 지우개를 꺼냈다. 내게서 그녀의 손에 넘어갔다가 음악준비실에서 강제로 돌려받은 지우개는 사용된 흔적이 없었다.

일부러 돌려주러 올 만한 것도 아닌데.

그때 센다이가 교실에 와서 나를 부르지 않았다면, 나와 그녀의 관계는 끊어졌을 것이다. 키스를 할 일도 없었겠지.

"한눈팔지 말고 이쪽 봐."

마치 나를 가리키는 듯한 도라바시의 소리가 들려 고개를 들었다. 하지만 주의를 받은 것은 앞에서 두 번째 남자로, 그를 향해 난해한 질문이 날아왔다.

내가 아니라 다행이다.

이제는 관례가 된 도라바시의 화풀이 타겟에서 벗어난 나는 필통에서 또 하나의 지우개를 꺼내어, 지우고 싶은 문자도 없으면서 노트에 쓴 글자들을 지웠다. 세계 역사의 일부가 소멸되었고, 수업 내용이 사라졌다.

악의 어린 질문에 대한 대답은 아무리 지나도 들려오지 않았다.

나는 칠판을 다시 베끼며 센다이에게서 돌아온 지우개를 필통에 집어넣었다.

오늘 마지막 수업은 그대로 화풀이하면서 진행되었고, 내가 도라바시의 타겟이 되는 일은 없었다.

"늘 이럴 때만 일기 예보가 빗나간단 말이지. 운동회 연습 중지되는 줄 알고 좋아하고 있었는데."

종례가 끝나자, 마이카가 찾아와 아쉽다는 듯이 말했다.

마음은 이해한다.

운동회가 가까우니 어쩔 수 없다고는 하지만 방과 후를 잡아먹는 이벤트는 반길 수 없었다.

"나도 중지되는 줄 알았는데. 전체 연습이라니 의욕 안 나."

한숨 섞인 대답을 하고는 창밖을 보았다.

아침에 본 뉴스에서는 우산을 가져가라고 했는데, 하늘이 구름에 덮여 있을 뿐 비는 내리지 않았다.

"굳이 방과 후에 할 일이야? 할 거면 수업 빼고 하지."

옆에서 아미가 빗방울 하나 떨구지 않는 하늘을 보며 그렇게 말하더니 운동회 합동 훈련에 대한 불평을 늘어놓았다. 그리고 마지막으로 「빨리 돌아가고 싶다」라는 말을 덧붙였다. 운동회를 기대하고 있는 사람들도 있지만, 우리 세 사람은 별로 기대하지 않는 쪽이다.

"뭐, 하지만 불평해도 중지되는 건 아니니까. 혼나기 전에 갈까?"

체념 섞인 마이카의 목소리에 「그래」라고 동의하고 체육복을 들고 일어섰다. 여전히 의욕 없는 상태로 셋이서 교실을 나와 탈의실로 향했다. 복도에서는 아미가 「하기 싫어」라고 계속 중얼거렸고, 마이카가 그에 계속 동의했다.

그런 대화가 오고 가는 와중에도 여전히 일기 예보는 맞지 않았고, 우리는 결국 운동장으로 나왔다.

합동 훈련이라 그런지 넓게 느껴져야 할 운동장이 비좁게 느껴질 정도로 사람이 많았다. 그 안에서 굳이 찾을 필요도 없이 센다이가 눈에 들어왔다.

아직 줄은 서 있지 않았다.

하지만 자연스럽게 학년별, 반별로 모여 있어 옆 반의

그녀가 바로 눈에 들어오는 것은 어쩔 수 없는 일이었다. 필연적으로 센다이의 옆에 있는 이바라키의 모습도 시야에 들어왔지만, 이것도 어쩔 수 없다.

센다이는 눈에 띄는 편이지만, 이바라키는 더욱 눈에 띈다.

뚜렷한 갈색 머리에, 규정에 맞지 않는 체육복.

귀걸이에 네일까지 하고, 마치 학교에 자신의 적 따위 없는 것처럼 행동한다. 옆에 있는 센다이 이외의 친구도 비슷한 느낌이라 그곳만 마치 다른 세계 같았다. 하지만 즐거운 얼굴로 남자에게 말을 걸고 있는 이바라키를 보고 있으면 센다이와는 어울리지 않는다는 생각도 들었다.

왜 같이 있는지 모르겠다.

멀리서 보고만 있었을 때는 두 사람이 서로 닮았다고만 생각했는데, 지금은 다르다.

센다이는, 이바라키와 취향이나 취미가 맞을 것 같지 않았다.

"시오리, 왜 멍하니 있어?"

마이카가 툭 어깨를 두드려 오기에, 센다이를 시야에서 지웠다.

"응? 빨리 안 끝나려나 하고."

"아직 시작도 안 했는데 끝날 리가 없지. 그보다 이바라키가 있네. 이런 거 빼먹을 것 같은데."

내가 방금까지 보던 장소에 마이카의 시선이 향했다.

"내신 점수 신경 쓰는 거 아닐까?"

아미의 가벼운 목소리에 「이제 와서?」라고 마이카가 대답한다.

"이제 와서라도 신경 안 쓰는 것보다 낫잖아."

"뭐, 그렇긴 하지. 아, 그러고 보니 시오리. 그때 이후로 센다이랑 무슨 일 없어?"

마이카가 이바라키에서 센다이로 시선을 옮기더니 기대에 찬 목소리로 물어 온다. 아미도 「나도 그거 듣고 싶어」라며 내 팔을 잡았다.

센다이가 교실에 와서 나를 불러냈다.

그것은 마이카와 아미에게 무척 놀라운 일이었고, 그 후로 두 사람은 센다이에 대해 자주 이야기하게 되었다. 간단히 말해 나를 반까지 호출하러 왔던 센다이는 두 사람에게 흥미의 표적이 된 것이다.

일단 그럴듯한 이유를 말해 두었지만, 그날 이후 상당한 시간이 지난 지금도 이렇게 센다이에 대해 물어 오는 것을 보면 그 말에 납득하지 않은 것이 분명하다.

두 사람의 얼굴에는 재밌는 이야기를 들려달라는 말이 대문짝만하게 쓰여 있었고, 나는 작게 한숨을 내쉬었다.

"무슨 일이라는 게 뭔데."

"에이, 무슨 말인지 알면서."

마이카가 당연한 것을 묻느냐며 말했다.

"무슨 일이 있을 리가 없잖아."

"그렇겠지?"

내 말을 긍정하는 마이카의 목소리가 들려와 마음이 좀 무거워졌다.

하지만 정말 아주 조금이다.

대단한 무게는 아니다.

"운동회 같은 건 그냥 실전에서 바로 하면 될 텐데."

나와 센다이의 관계에 흥미를 잃은 마이카가 귀찮다는 얼굴로 그렇게 말하며 쪼그려 앉았다. 나는 「비가 안 왔어도 그냥 중지하면 좋았을걸」 하고 대답하고는 센다이를 다시 쳐다보았다.

무슨 말을 하는 것인지, 이바라키와 서로 웃고 있다.

당연하지만 이쪽을 보진 않는다.

3학년이 된 이후부터 센다이를 향한 알 수 없는 감정을 주체할 수가 없었다. 느릿느릿 달리고 있다고 생각했는데 어느새 속도위반으로 잡혀갈 정도로 엄청난 속도로 마음이 질주하고 있었다. 이성은 그에 휘둘릴 뿐이라 아무런 도움이 되지 않았다.

이런 마음은 센다이와 함께 놔버리는 편이 좋았을 것이다. 그렇게 하지 않으면 귀찮은 일이 벌어질 테니까. 알고 있다. 알고 있지만, 그녀에게 계속 명령을 하고 싶다는 생각도 여전히 들었다.

말을 듣게 하고, 따르게 하고, 복종시킨다.

—바보 같아.

나는 천천히 하늘을 올려다보았다.

서점에서 센다이에게 오천 엔을 건네주었던 날도 이런 어중간한 날씨였다.

기말고사가 끝난 뒤의 일이었고, 7월 초였으니까, 아직 1년은 되지 않았다.

작년 이맘때는 뭘 했더라.

기억해 내려고 했지만 센다이와 만나기 전의 기억은 희미했다.

"줄 서래."

멍하니 있자 마이카가 등을 때려왔다.

어쨌든, 작년 운동회는 재미없었다.

그것만은 기억에 남아 있었다.

제2화
미야기가 말해서 하는 것뿐이다

　무언가가 달라지려 했다.

　중간고사가 끝나고 미야기가 내 귀를 만졌던 날, 그렇게 느낀 것은 기분 탓이라고 생각했다.

　그로부터 몇 번 정도 더 호출을 당했지만, 우리 사이에 큰 변화는 없었다. 운동회도 무사히 끝나고 평온한 나날을 보내고 있다. 키스했다고 해서 그렇게 어색해지지도 않았고, 귀를 핥은 정도로 호출을 멈추지도 않았다.

　시시해.

　재미없어.

　지루할 정도로 변화가 없으니까 마음이 불편했다. 키스로 무언가가 바뀔 것이라는 생각은 하지 않았지만, 마음속 깊은 곳에서는 바뀌길 바랐던 것인지도 모른다.

　힘이 빠졌다.

　의욕이 나질 않았다.

　미야기가 내 귀를 핥았다. 다시 핥아주길 바라는 것은 아니지만 미야기가 무슨 생각으로 그런 행동을 했는지 궁금하기는 했다. 하지만 귀를 핥게 된 경위를 물어보지는 않았기에 그녀의 행동 원리는 여전히 수수께끼로 남아 있었다.

그날 이후로 미야기는 손을 핥으라거나 다리를 핥으라는 식의 명령은 하지 않았다. 귀를 핥아오지도 않았다. 오천엔과 맞바꿔 별다를 것 없는 평범한 명령만 해왔다. 자극적인 일이 일어나길 바라는 것은 아니다. 하지만 숙제도 만화 읽기도 질렸다.

뭐, 그래도.

아주 조금이라면 달라진 점도 있다.

테이블이 새로워졌다. 원래 있던 것보다 좀 더 커져서 교과서를 펼치기 쉬워졌다. 그것은 다시 말해 옆에 앉아서 공부할 수 있게 되었다는 뜻이었고, 미야기는 지금 내 옆에 앉아 숙제하고 있었다. 다만 그녀는 그렇게 즐거워 보이지 않았다. 장마철에 접어들며 우중충해진 날씨와 마찬가지로 미야기의 기분도 우중충해 보였다.

"여기 틀렸어."

나는 미야기의 노트 중 한 곳을 펜으로 가리켰다.

영어는 잘하지 못하는지 그 밖에도 틀린 곳이 있었지만, 우선 한 가지만 지적했다. 하지만 그녀는 마음에 안 든다는 얼굴로 나를 쳐다본다.

"묻지도 않았는데 틀렸다는 말은 안 해도 돼."

"그럼, 이대로 놔둬도 괜찮아?"

"……괜찮지는 않지만."

미야기가 미간을 찡그리고 노트에 적힌 글자들을 지워나갔다. 사용하는 지우개는 내가 음악준비실에서 돌려준 것과는 다른 새로운 것이었다.

―일부러 다른 지우개를 쓰다니 심술궂다.

나는 내 노트로 시선을 되돌렸다.

"답이 뭐야?"

조금 전까지 진지하게 숙제하고 있었을 미야기가 틀린 부분의 손쉬운 해결 방법을 당당히 요구해왔다.

"네가 생각해."

"모르겠어."

"할 마음이 없는 것뿐이잖아. 제대로 해."

"그럼 명령. 대답해 줘."

미야기의 교과서와 노트가 나에게 밀려왔다.

언짢은 얼굴을 한 그녀를 보니 내가 옆에 앉아서 공부한다는 것을 미처 가정하지 못했을지도 모른다. 하지만 장소를 이동할 생각은 없었다.

"알려주는 게 아니라 하라는 거잖아, 이건."

"맞아. 해 줘."

"네, 네."

분명 저번에도 이런 느낌이었다. 숙제를 도중에 내팽개친 미야기는 나머지를 내게 시키고 만화를 읽었다. 나는 노트를 내 쪽으로 끌어당겨 미야기에게서 지우개를 빼앗았다.

문제 자체는 그렇게 어렵지 않았다.

진지하게 하기만 하면 미야기도 쉽게 끝낼 수 있을 것이다. 하지만 명령 앞에서 그런 가정은 무의미하다. 나는 잘못된 부분을 지우고 미야기가 베껴 쓸 수 있도록 다른 종이에 맞는 대답을 적어 나갔다.

"이제 곧 1년이네."

몇 가지 틀린 부분을 수정하고 새로운 문제를 풀면서 미야기에게 물었다.

"뭐가?"

"내가 미야기의 방에 오게 되고 말이야."

"그런가."

흥미 없다는 투로 미야기가 말했다.

"7월 초부터니까, 이제 곧 1년이야."

반 친구라고는 해도 거의 대화를 나눈 적 없던 미야기의 방에 다니게 된 계기는, 확실히 기억하고 있다.

지갑을 잊고 온 내 앞에 미야기가 구세주처럼 나타나 돈을 내줬다면 미담이 되었을 것이다. 하지만 실제로는 서점 계산대에서 나에게 반강제로 오천 엔짜리 지폐를 떠넘겼고, 거스름돈을 돌려주려고 하자 필요 없으니 버리라며 쏘아붙였으니 그다지 좋은 이야기는 아니다.

그날 미야기를 성가신 녀석이라고 생각한 나는, 지금도 미야기를 성가신 녀석이라고 생각하고 있다.

"그때 왜 돈을 내준 거야?"

"반 친구가 곤란해하고 있으니까 도와주려고."

"정말로?"

"거짓말. 지갑에 오천 엔짜리가 들어 있길래."

"지갑에 든 게 천 엔짜리였으면 안 냈을 거라는 거야?"

"그럴지도 몰라."

"어차피 그것도 거짓말이잖아. 정말 왜 그랬던 거야?"

"그때는 그런 기분이었으니까. 그뿐이야."

적당히 둘러댄 것인지 정말로 그런 것인지는 모르겠지만 미야기는 거기서 말을 끊고 일어섰다. 그리고 책장에서 만화책을 두 권 가져와 침대에 누웠다.

나는 얼른 숙제를 끝내고 몸을 뒤로 돌려 미야기의 옆구리를 쿡쿡 찔렀다.

"좀 더 저쪽으로 가."

"왜?"

"거기 내 자리야."

"여기는 센다이 자리가 아니라 내 침대야. 좁으니까 오지 마."

미야기가 쌀쌀맞은 투로 그렇게 말하며 침대 한가운데에 자리를 잡았다.

확실히 침대는 미야기의 것이지 내 것은 아니다. 하지만 이 방에 불려왔을 때에 항상 침대를 쓰고 있는 것은 나였으니 절반 정도 영토를 나눠 받을 권리는 있다고 생각했다.

"상관없잖아. 좀 비켜줘."

"상관없지 않아."

"미야기 쪼잔해."

나는 옆구리를 찌른다, 라기보단 옆구리를 아예 눌러서 영토를 넓히려 했다. 하지만 미야기는 나를 건드리지도 않고 말했다.

"센다이, 거슬리니까 그만해."

미야기는 최근 어딘가 심란한 것 같은 미묘한 얼굴을 할 때가 있다. 그것은 키스를 한 뒤 아주 조금 달라진 것 중 하나로, 지금 딱 그런 얼굴을 하고 있다.

나는 무슨 일이 있어도 상처받지 않는 사람도 아니고, 섬세한 부분도 있다. 미야기의 그런 얼굴은 가끔 나에게 얇지 않은 깊이로 박혀 들었다.

나는 침대에 올라가 공간을 넓히기 위해 미야기의 몸을 밀었다. 하지만 그녀는 영토를 내주는 것이 아닌 몸을 일으키는 것을 택했다.

"센다이. 넥타이 풀어."

갑자기 그렇게 말한 미야기가 무표정한 얼굴로 내 넥타이를 바라본다.

이건 좋은 얼굴이 아니다.

미야기는 이럴 때 높은 확률로 쓸데없는 생각을 하고 있다.

"왜?"

"됐으니까 풀어."

물어도 답이 돌아오지 않는 것은 언제나 있는 일이고, 명령이라고 하지 않아도 이것이 명령이라는 것을 알 수 있었다. 나는 무의미한 저항은 관두고 순순히 넥타이를 풀었다.

"이거면 됐어?"

"됐어. 그리고 그것 좀 빌려줘."

"넥타이?"

"그래, 넥타이."

목소리 톤은 숙제하던 때와 다를 바 없었지만, 어째서인지 불길한 예감밖에 들지 않았다. 그래도 나는 미야기에게 넥타이를 건넸다.

"뒤로 돌아."

시키는 대로 뒤를 돌자 「손 이리 줘」라며 손목을 잡힌다.

이것만으로도 앞으로 무슨 일이 벌어질지 알 수 있었다.

미야기에게 들리지 않도록 숨을 내쉰 뒤, 손을 뒤로 돌렸다. 그러자 금세 손목에 천이 둘러지는 느낌이 들었다. 심지어 강하게.

"잠깐, 아파."

꽈아악, 있는 힘껏 묶으려는 듯한 기세로 손목을 묶기에 나는 불평을 했다. 힘 조절을 하지 않고 묶으면 자국이 남는다. 교복은 반팔이었고, 손목에 그런 자국이 나 있으면 싫어도 눈에 띌 것이다.

"미야기."

강하게 이름을 부르자 한층 더 넥타이가 손목을 파고들었다.

"절대 흔적 남기지 마."

그 이상은 허락하지 않겠다는 뜻을 말로 전하자, 넥타이가 조금 느슨해졌다. 그리고 매듭이 지어지는 감촉이 느껴졌다.

"미야기 변태. 이런 거, 거기 만화에 있었던 거지?"

책장에는 소녀 감성이 넘치는 순정 만화부터 열혈 소년 만화까지 가득했다. 에로를 앞세운 책도 있었고, 그 안에는 주인공이 고압적인 남자친구에게 넥타이로 묶이는 상황의 만화도 있었던 것 같았다.

"센다이, 그런 만화처럼 당하고 싶어?"

"설마."

"그럼 만화처럼 안 할 테니까 그대로 한 시간 정도 앉아 있어."

"그게 뭐야? 방치 플레이?"

"……역시 뭔가 해줬으면 하는 거지?"

스위치가 켜진 것 같은 목소리가 뒤에서 들려왔다.

"센다이, 변태."

그런 목소리와 함께 목덜미에 입김이 닿았고, 그다음 순간 블라우스 위로 어깨를 물었다.

"아얏."

미야기 안에 힘 조절이라는 말은 존재하지 않는다.

그래서 내가 소리를 질러도 이는 여전히 어깨를 파고들었다.

"그런 짓 해달라고 말한 적 없어."

평소 같으면 미야기의 이마를 밀어서 통증에서 벗어났을 것이다. 하지만 오늘은 손목이 묶여 있어서 그것이 불가능했다. 뒤를 돌아보고 싶어도 균형을 잃을 것 같아 당장은 돌아볼 수 없었고, 목소리 정도밖에 낼 수 없었다.

"미야기!"

강하게 이름을 부르자 비로소 아픔에서 해방되었다.

"흔적 남기지 말라고 했잖아. 무는 건 상관없지만 힘 조절 좀 해."

"여기라면 안 보이니까 상관없잖아."

"그런 문제가 아니야."

"그럼 침대에서 내려와 바닥에 앉아."

싫어.

그렇게 말할 수도 있겠지만, 말해봤자 강제로 침대에서 떨어뜨릴 것이 빤히 보였다. 게다가 이럴 때의 미야기는 아무렇지도 않게 남을 밀어 떨어뜨릴 것 같았다.

그렇게 될 바에야 직접 내려가는 편이 낫다.

잠자코 시키는 대로 바닥에 앉자, 미야기가 양말을 벗었다.

"센다이. 다음에 내가 무슨 말 할지 알고 있지?"

올려다보는 나에게 그렇게 말한 미야기가, 이빨 자국이 남아있을 내 어깨를 발로 찼다.

"다리를 핥아, 겠지."

미야기와 함께 지내온 시간이 나름 길었기에, 과거를 빗대어 보면 그녀가 말하고 싶은 것 정도는 바로 알 수 있었다.

"알고 있다면, 해."

나를 내려다본 미야기가 얼핏 즐거워 보이는 목소리로 말했다. 우중충한 날씨 같은 기분으로 있는 것보단 맑음에 가까운 기분이 더 낫긴 하겠지만, 지금은 별로 달갑지 않았다. 앞으로 멀쩡한 일이 벌어지지 않을 것임을 알고 있기 때문이었다. 이런 상황에서 미야기가 기분이 좋았을 때 나에게 기분 좋은 일이 생겼던 적은 없다.

나는 바닥에 내려온 미야기의 다리를 보았다.

다리를 핥는 것에 불만은 없다.

그런 일은 지금까지 몇 번이나 해 왔다.

다만 손이 묶인 채 핥는 것은 어려웠다. 평소대로 다리를 딱 적당한 지점까지 가져오는 것이 불가능했다.

"다리 좀 들어봐."

"싫어."

짧고 분명한 대답이 들려왔다.

협력하지 않겠다는 뜻이다. 조금 장난이 과하다는 생각이 들었다.

이대로 명령에 따라라.

그런 것이나 다름없는 말에 나는 무릎에 혀끝을 가져갔다.

무릎도 다리는 맞으니까.

하지만 미야기는 마음에 들지 않는 모양이다.

"다리 끝부터 핥아줘."

위에서 그런 목소리가 떨어졌다.

"이 상태에서?"

"그 상태에서. 센다이, 내 말 듣는 거 좋아하잖아."

좋아서 명령에 따르는 것은 아니다. 하지만 그런 말을 해 봤자 의미는 없다. 내가 할 수 있는 선택은 명령에 따르거나, 오천 엔을 돌려주고 이 방에서 나가거나, 둘 중 하나뿐이었다.

미야기를 올려다보았다.

그녀는 움직이려고 하지 않았다.

명령을 따르기 위해서는 스스로 미야기의 다리에 다가가야 했다.

"센다이."

재촉하듯 그녀가 무릎을 살짝 발로 찼다. 나는 천천히

미야기에게서 시선을 뗐다.

이 방의 주인은 나에게만 이기적이고 거리낌이 없었다. 다른 사람에게는 말하지 않을 것 같은 말을 아무렇지도 않게 내뱉는다. 그것을 알고도 미야기를 따르려 하는 나 역시, 더없을 만큼 제정신이 아니었다.

꽤 굴욕적인 모습이네.

남의 일처럼 생각하며 바닥을 핥듯이 몸을 숙여 그녀의 발끝을 핥았다.

"그런 센다이도 좋네."

공부할 때와 동일 인물로 보이지 않는 즐거운 목소리가 들려와 조금 화가 났다.

편한 자세도 아니고 힘들다. 하지만 오천 엔을 다시 돌려준다는 선택지에는 이르지 못하고, 결국 나는 발끝에서 발등으로 혀를 움직였다. 발목까지 핥아 올린 뒤 입술을 꾹 누르자 다리가 뒤로 도망간다. 쫓아가듯이 혀끝을 발등에 붙이는데, 이번에는 미야기도 다리를 밀어붙였다.

즐기는 것으로밖에 보이지 않았다.

"미야기."

불평하는 대신 이름을 불렀다.

그것이 마음에 들지 않았는지 미야기가 내 턱 밑으로 발을 슥 미끄러뜨리더니, 발등을 사용해 얼굴을 들게 했다.

"뭐야?"

미야기가 다정한 얼굴로 말하며 나를 보았다.

"다리, 움직이지 마."

"명령해도 되는 건 나지, 센다이가 아냐."

미야기의 말은 틀리지 않았다.

그런데 왜 이런 꼴을 하고서까지 그녀가 하는 말을 들어야 하는가.

스스로 그녀를 따르는 것을 선택해 놓고도, 불만을 느끼는 내가 있다.

"계속해."

불평을 말하기도 전에 미야기에게서 명령이 떨어졌다.

발은 바닥으로 돌아갔고, 나는 다시 한번 그 등에 입술을 붙였다.

명령을 받고 그에 따른다.

그런 것이 너무나 당연해져서, 못마땅하게 생각하면서도 몸이 움직였다.

발가락을 핥고, 입술로 매끄러운 피부를 만졌다.

혀끝에 희미하게 느껴지는 뼈를 더듬으며 발목을 부드럽게 깨물자 미야기의 몸이 살짝 떨렸다. 가볍게 무는 것을 반복하다가 정강이에 혀를 가져갔다.

핥고, 깨물고, 입술을 붙이고.

닿는 곳이 그녀의 입술이었다면, 하는 생각도 들었다.

키스를 했을 때처럼 입술을 천천히 무릎에 가져갔다.

몇 번 입술을 붙이고 나서 강하게 빨아들이자, 미야기가 거칠게 말했다.

"이제 됐어."

"왜?"

"센다이가 야하니까."

"그게 무슨 말이야?"

"징그럽다는 뜻."

미야기의 단조로운 목소리에 나는 가벼움을 넘어 이빨 자국이 날 정도의 힘으로 무릎을 깨물었다. 뼈가 닿았지만 개의치 않았다. 강하게 이를 세우자, 미야기가 다리를 움직였다.

"센다이, 아파. 하지 마."

강한 어조로 들려온 말에 그녀를 바라보았다.

"야하지 않게 한 것뿐인데."

"명령하지 않은 건 하지 마."

"핥는 것 이외엔 하지 말라는 뜻?"

"맞아. 하지만 이제 됐어."

명령은 여기서 끝이라고 확실하게 말하지는 않았지만, 그런 뜻을 내포한 퉁명스러운 목소리가 들려왔다. 하지만 묶인 내 손을 풀어주지는 않았다.

"넥타이 좀 풀어줘."

"계속 그대로 있지 그래."

"돌아갈 수가 없잖아."

오천 엔은 나의 하루를 구속하는 것이 아니다.

하루 중 몇 시간만 미야기의 명령을 들을 뿐이다. 「계속」
이라는 긴 시간을 구속할 수 있는 것은 아니었기에 넥타이
를 풀어달라는 요구는 정당한 것이었고, 거부당할 이유도
없었다. 그래야만 했다. 하지만 미야기가 넥타이를 풀어주
는 일은 없었다.

"안 가면 되지. 이대로 나에게 길러지는 건 어때? 밥이
라면 먹여줄게."

농담처럼 들리지 않는 목소리로 미야기가 농담을 던졌다.

"쓸데없는 소리 하지 말고 풀어."

"그럼 좀 더 제대로 부탁해."

별로 재미도 없는데, 재미없는 농담은 쉽게 물러서지 않
았다.

빨리 하라는 듯이 미야기가 내 무릎을 가볍게 발로 찼다.

내려다보는 눈을 봐도 감정을 읽을 수 없다.

미야기에게 머리 숙여 부탁한다.

하려면 지금 당장 할 수 있었지만, 지금의 그녀에게 넥
타이를 풀어주세요, 라고 부탁할 마음은 들지 않았다. 그
것은 조금, 아니 상당히 미야기의 태도가 마음에 들지 않
았기 때문이었다.

"그대로 있고 싶어?"

부탁할 때까지는 풀어줄 생각이 없는 것인지 블라우스의 옷깃을 잡았다. 강한 힘이 느껴질 정도는 아니지만, 잡아당기자 블라우스에 매달리는 모양새로 몸이 미야기에게 당겨졌다.

　조금 난폭하다고 생각될 정도의 행동에 그녀를 노려보았다.

　"풀어. 아무리 그래도 정도가 지나치잖아."

　강하게 불만을 표하자, 흥미를 잃은 듯 떨어진 손에 나는 균형을 잃었다. 쓰러질 정도는 아니었지만, 무례한 행동에 무어라 더 불평하려고 입을 열었다. 하지만 그걸 말하기도 전에 미야기에게서 질문이 날아왔다.

　"센다이는 내가 어떻게 해주길 바라?"

　"그게 무슨 뜻이야?"

　"받고 싶은 명령이라도 있는 건가 싶어서."

　"그럴 리가 없잖아."

　명령을 받고 싶어서 여기에 있는 것은 아니다. 그렇다고 해서 오천 엔을 갖고 싶은 것도 아니지만, 미야기가 해주길 바라는 무언가가 있는 것도 아니었다.

　"그럼 어디까지 허락해 줄 거야?"

　말로 표현하지는 않았지만, 「명령의 내용」에 대한 질문이라는 것을 알 수 있었다.

　이렇게까지 자기 멋대로 해놓고 이제 와서?

무슨 심경의 변화로 나한테 그런 것을 물어보는지는 모르겠지만, 1년 가까이 지나서 물어볼 만한 질문은 아니었다.

　"어디까지라니. 그런 건 상식적인 범위 내에서 명령해."

　"지금의 명령, 상식의 범위 안에 있는 거야?"

　묶인 채 바닥을 훑는 자세로 다리를 훑는다.

　지금도 계속 묶여 있다.

　그것을 받아들이고는 있지만, 그러한 상식은 나에게 없었다.

　"거절하지 않았다는 건 그런 거잖아?"

　미야기가 말했기 때문이다.

　그저 그랬을 뿐이지 상식은 아니다. 다른 누군가에게 듣는다 해도 절대로 하지 않았을 거고, 그런 말을 하는 인간은 상대도 하지 않았을 것이다.

　하지만 미야기에게 굳이 그런 말은 하고 싶지 않았다.

　"묻는 방식이 비겁해, 그거."

　"센다이도, 비겁하게 잘 묻잖아."

　보기 드물게 토라진 어조로 미야기가 말했다.

　그녀의 말을 부정할 생각은 없다.

　일부러 그러고 있다.

　미야기가 당황하는 모습을 보고 즐기고 있다.

　하지만 그런 것을 내가 하는 것은 상관없지만, 미야기가 하는 것은 열받았다.

간단히 말하자면 그런 것이다.

곤란하게 만드는 질문을 하는 것은 내 전매특허이고, 대답하지 못해 난처해하는 것은 미야기여야 한다. 그래서 그녀에게 되물었다.

"미야기야말로 나한테 뭘 하고 싶은 건데?"

"……굳이 말할 필요 없잖아."

대답할 생각은 없지만 뭔가 하고 싶은 것은 있는 모양이다.

그건 알겠지만, 그 이상은 모르겠다. 알고는 싶지만 따져 물을 일도 아니고 깊이 파고들 화제도 아니다.

그렇구나, 대답이지만 아무 의미도 없는 말을 돌려주며 미야기를 바라보았다. 그리고 자력으로 어떻게든 해보고자 묶인 손목을 이리저리 움직였지만, 넥타이가 더 깊이 파고들어 손목만 아플 뿐이었다. 절대로 흔적을 남기지 말라는 말에 손목을 묶는 힘이 풀리긴 했어도 단순히 느낌이 그랬다는 것뿐이다. 넥타이는 자국이 남아도 이상하지 않을 정도로 강한 힘으로 손목에 감겨 있었다.

"일어나."

미야기가 퉁명스럽게 말했다.

"뭐?"

"넥타이 풀어달라며?"

"묶인 채로 일어나는 거 꽤 힘든데."

팔이라는 것은 균형을 잡는 역할도 하고 있기 때문에 묶여 있으면 서거나 앉거나 하는 단순한 움직임도 어렵게 느껴진다. 지금도 서지 못할 것은 아니지만 비틀거리다 넘어져도 이상하지 않을 것 같아 조금 무서웠다.

"그럼 그대로 움직이지 마."

그렇게 말하고는 쿵, 미야기가 침대에서 내려와 바로 내 뒤로 돌아섰다. 곧 손목을 압박하던 천이 풀리며 나는 자유를 되찾았다. 그 후에도 생각처럼 팔이 잘 움직이지 않아 붕붕 흔들었다. 혈액순환이 한결 좋아진 기분을 느끼며 몸을 일으켰다. 침대에 걸터앉자, 미야기가 옆에 앉아 내 팔을 잡았다.

"보여줘."

알겠다고 말하기도 전에 증거를 찾는 탐정이라도 된 양 물끄러미 손목을 응시한다.

"자국, 안 났네."

미야기가 아쉽다는 투로 중얼거렸다. 그러면서 넥타이가 묶여 있던 부분을 건드렸다. 마치 그곳에 자국이 나 있기라도 한 것처럼, 손가락 끝이 부드럽게 피부 위를 어루만졌다. 그녀의 손가락이 천천히 손바닥으로 향했고, 그것에 반응하듯 팔의 감각이 서서히 돌아왔다. 미야기의 손끝이 주는 자극이 점차 선명하게 느껴져서 나는 그녀의 손을 뿌리쳤다.

"역시 흔적을 남길 생각으로 묶었구나."

"남지 않아서 다행이라고 한 건데."

그렇게 들리지 않았다.

닿았던 손도, 어조도, 흔적이 남아 있기를 바라는 것처럼 들렸다.

"아니면, 흔적을 남겨주길 바랐어?"

"남겨주길 바랄 리가 없잖아. 손목에 묶인 자국 같은 게 남아 있으면 학교에서 곤란하다고."

"그래서, 안 남았잖아."

미야기가 쏘아붙이듯 그렇게 말하며 내 다리를 발로 찼다. 부족한 말이라도 대신하는 것처럼 몇 번이고 다리를 부딪치더니 뒤늦게 생각난 듯 방치해둔 만화에 손을 뻗었다. 나는 그녀의 손이 닿기 전에 그 만화를 빼앗고 말을 걸었다.

"한 가지 묻고 싶은 게 있는데."

"뭔데?"

내 손에 있는 만화를 원망 섞인 눈빛으로 보면서 미야기가 답했다.

"만약 내가 지금과 같은 명령을 한다면 미야기는 따를 거야?"

"따를 리가 없잖아."

"그렇겠지."

알고 있었다.

미야기는 그런 짓을 절대 하지 않는다는 것을 알면서도 물어보았다.

내가 돈을 주고 명령한다 해도 그녀는 남의 다리는 핥지 않을 것이다. 자신이 하지 않을 일을 나에게 시키는 것에서 의미를 찾고 있다는 것은 왠지 모르게 알 수 있었다. 그것은 나에게는 내키지 않는 일이었지만, 말을 듣겠다는 약속을 했으니 어쩔 수 없다.

"내가 센다이처럼 변태도 아니고."

"아니, 미야기 쪽이 변태지. 남에게 그런 명령을 내리면서 좋아하잖아."

"딱히 좋아한 적 없어."

그래도 재밌어하긴 했다.

불평하면서도 결국 따르는 나를 보며 즐겁다는 목소리를 내고 있었다.

야하게 핥은 것은 아니지만, 그런 식으로 핥아온 것도 나름대로 재미있는 사건이었던 것은 확실하다.

"맞다. 저녁 먹고 갈 거지?"

미야기가 내게서 만화를 집어 들고는 이야기를 비틀어 화제를 바꿨다.

"먹을 거긴 한데."

어느 쪽이 변태인지 정하는 의미도 없는 대화를 계속하는 것보다야 저녁 식사에 대해 이야기하는 편이 물론 의미는 있겠지만, 갑자기 이야기가 중단된 것은 납득이 가지 않았다. 하지만 미야기는 아무 일도 없었던 것처럼 일어나 만화를 책장에 다시 집어넣고는 성큼성큼 걸어 방에서 나갔다.

한마디도 안 하네.

뭐, 상관없지만.

나는 일어나서 미야기의 뒤를 따라갔다. 거실에 들어서자, 평소 같으면 주방에서 레토르트나 반찬 같은 걸 꺼내고 있었을 미야기가 자리에 앉아 있었다.

"센다이, 뭔가 만들어줘."

귀를 의심할 만한 말이 들려왔다.

예전에 한번 닭튀김을 만든 적이 있었다.

그 후에도 몇 번이나 저녁을 같이 먹었지만 만들어 주겠다는 말을 거부당한 적은 있어도 만들라는 말은 들어본 적이 없었다.

"밥은 있어?"

"있어."

"냉장고에 뭐 있는데?"

하고 싶은 말은 그 밖에도 많았지만, 괜한 소리를 또 입에 담았다간 미야기는 간단히 자신이 했던 말을 도로 물릴 것이 분명했다. 그래서 군이 불필요한 말은 하지 않고 냉장고로 향했다.

"계란이라면 있어."

냉장고를 열자, 미야기가 말한 대로 계란이 들어 있었다. 그밖에 눈에 띄는 것은 아무것도 없다.

계란프라이, 계란말이, 오믈렛.

요리는 할 수 있지만 요리사가 꿈인 것도 아닌 내가 계란을 보고 떠오른 레시피는 이 정도였다.

이제 어쩔까.

냉장고에서 계란을 꺼내면서 생각했다.

나는 달콤한 계란말이를 만들기로 결심하고 그릇에 계란을 깨서 넣었다. 미야기는 짠 쪽을 더 좋아할지도 모르지만 굳이 물어볼 마음은 없다. 대충 둘러보니 계란말이 팬은 없는 것 같아 동그란 팬을 불 위에 올려두고 노란 액체를 부었다. 여기까지 오면 오래 걸리지 않아 계란말이가 완성된다. 둥근 프라이팬에서 만든 바람에 모양이 찌그러지고 조금 탔지만, 맛은 있어 보였다.

"다 됐어."

미야기 앞에 계란말이와 밥을 놓았다. 식탁에 차려 놓으니 저녁 식사라고 하기엔 빈약해 보였지만, 더 이상 늘어놓을 것이 없으니 어쩔 수 없었다.

"잘 먹겠습니다."

미야기가 예의 바르게 손을 모으고 난 뒤 젓가락을 들었다. 방에서 아무 일도 없었던 것처럼 저녁밥을 먹는 것은 늘 있는 일이었고, 그런대로 심한 짓을 당한 오늘도 그것에는 변함이 없었다. 나도 옆에 나란히 앉아 계란말이에 젓가락을 가져갔다.

제정신이 아니다.

남을 묶고 발길질까지 한 미야기는 말없이 계란말이를 먹고 있고, 최악이라고 해도 좋을 정도로 바보 같은 명령에 따른 나도 계란말이를 먹고 있다.

미야기는 나에게 무슨 짓을 해도 다 용서받을 수 있다고 생각하는 것일까.

돈이 거래되고, 룰이 있다.

오늘의 명령은 그렇다고 해도 정도가 심한 편이었는데, 그럼에도 함께 저녁을 먹고 있는 나도 나였다.

"맛있는지 어떤지 정도는 말해."

묵묵히 식사를 이어가는 미야기에게 물었다.

"또 만들어줘도 좋아."

닭튀김 때와는 달랐다.

그때는 맛있다고 했는데. 오늘은 솔직하지 않다.

아니, 또 만들어줘도 좋다고 말했을 정도이니 솔직하다고 봐야 할까.

"마음이 내키면."

나는 최대한 쌀쌀맞은 투로 말한 뒤 달콤한 계란말이를 입안에 집어넣었다.

제3화
이런 센다이는 모른다

남에게 심한 짓을 하고 싶은 마음은 없다.

센다이에게는 심하다고 해도 좋을 짓을 하고 있다.

생각하는 것과 하는 행동이 서로 맞지 않았다. 나는 결코 바람직하다고 할 수 없는 명령을 내리고, 센다이는 그것을 받아들인다. 그 결과가 그것이다.

넥타이에 묶인 채로 얌전히 앉아 있어 줬다면 그대로 끝났을 텐데, 센다이가 이상한 말을 한 탓에 그런 일이 벌어졌다.

애초에 하고 싶지 않은 일이라면 싫다고 하면 그만이다.

그것을 내가 허락할 수 있을지 어떨지는 모르겠지만.

그녀를 다루는 것도, 나 자신을 다루는 것도 어렵다.

후우, 작게 숨을 내쉬고 침대 위에 앉았다.

창밖은 불쾌할 정도로 비에 젖어 있었다.

갑자기 내린 그것은 사람도 자동차도 가로수도, 모든 것을 평등하게 적시며 물바다로 만들어 갔다.

장마는 아직 끝나지 않았으니 일기 예보가 빗나간다 해도 이상한 일은 아니었지만, 밖에 있는 사람이 불쌍하게 느껴질 정도로 많은 양의 비가 하늘에서 떨어지고 있었다. 그래서인지 센다이가 좀처럼 오지 않는다.

그녀는 3학년이 된 뒤부터, 입시학원이 있는 날은 불러 내도 그다음 날 온다. 그 외에는 불러낸 날 오지 않은 적은 없었다.

비는 더욱 거세졌다.

이렇게 비가 내릴 줄 알았다면 센다이를 부르지 않았을 텐데. 하지만 이제 와서 오지 말라고 해도 센다이는 올 것이고, 나는 그녀의 도착을 기다리는 것 말고는 할 수 있는 것이 없었다.

기억하기로는 작년 이맘때엔 이미 장마가 끝나 있었다.

7월에 들어서면서 기말고사가 끝나고, 장마가 일찍 끝나고, 서점에서 센다이를 만났다.

하지만 올해는 작년과는 달랐다.

기말고사가 끝난 지금에 와서도 장마는 아직 끝나지 않았다. 그리고 작년에는 좋지도 나쁘지도 않았던 기말고사 결과가 올해는 아주 조금 나아졌다. 센다이와 함께 숙제를 자주 해서 그런 것일 수도 있고, 그렇지 않을 수도 있다. 센다이 때문에 중간고사 결과가 너무 안 좋아서 시험 전에 평소보다 더 공부한 덕분일지도 모른다.

어쨌든 이것은 좋지 않은 기억이었다.

침대에 누워 눈을 감았다.

누군가와 무언가를 한 것이 추억이 되고, 그것이 점차 쌓여나간다. 그리고 그중 몇 개에는 기념일이라는 라벨을 붙여서 정리한다.

그런 일을 하다 보면, 무슨 일이 생겼을 때 라벨이 단번에 벗겨지고 모든 것이 좋지 않은 기억으로 바뀐다. 즐거웠던 날이 많을수록 좋지 않은 추억이 늘어난다.

서점에서 센다이를 만난 날이 언제였는지, 날짜까지 정확하게 기억하지 못하는 것은 좋은 일이다. 나는 내 안의 달력에 그날을 바로 알 수 있는 표시는 하고 싶지 않았고, 센다이와의 기억에 라벨을 붙이고 싶지 않았다.

시간이 지나면 원하지 않아도 반드시 무언가가 변한다.

상냥했던 엄마가 아이를 두고 나가듯이, 변하지 않아도 되는 것까지 변해버린다.

엄마가 왜 나를 두고 집을 나갔는지도 모르겠고 무슨 생각을 했는지도 모른다. 아빠한테 물어본 적도 없다.

어느 한쪽에서 무슨 말을 들었을지도 모르지만, 어렸을 때의 일이었기에 잘 기억나지 않았다. 내 기억 속에는 엄마가 어느 날 갑자기 집을 나간 것에서 끝나 있었다. 어린아이가 아니게 된 지금은 뭔가 이유가 있었을지도 모른다는 생각을 하기도 한다. 하지만 그렇다고 해서 엄마와의 추억이 좋은 추억으로 바뀌지는 않는다. 벗겨져 버린 라벨은 벗겨진 채로 남아 있다. 새로 붙지는 않았다.

센다이와의 관계도 마찬가지다.

그녀는 나와 비교하면 말이 많은 편이지만 정작 중요한 것은 말하지 않아 무슨 생각을 하고 있는지 알 수 없었다. 만약 센다이가 갑자기 내 앞에서 사라진다 해도 그 이유는 알 수 없을 것이다.

창밖을 보았다.

질리지도 않고 하늘은 계속해서 세차게 비를 뿌리고 있다.

나는 어중간하게 자란 앞머리를 잡아당겼다.

비 오는 날은 머리가 조금 무겁게 느껴진다.

센다이도 마찬가지일까. 그런 생각이 머리에 떠올랐고, 사고의 틈을 파고드는 그녀의 존재에 한숨을 내쉬었다.

머리맡을 뒹굴고 있는 스마트폰을 손에 들었다.

센다이에게서 온 메시지는 없었다.

늦다.

비가 온다고는 해도 너무 늦었다.

방 안까지 들려오는 빗소리에 오늘은 오지 않아도 된다는 말을 전해야 하지 않을까, 그런 생각이 들었다. 조금 망설이다가 스마트폰에 센다이의 이름을 띄웠다. 메시지를 보내야 할지 전화를 걸어야 할지 고민하고 있는데 인터폰이 울렸다. 방에 있는 모니터를 보자 센다이가 비치고 있어 서둘러 맨션 입구의 잠금을 풀었다. 조금 지나자 또 한 번 인터폰이 울렸다. 그것은 현관 앞에서 들려온 것이었다. 방을 나와 집 문을 열자 쫄딱 젖어버린 센다이가 서 있었다.

아무것도 변하지 않았다.

그녀는 언제나 똑같다.

내가 무슨 짓을 해도 아무렇지도 않은 얼굴로 이곳에 올 것이다.

이렇게 비가 심하게 오는 날에도 그것은 변하지 않는다.

"우산 안 챙겼어?"

"들고 있는 거 보면 알잖아. 미안한데 수건 좀 빌려줄래?"

일기 예보는 맑음이라고 했으니, 우산을 챙기지 않았다고 해도 이상한 일은 아니었다. 하지만 센다이는 일기 예보를 맹신하지 않는 것인지 오른손에는 자그마한 우산이 들려 있었다.

"그대로 들어와도 돼. 옷 빌려줄 테니까 안에서 갈아입어."

교복에서 물이 떨어지고 있는 센다이에게 말을 걸었다.

"복도가 젖을 텐데?"

그녀의 말은 옳다.

우산을 쓰고 왔음에도 흠뻑 젖어버린 센다이가 집 안으로 들어오면 복도는 확실히 젖겠지. 여느 때처럼 방에 들어간다면 방도 젖을 것이다.

"뭐 어때. 젖어도 닦으면 돼."

"안 좋아. 수건 좀 빌려줘."

"그럼 수건이랑 갈아입을 옷 가져올 테니까 여기서 갈아입어."

"여기서?"

"여기서. 나 말고 아무도 없고 아무도 안 오니까. 게다가 수건으로 닦아봤자 옷이 마르는 것도 아니고 센다이가 교복을 입은 채로 들어오면 복도도 방도 다 젖잖아."

그녀의 교복은 수건으로 닦는 정도로 해결될 수 있는 상태가 아니었다. 이 집을 젖게 만들고 싶지 않다면 교복을 말려야 했다. 벗지 않고 교복을 말리는 방법이 있다면 얼마든지 그렇게 했겠지만, 그런 방법은 없다.

"현관에서 옷 벗는 취미는 없어."

센다이가 단호하게 말했다.

이것은 나의 호의를 부정하는 것이고, 별로 좋은 대답은 아니었다.

"복도가 젖는 게 걱정된다면 여기서 벗어."

"수건 먼저 빌려줘."

강하고 명확한 어조로 센다이가 말했다.

젖은 교복을 입고 있으면 찜찜할 텐데도 그녀는 여기서 교복을 벗고 싶지는 않은 모양이었다. 그 이유는 「여기가 그녀에게 있어 타인의 집이니까」 혹은 「내가 눈앞에 있으니까」 중 하나겠지. 아마 후자가 정답에 가까울 것이다.

그 마음을 모르는 것은 아니다.

하지만 재미는 없다.

그렇다고 해서 젖은 상태의 그녀를 계속 놔둘 수는 없었다.

"가져올 테니까 기다려."

그렇게 말하고 방으로 향했다.

서랍에서 목욕 수건을 꺼내고 티셔츠에 손을 뻗었다. 조금 망설이다가 목욕 수건만 들고 현관으로 돌아가니 늘 땋고 있던 센다이의 머리가 풀려 있었다.

젖은 머리가 완만한 커브를 그리며 어깨에 걸려 있다.

이런 모습은 체육 수업 후에 몇 번 본 적이 있었다.

하지만 반이 갈린 뒤로는 본 적이 없었다.

자세히 보자 젖은 블라우스가 몸에 달라붙어 속옷도 비쳤다.

지금 알아차린 센다이의 모습에 심장 소리가 빨라지기 시작했고, 나는 가져온 목욕 수건을 밀어붙이듯 건네주었다.

"받아."

"고마워."

센다이가 짧게 감사 인사를 전한 뒤 머리를 닦기 시작했다.

그녀는 갈아입을 옷에 대해서는 묻지 않았다.

"센다이, 교복은 어쩔 거야?"

"닦을 테니까 그거면 됐어."

"안 좋아."

"미야기, 끈질겨."

"갈아입을 옷 빌려줄 테니까 벗어."

부정당한 호의가 「나는 방으로 가 있을 테니까」라는 말을 덧붙이지 못하게 만들었다.

"……그렇게 날 벗기고 싶어?"

센다이도 내가 방해된다는 말은 하지 않았다.

우리는 그냥 말하면 될 일을 입 밖에 내지 않고 있었다.

"그래. 그대로 있으면 감기 걸려."

7월이니까 감기에 걸리지 않는다고 자신할 정도로 인간의 몸은 편리하지 않았다. 7월이라고 해도 젖으면 체온이 떨어지고, 감기에 걸린다. 그러니 서둘러 옷을 갈아입는 편이 나았다.

그렇게 생각했다.

하지만 나의 그런 마음은 센다이에 의해 부정당했다.

"움직이지 마."

머리를 닦는 센다이의 손을 잡았다.

"명령?"

"그래, 명령."

그녀의 젖은 블라우스를 바라보았다.

첫 번째 단추는 평소처럼 풀려 있다.

두 번째 단추는 아직 풀리기 전이다.

붙잡고 있던 센다이의 손을 떼자, 수건을 들고 있던 그녀의 손이 내려갔다.

넥타이를 풀고 센다이 대신 두 번째 단추도 풀었다.

"갈아입을 옷 안 가져왔어."

"아까도 말했지만, 내 옷 빌려줄게."

교복에 지우개를 숨기게 한 뒤 찾았던 날.

그녀가 룰에 「옷은 벗기지 않는다」라는 항목을 더하라고 했던 것은 기억한다. 하지만 그 룰이 정식으로 룰이 된 것인지 아닌지는 확실하지 않았다.

멈추지 않는 내 손은 천천히 세 번째 단추를 풀었다.

센다이는 저항하지 않았다.

네 번째 단추에 손을 뻗었는데도 아무 말도 하지 않았다.

뭐든지 다 해도 되는 것은 아니다. 알고는 있었지만, 이제는 경계선이 어디인지 알 수 없었다. 센다이가 어떤 명령에도 다 따라주니까, 어디까지 자신의 말을 들어줄지 시험하고 싶은 마음이 들었다.

개처럼 목줄을 매달고 이 방에 묶는다고 해도 용서해 줄 것 같았고, 하지 않겠다고 약속한 일을 해도 용서해 줄 것 같았다.

우리 사이에 있는 규칙이라는 것이 점점 희미해져서, 지금까지는 들이지 않았던 영역에 발을 들일 것만 같았다. 차라리 센다이를 묶고 있던 넥타이가 눈에 띄는 자국을 만들었더라면, 희미해진 선 대신 넥타이를 볼 때마다 선을 넘는 행동을 멈출 수 있었을지도 모른다.

하지만 넥타이는 그녀에게 흔적을 남기지 않았고, 그녀는 나를 거스르지 않았다.

—그렇지 않다.

이것은 센다이를 위해서 하는 것이다.

호의를 부정당하기는 했지만, 버려진 것은 아니다.

그녀가 감기에 걸리지 않도록 하기 위한 것이지, 시험하는 것도 약속을 어기는 행위도 아니다.

조금 두근거리기는 하지만 분명 기분 탓이다.

반이 같았을 때는 같은 탈의실에서 옷을 갈아입기도 했었다.

벌거벗은 것에 가까운 모습은 몇 번이나 봤었다.

옷을 벗기는 것 정도는 별다른 일도 아니다.

나는 네 번째 단추를 풀고 나머지 단추도 모두 풀었다.

두 번째와 세 번째 단추 사이를 잡고 블라우스 앞섶을 열자, 속옷이 눈에 들어왔다.

흰색의 심플한 속옷으로 특별한 것은 아니다. 어디에나 있을 법한 디자인이라 새로움은 없었다. 탈의실에서 봤을 땐 좀 더 화려한 속옷을 입었던 적도 있었던 것 같은데, 오늘 입고 있는 것은 나도 가지고 있는 것과 똑같다.

그런데도 심장이 시끄러웠다.

감기에 걸리니까 벗기는 것뿐이다.

다른 마음은 분명 없는데도, 나는 지금 센다이가 이 손을 잡아주기를 바라고 있었다. 그것이 마치 다른 마음이 있다는 증명 같아서 숨이 막혔다.

이제 그만해야 한다―.

알고 있는데도 손이 움직였다.

지금의 나를 정당화할 수 있는 이유를 찾으면서, 브래지어의 스트랩을 만졌다.

나를 멈추게 할 말은 단추를 푼 블라우스 너머로 사라져 갔다.

손가락 끝에 걸린 흰색의 어깨끈은 너무나도 나약해서 조금만 손을 움직이면 쉽게 풀 수 있을 것 같았다.

어려운 것은 하나도 없다.

어깨에 있는 그것을 조금 잡아당기고 센다이를 보자, 드러내놓고 나를 거부하는 얼굴은 보지지 않았다. 하지만 달가워하지 않는 표정이라는 것도 확실히 알 수 있었다. 그러면서도 그녀는 그만두라고 하지 않았다. 나는 센다이에게서 손을 떼고 물었다.

"저항 안 해?"

"움직이지 말라고 명령한 건 미야기잖아."

명령이 아니었다면 저항했을 것이다.

당연하지만, 그렇게 들리는 투로 센다이가 말했다.

"저항하고 싶다면······."

"약속을 어기면 저항할 거야."

"이건 룰 위반이 아니야?"

"교복이 젖지 않았다면 때려줬겠지."

"특례, 라는 뜻?"

"맞아. 이대로 있으면 감기에 걸릴 테니까."

옷을 벗기는 것은 위반이지만 벗기는 데 이유가 있으면 괜찮다.

그런 거겠지.

약속은 그렇게 엄격하지 않다.

생각했던 것보다 유연하고 융통성도 있는 것 같다.

타이밍이 좋았다고도 할 수 있었다.

"하지만 아직 오천 엔을 주지 않았어."

"안 줄 거야?"

"이따가 줄게."

센다이에게 오천 엔을 주지 않는다는 일은 있을 수 없다. 오늘도 그녀가 이렇게 흠뻑 젖지 않았다면 이미 건네 줬을 것이다. 그렇지 않으면 센다이는 여기에 오지 않는다. 그 대신 「상식의 범위 내」라는 주석이 따라붙지만, 오천 엔을 주면 그녀는 명령의 대부분을 따른다.

룰은 지금의 우리의 입맛에 맞는 형태로 바뀌어가고 있었다. 후지불이 허용되었고, 오늘은 「특례」라는 대의명분도 얻었다. 그러니 센다이를 이대로 벗기는 것에 아무런 문제가 없었다. 그런데도 손이 움직이지 않았다. 젖은 블라우스 단추를 풀었는데, 그 앞으로 나아갈 수가 없었다.

이러면 마치 옷을 벗기는 것에 의미가 부여되는 것 같아서 싫었다.

내 안에 마치 다른 마음이 있는 것 같아서 싫었다.

옷이 벗겨지기 직전임에도 동요하지 않는 센다이가 싫었다.

그녀는 항상 이런 식이다.

나에게 귀찮은 선택지를 떠넘기고 선택하게 한다. 오늘도, 앞으로 어떻게 할지 결정하는 것은 나다. 센다이는 자신은 관계없다는 얼굴을 하고 있다.

지금도 사실은 벗겨지고 싶지 않으면서.

센다이에게 손을 뻗었다.

심장이 있는 부근에 손바닥을 놓고 그대로 밀어붙였다.

"센다이, 차가워."

심장 소리가 빠른지 어떤지는 모르겠다.

다만 내 체온이 높다는 착각이 들 정도로, 센다이는 차가웠다.

"젖었으니까."

자세히 보지 않아도 젖은 교복이 그녀의 체온을 빼앗고 있다는 것쯤은 알 수 있었다.

볼을 만져보니 역시 차갑다.

입술을 만져보아도 차가움은 변하지 않았다.

어느 곳이나 깜짝 놀랄 정도로 차가워서 손을 떼자, 센다이가 내 뺨에 닿았다.

"미야기는 따뜻하네."

차가운 손이 내 체온을 빼앗았다.

그러고 보니 그때도 센다이는 내 볼을 만졌었다.

처음으로 키스했던 날.

그녀의 손은 지금보다 훨씬 더 따뜻했다. 그것은 5월의 일로, 그날의 일은 잘 기억하고 있지만, 그것이 며칠이었는지는 정확히 기억나지 않았다. 라벨을 붙여서 정리할 만한 기억은 아니었기에 내 안의 달력에도 표시는 되어 있지 않다.

하지만 만약 지금 여기서 센다이에게 키스를 하면 어떻게 될까.

그런 바보 같은 생각이 머리를 스쳤고, 볼에 닿은 그녀의 손을 잡아당겼다.

입술이 닿을 정도는 아니지만 반듯한 얼굴이 가까이에 있었다.

센다이와 눈이 마주쳤다.

조금 더 얼굴을 가까이했다.

하지만 그녀는 눈을 감지 않았다.

키스를 했다는 사실이 기억에 남는 것은 상관없지만, 눈을 감으려 하지 않는 그녀에게 키스하려다 거부당했다는 기억은 갖고 싶지 않았다.

나는 잡고 있던 그녀의 손을 떼고 조금 더 아래로 내려 갔다.

센다이의 눈이 보이지 않게 되고, 나는 그녀의 블라우스 앞을 열었다.

스트랩을 벗기지 못한 하얀 속옷이 눈에 들어왔다.

심장이 반응해서 작게 숨을 내쉬었다.

가슴께에 입술을 가져갔다.

차가운 몸을 세게 빨아들이자, 센다이가 내 어깨를 잡았다. 하지만 그저 잡았을 뿐 나를 밀어내려고 하지는 않았다. 나는 내 안의 달력에 표시하는 것이 아니라, 센다이에게 빨간 표시를 남겼다.

천천히 얼굴을 뗐다.

그녀를 보니 가슴팍에 붉은 자국이 옅게 나 있었다.

확인하듯 그곳을 어루만졌다.

축축한 피부가 달라붙는 듯한 감각에 손끝으로 세게 눌렀다. 붉어진 자리만 뜨거운 기분이 들어 다시 한번 입술을 갖다 대자, 내 어깨를 잡던 손에 힘이 들어갔다.

"벗기는 거 아니었어?"

언짢음이 느껴지는 목소리가 들려와 고개를 들자, 센다이가 마음에 들지 않는다는 얼굴을 하고 있었다.

"자국이 오래 남지는 않을 것 같길래."

나는 질문의 답과는 다른 답을 변명처럼 중얼거렸다.

"이 정도면 금방 사라지니까 괜찮아."

붉은 도장은 강하게 찍히지 않았다.

내일이면 사라질지도 모를 정도로 약했다. 장소도 남에게 보이지 않을 만한 위치를 택했다. 센다이가 화를 낼 이유는 없었고, 벗지 않은 것도 화낼 만한 일은 아니었다. 그래도 어쩐지 내키지 않아 그녀에게서 떨어졌다.

"갈아입을 옷 가져올게."

도망치듯 그렇게 말하고는 센다이를 두고 방으로 향했다. 옷장에서 갈아입을 옷을 꺼내 곧바로 현관으로 돌아와 센다이에게 꾹 밀었다.

"방에 있을 테니까 옷 다 갈아입고 와."

그렇게 말하고는 대답도 듣지 않고 방으로 돌아갔다.

침대에 걸터앉아 손을 바라보자, 센다이를 적셨던 비가 내 손바닥을 적시고 있었다.

손을 꼭 쥐었다.

오늘의 나는 이상하다.

이유를 만들면서까지 센다이를 벗기고 싶었다.

좀 더 말하면, 벗은 모습을 보고 싶다고 생각했다.

—이런 기분은, 확실하게 이상하다.

"미야기, 들어갈게."

노크와 함께, 평소 같으면 말을 걸지도 않았을 센다이의 목소리가 문 너머에서 들려왔다.

"평소처럼 멋대로 들어와도 돼."

복도에 들릴 정도로 그렇게 불평하자, 내 티셔츠와 스웨트를 입은 센다이가 방에 들어왔다.

"그렇긴 한데, 그냥 그러고 싶어서."

마치 자신의 옷인 양 내 옷을 입고 있는 센다이는 익숙한 교복 차림과는 달라 신선했다. 좀 더 말하자면, 내가 입었을 땐 평범한 실내복에 그쳤던 티셔츠와 스웨트는 센다이가 입고 있으니 조금 비싸 보이는 옷으로 탈바꿈했다. 외모의 차이 때문이라고 생각하긴 싫었지만, 아마도 그런 거겠지.

납득할 수 없었지만, 부인할 수도 없었다.

"센다이, 교복 빌려줘."

알 수 없이 답답한 기분 그대로 일어나 손을 내밀었다.

"뭐 하려고?"

"욕실에 건조기 있으니까 그걸로 말리고 올게."

"다행이다. 젖은 교복 입고 돌아가기 싫었는데."

그렇게 말한 센다이가 교복을 건네주었다. 나는 그것을 받아들고 욕실로 향했다.

오늘은 모든 것이 이상하다.

분명 비 때문이다.

비가 오니까 이런 일이 벌어진 것이다.

나는 옷걸이에 교복을 걸치고 욕조 위에 널었다.

욕실 건조기의 스위치를 켜고 심호흡을 했다.

"괜찮아. —이제 괜찮아."

스스로에게 세뇌하듯 그렇게 말하고는 방으로 돌아와 책상 위에 놓여 있던 오천 엔짜리 지폐를 집어 들었다.

"이거."

책장 앞에 있는 센다이에게 건네주었다.

"고마워."

감사 인사와 함께 오천 엔짜리 지폐가 지갑에 들어갔다.

그리고 방에는 침묵이 찾아왔다.

딱히 무언가를 할 생각도 하지 않고 그냥 테이블 앞에 앉자, 만화를 들고 온 센다이가 내 옆에 앉았다. 하지만 만화는 읽지 않고 숙제를 시작한다. 나는 침대를 등받이 삼아 그녀가 가져온 만화를 펼쳤다.

책을 읽거나 숙제하거나.

그러한 순간의 침묵이 신경 쓰였던 것은 처음 때뿐이고, 지금은 말하지 않는 것이 괴롭게 느껴지지 않게 되었다.

하지만 오늘은 아니다.

침묵이 온몸에 진득하게 달라붙어 목을 서서히 조여왔다. 분명 지금까지와 같은 일을 하고 있는데, 답답해서 방에서 당장이라도 뛰쳐나가고 싶은 기분이 들었다.

"있지, 오천 엔은 늘 오천 엔짜리 지폐로 주던데, 매번

바꿔오는 거야?"

센다이도 똑같이 느꼈는지, 밝은 어조로 말을 꺼내기 시작했다.

"그렇긴 한데, 왜?"

만화에서 고개를 들고 센다이를 바라보았다.

정확하게 말하자면 매번은 아니다. 어느 정도 한꺼번에 돈을 바꾸고 있었으니까.

만 엔짜리 지폐를 내고 센다이에게 거스름돈을 받거나 천 엔을 다섯 장 주게 되면 적나라하게 돈을 주고받는다는 분위기가 형성될 것 같아서 매번 오천 엔을 준비하기로 결심한 것이다.

"아니, 좀 귀여워서."

"뭐?"

"그렇다는 건 나한테 이걸 주려고 일부러 돈을 바꾸러 간다는 거잖아? 뭔가 좀 귀엽지 않아?"

익숙한 옷을 입은 낯선 센다이가 웃으며 말했다.

"시끄러워. 그런 소리 할 필요 없어."

"시끄러운 정도가 딱 좋아."

오늘은 그런 날이라고 말하듯이 센다이가 나를 바라보았다.

"그러고 보니 미야기는 여름 방학 때 학원이나 입시학원 안 가?"

"안 가."

"공부는?"

"숙제는 해."

"그건 최소한으로 필요한 공부고. 그거 외엔?"

"하고 싶지 않아."

해야 한다는 것은 알고 있지만, 하고 싶지 않았다. 학원도 입시학원도 가고 싶지 않다.

"공부 좀 해. 이제 수험생이잖아."

센다이가 진지한 톤으로 그렇게 말하며 내 다리를 펜 끝으로 쪼아댔다.

여름 방학까지 시간이 얼마 남지 않았다.

곧 긴 방학이 찾아올 거라고 생각하니 기분이 우울해졌다.

◇ ◇ ◇

학교 분위기는 교실도 복도도 너도나도 할 것 없이 들떠 있었고, 누구나 여름 방학을 고대하는 모습이었다.

나는 그 공기에 적응할 수 없었지만, 어쩔 수 없는 일이다.

긴 방학을 환영하지 않는 학생이 더 적을 것이고, 이쪽에 맞춰달라는 것은 말도 안 되는 이야기다. 소수파는 소수파답게 침묵할 수밖에 없다.

나에게 있어 여름 방학은 너무 길었다.

집에 있어도 혼자였고, 친구와 놀러 간다고 해도 매일 부를 수는 없었다. 수험생이 되어 버린 올해는 특히 더 그렇다. 약속이 몇 개 잡히긴 했지만 작년과 비교하면 적었다. 모두 학원에 가거나, 입시학원에 가거나, 작년과는 다른 예정이 있다. 이후 약속이 좀 더 늘어난다고 해도 작년을 넘어서는 일은 없을 것이다.

시시해.

혼자 있는 것이 익숙하긴 하지만, 혼자 있는 것을 좋아하는 것은 아니었기에 긴 방학은 싫었다.

"시오리, 주름졌어."

도시락을 다 먹은 마이카가 대각선 앞에서 손을 뻗어와 내 미간을 검지로 꾹꾹 눌러왔다. 맞은편의 아미는 그저 웃으며 나와 마이카를 지켜보고 있을 뿐 도와주지는 않았다.

"미간, 기분 나빠."

손가락이 다가오기만 해도 오싹한 느낌이 드는 미간을 계속 만져오는 것이 내키지 않아 마이카의 손을 잡고 책상 위로 되돌렸다. 점심시간을 맞이해 소란스러워진 교실은 가만히 있기 어려웠다. 마이카도 반 친구들과 마찬가지로 즐겁게 웃으며 다시 한번 손을 뻗어와 내 미간을 찌른다.

"마이카, 기분 나쁘다니까."

나는 마이카의 옆구리를 찌르며 그녀의 손끝에서 도망쳤다.

"시오리, 그거 반칙."

"미간 공격도 반칙이거든."

마이카를 향해 그렇게 말하자 우리를 보고 있던 아미가 웃으며 말했다.

"정말 기분이 안 좋지. 왜 미간은 찔리면 기분이 안 좋은 걸까?"

"잘은 모르겠지만 기분 나쁘니까 이제 미간 만지는 거 금지야."

위화감이 남은 미간을 쓰다듬고는 매점에서 사온 빵을 한입 물었다.

"미안, 미안. 요즘 시오리 힘이 없길래. 뭔가 기운이 나게 해주고 싶어서."

마이카가 변명하듯 어색하게 덧붙였다.

들떠 있지 않은 것뿐 기운이 없는 것은 아니다. 하지만 두 사람에게는 기운이 없어 보이는 것인지 아미에게서도 「무슨 일 있었어?」라는 질문이 날아왔다.

무슨 일은 있었지만, 무슨 일이 있었는지는 말할 수 없다.

방과 후 센다이와 나 사이에 있었던 일은 아무에게도 말하지 않겠다고 약속했다. 게다가 약속이 없었다고 해도 비 오는 날에 있었던 일은 남에게 말할 수 있을 만한 일은 아니다.

"어제 좀 늦게 자서 졸린 것뿐이야. 뭔가 사 주면 금방 기운이 날 것 같은데."

늦게 잔 것은 사실이고 졸리다는 말은 거짓말이다. 말할 수 없는 부분을 그럴싸한 말로 둘러대는 것이 귀찮아 반쯤 거짓말을 섞어 적당한 대답을 내놓은 뒤 얼마 남지 않은 빵을 입에 모두 털어넣었다.

"뭔가 사줄까? 뭐가 좋아?"

요청에 응할 마음이 있는 것인지 마이카가 나를 바라보았다. 하지만 내 대답보다도 빠르게 아미가 입을 열었다.

"아이스크림 먹고 싶다. 사줘."

"왜 아미에게 사줘야 하는데?"

마이카가 어이없다는 투로 말했지만, 아미는 그런 것에는 조금도 개의치 않고 방과 후 일정을 결정했다.

"안 사줘도 되니까 셋이서 같이 아이스크림 먹으러 가자. 덥기도 하고."

확실히 오늘은 날이 덥다.

올해 들어 가장 덥다고 해도 될 정도로.

복도에서 스쳐 지나갔던 센다이도 얼굴에 대고 팔랑팔랑 손부채질을 하고 있었다.

그녀는 더위를 많이 타면서 학교에 있을 땐 한여름에도 블라우스 단추를 하나밖에 풀지 않았다. 오늘도 단추를 하나밖에 풀지 않았고, 두 번째는 제대로 채우고 있었다. 그래서 비 오는 날 달았던 키스마크를 볼 수는 없었다.

물론 두 개를 푼다고 해도 보이진 않을 것이고, 그날 이후로 시간이 지났으니 이미 사라졌을 것이다. 하지만 확인하고 싶다는 생각이 강하게 들었다.

이런 생각을 하는 것은 이상하다.

그런 것은 알고 있다.

알고 있음에도 이런 마음이 드는 것은, 어제 제대로 확인하지 못했기 때문이다.

방과 후, 여느 때와 같이 센다이를 불러낸 나는 그녀에게 블라우스 단추를 풀라고 한 뒤 내가 달아둔 흔적을 보려고 했다.

하지만 명령하지 못했다.

"키스마크 말이야."

무의식중에 입이 움직이고 말았다. 하지만 꺼내버린 말을 도로 물리기도 전에 마이카가 물고 늘어졌다.

"키스마크?"

"응. 얼마나 남아 있을 것 같아?"

포기하고 나는 궁금했던 것을 두 사람에게 물었다.

"뭐? 시오리, 그런 걸 했어?"

마이카가 눈을 빛내며 나를 보았다.

"상대도 없는데 어떻게 해. 저번에 이바라키 목에 키스마크가 있는 걸 봤는데, 그냥 궁금해져서."

그런 이바라키의 모습은 본 적이 없다. 그렇지만 순간적으로 이런 말을 한 것에는 이유가 있다.

『키스마크를 지울 때는 자른 레몬을 올려두면 된다.』

센다이의 팔에 키스마크를 달았던 날, 그녀에게서 이바라키의 말을 전해들 었던 기억이 떠올랐기 때문이다. 그래서 눈에 띄는 장소에 키스마크를 단 이바라키를 봤어도 이상하지 않을 것 같아 그렇게 말했다. 이바라키에게는 미안하지만, 그녀의 이미지에 크게 어긋나지 않는다고 생각했다.

"아아, 그렇구나."

예상대로의 말이 마이카에게서 들려와 평소 행실의 중요성을 느낄 수 있었다. 그리고 이런 식으로 사실이 조작되고 소문이 나면서 퍼져나가는 것임을 깨달았다.

"꽤 오래 남아 있지 않아? 언때? 아미."

놀리는 어조로 마이카가 말했다.

"왜 나한테 물어보는 거야, 나도 몰라."

"에이, 스기카와랑 안 했어?"

즐거운 듯한 마이카의 목소리가 들려왔다.

스기카와는 최근에 생긴 아미의 남자친구였다. 다른 학교에 다니고 있지만 함께 함께 공부하고 있다는 이야기를 자주 들었다.

"스기카와랑은 청렴하고 올바른 교제를 하고 있어."

키스마크를 달지 않는 것이 「청렴하고 올바른」 일이라면, 나와 센다이는 청렴하고 올바르지 않다는 뜻이 된다.

하지만 우리는 사귀는 것이 아니었으니 청렴함이나 올바름과는 관계가 없다고 하면 그만이었고, 나는 청렴함도 올바름도 원하지 않았다.

다만 청렴하지도 바르지도 않은 우리가 앞으로 어떻게 될지는 잘 모르겠다.

스스로를 제어할 수가 없다.

최근에는 센다이를 언제 불러야 좋을지 알 수 없었다.

안 좋은 일이 있는 날 센다이를 부른다.

그런 내 안의 룰은 무너지고 있었다.

그래서 다음에 센다이를 부를 타이밍을 잡지 못했다.

어제 막 불렀으니 오늘 부르는 건 좀 아닌 것 같고, 내일은 너무 이른 느낌이다. 센다이가 입시학원에 다니고 있으니 더더욱 알 수 없었다.

창밖을 내다보니 물감으로 칠한 듯 새파란 하늘이 눈에 들어왔다.

센다이가 흠뻑 젖어 우리 집에 왔던 날 이후 장마는 끝났고, 날은 무서울 정도로 맑아졌다. 더는 센다이의 교복이 젖는 일은 없을 것이고, 그 교복을 벗기는 일도 없을 것이다.

오늘은 너무 더워서 어지럽다.

조금만 더 시원하면 좋을 텐데.

태양에게 미움은 없었지만, 나는 빗방울 하나 떨굴 것

같지 않은 하늘을 노려보았다.

◇ ◇ ◇

기분이 나아지질 않는다.

하지만 옆쪽은 아닌 모양이다.

뭐가 그렇게 재미있는지.

노트에 펜을 움직이는 센다이를 보았다.

옆에 앉은 그녀는 내 숙제하고 있었는데 어딘지 모르게 즐거워 보였다.

센다이를 언제 부르면 좋을까 계속 고민하던 스스로가 바보 같다. 나만 답답한 마음으로 지내는 것 같아 온몸에 기운이 쭉 빠졌다. 위 속에 돌을 채워 넣기라도 한 것처럼 몸이 무거워서 의욕이 나질 않았다. 하지만 세상이 잿빛으로 물들어 있어도 반드시 내일이라는 날은 오고, 정신을 차려보니 여름 방학까지 일주일이 채 남지 않았다.

아마 방학 전 센다이와 만나는 것은 오늘이 마지막일 것이다.

"센다이, 책장에서 소설 가져다줘."

그녀의 손에서 펜을 빼앗자 조금 못마땅한 목소리가 들려왔다.

"네가 직접 가져와."

"명령이야. 아무거나 상관없으니까 한 권 가져와."

"네, 네."

어쩔 수 없다는 듯 몸을 일으킨 센다이가 책장 앞으로 걸어갔다.

아무거나 상관없다고 했는데도 바로 돌아오지 않는다. 으음, 하고 신음하며 진지하게 소설을 고르는가 싶더니 한참 있다가 돌아온다.

"받으시죠."

과장되게 예의를 차린 말투로 말하며 책을 건네준다. 하지만 나는 그것을 받아들지 않고 아까 그녀에게서 빼앗았던 펜을 테이블 위에 굴렸다.

"그거 읽어."

"그렇게 말할 줄 알고 일부러 페이지 수 적은 걸로 가져왔지."

센다이가 옆에 앉아 소설을 펼쳤다.

얄팍한 단편집의 한가운데쯤, 중간부터 읽기 시작한다. 처음부터 읽지 않는 것은 지금껏 없었던 일이지만, 「읽어」라는 명령에는 따르고 있다.

이런 부분에서는 성격이 나쁘다.

당연히 처음부터 읽어주길 바라는 것을 알면서도 이러니까 화가 났다.

뭐, 목소리는 좋지만.

듣고 있으면 차분해지고, 마음이 편해져서 잠이 왔다.

"미야기. 에어컨 온도 좀 낮춰줘."

불현듯 소설을 읽던 목소리가 시원함을 찾는 목소리로 바뀌었다.

"싫어. 빨리 읽어."

"읽는 건 좋은데 덥단 말야."

센다이가 테이블에 놓여 있던 내 책받침을 손에 들고 부채질을 시작했다.

이 방은 나에게 딱 좋은 온도로 설정되어 있었다.

겨울에도 그랬고 여름에도 변함은 없다. 내 방이었기에 나한테 맞춰져 있다. 하지만 한동안은 만나지 못할 테니 가끔은 더위를 타는 센다이에게 맞춰줘도 좋겠다는 생각이 들었다.

"그럼 네가 내려."

테이블 위에 있는 리모컨을 가리켰다.

"미야기, 쪼잔해."

방의 온도라는, 나름대로 중요한 것을 양보했는데도 투덜대는 소리가 들려왔다. 하지만 곧바로 설정 온도가 바뀌며 과하게 시원한 정도가 되었다.

그녀는 찬바람을 내뿜는 에어컨에 만족했는지 보리차를 마시며 소설 페이지를 넘겼다.

맑은 목소리로 소설을 읽는 소리에 눈꺼풀이 조금 무거

워졌다.

나는 테이블에 엎드렸다.

서늘해서 기분 좋다.

—그보다도 춥다.

일어나 센다이의 팔을 잡자, 그녀의 몸도 서늘했다.

"잠깐, 미야기. 읽기 힘들잖아."

이리저리 팔을 만지고 있으니 불평이 들려왔다. 그럼에도 계속 팔을 만졌다. 팔뚝의 감촉을 확인하듯 쓰다듬자 센다이가 낮은 목소리로 말했다.

"만지지 마. 안 읽어줘도 돼?"

"이제 그만 읽어도 되니까 에어컨 온도 올려. 추워."

그녀에게서 손을 떼고 자신의 팔을 문질렀다.

"올리면 더워. 추우면 뭐라도 입어."

불만이 담긴 목소리가 들려왔다.

"센다이야말로 더우면 벗으면 되지."

"더 이상 벗을 것도 없어."

"블라우스 벗을 수 있잖아."

"미야기, 이 밝힘증."

진심으로 벗으라고 말한 것은 아니었는데 그런 말을 들을 줄은 몰랐다. 나는 대답을 듣지도 않고 에어컨 온도를 높였다. 잠시 후 지나치게 시원했던 방은 적정 온도가 되었고 센다이가 미간에 깊은 주름을 만들며 한숨을 내쉬었다.

"더워."

이미 알고 있던 것이지만, 학교에서도 이 집에서도 나와 센다이는 양립할 수 없었다. 그녀의 적정 온도에 익숙해지려는 노력을 해보았지만, 너무 추운 방 온도는 견딜 수 없었기에 이 집에서는 센다이가 타협을 봐야 했다.

"센다이, 이쪽 봐봐."

"왜?"

"됐으니까 봐."

그렇게 센다이의 넥타이를 잡아당기자 그녀의 몸이 이쪽을 향했다. 나는 그대로 센다이의 넥타이를 풀고 블라우스의 단추를 하나 풀었다.

"이렇게 하면 조금은 시원하지?"

세 번째 단추는 푸는 것이 허용될 때와 허용되지 않을 때가 있다. 오늘은 풀어도 되는 날인지 그녀는 아무 말도 하지 않았다.

나는 센다이의 가슴, 비 오는 날 키스마크를 달았던 부근을 만졌다.

"……여기, 흔적 금방 사라졌어?"

계속 궁금했지만 물어보지 못했던 것을 물어보았다.

"사라졌어."

불쑥 들려온 목소리에, 가슴 언저리를 만지던 손끝에 힘이 실렸다.

하지만 보여달라는 말은 나오지 않았다.

"팔 내밀어 줘."

대답을 기다리지 않고 손목을 잡자, 그녀는 명령에 따르고 싶지 않은지 내 손을 뿌리쳤다.

"그런 걸 할 거라면 다른 곳으로 해."

"팔을 내밀어 달라고 했지, 다른 말은 안 했는데."

"어차피 키스마크 달 거잖아. 팔에 자국 같은 거 나면 눈에 띄니까 하지 마."

"다른 장소가 어딘데?"

"그런 건 네가 알아서 정해."

센다이가 쌀쌀맞게 말하고는 나를 노려보았다.

하고 싶은 말은 많지만, 명령이라면 따르겠다.

그런 느낌이었다.

"밖에서 안 보이면 되는 거지?"

물을 것도 없이 알고 있는 것을 먼저 물어보았다.

"그렇지."

당연하다는 소리에 나는 센다이를 보았다.

밖에서 보이지 않는 장소는 한정되어 있고, 지금 교복으로 감춰져 있는 곳 정도밖에 없었다.

단추가 세 개 풀어진 블라우스를 잡아서 열었다. 가슴팍이 드러나고 속옷이 보여 한번 눈을 감았다. 천천히 눈을 뜨고 이전에 흔적을 남겼던 장소보다 조금 더 위에 얼굴을

갔다 대자, 센다이에게서 「미야기, 더워」 하는 소리가 들려
왔다.

그럼에도 입술을 갖다 대자, 맞닿은 부분이 뜨거웠다.

비에 젖어 차가웠을 때와는 다르다.

지난번보다 더 강하게 빨아들여서 자국을 남겼다.

얼굴을 떼자, 여름 방학 내내 지워지지 않을 정도는 아
니더라도 붉은 도장이 짙게 찍혀 있었다. 그 작은 자국을
부드럽게 매만졌다. 손가락 끝을 움직여 그 조금 위에 닿
았다가 다시 얼굴을 갖다 대자 이마를 눌러온다.

"미야기는 야한 걸 참 좋아해."

사무적으로 단추를 잠근 센다이가 말했다.

"야한 짓은 안 했잖아."

"이런 건 야한 짓의 일종이잖아."

"야하다고 생각하는 쪽이 더 야해."

속셈이 있어 입술을 갖다 대거나 그 행위에 깊은 의미가
있다면 센다이의 말처럼 야한 것의 일종일지도 모른다. 하
지만 오늘은 아무런 속셈도 없고 깊은 의미도 없었으니,
센다이의 말은 잘못됐다.

스스로에게 그런 핑계를 대며 「오늘은」이라는 말에 후회
했다.

조심성 없는 말은 비 오는 날과 이어졌다.

그날을 떠올리는 것은 자신의 마음을 탐색하는 행위와

비슷하다.

너무 길어서 우울하지만, 여름 방학은 이런 기분을 리셋하기에는 딱 좋은 기회가 될 수도 있다. 감당할 수 없는 기분은 방학 동안에 처리한다. 전부 없애 버리면 반드시 원래대로 돌아올 수 있을 것이다.

나는 일어나서 침대에 엎드렸다.

—소설을 계속해서 읽어줘.

그렇게 말해야 하나 망설이고 있는데, 센다이의 목소리가 들려 왔다.

"미야기, 대학 어디 갈지 정했어?"

"갈 수 있는 곳."

센다이를 보지 않고 대답했다.

"너무 성의 없어. 여름 방학이 끝나면 2학기니까 슬슬 정하지 않으면 위험하지 않아?"

"관심 없어."

"여름 방학은 어떻게 할 거야? 학원이라도 다녀."

센다이가 아빠조차 하지 않는 잔소리를 주절주절 떠들어 대 귀를 막고 싶어졌다.

아빠는 나에게 별로 관심이 없는 것인지 진로에 대해 자세히 묻지도 않았고 공부하라는 말도 하지 않았다. 대학에 가지 않거나 심지어 일을 하지 않을지도 모르는데, 고등학생이 된 뒤에도 이래라저래라하는 시끄러운 잔소리는 하지 않았다. 말없이 그저 지나치게 많은 용돈만 주었다.

"저번에 대답했잖아."

가족보다 더 시끄러운 센다이에게 다시 한번 여름 방학 일정을 알려주는 것도 귀찮았다. 답은 얼마 전에 해줬으니 굳이 다시 말할 필요는 없었다.

"학원 같은 데 안 간다고 했나? 그럼 과외라도 쓰는 건 어때?"

"그런 걸 내가 왜 받아. 그보다 센다이 잔소리가 심해. 내가 여름 방학에 뭘 하든지 상관하지 마."

일어나서 센다이에게 베개를 던지자, 그녀는 그것을 받아 들고는 가볍게 말했다.

"아니, 좋은 사람이 있으니까 소개해 줄까 하고."

"끈질겨. 소개 같은 거 필요 없어."

"주 3회에 오천 엔. 싸지?"

"한 번에 오천 엔?"

과외의 시세 같은 것은 알지 못했기에 그것이 비싼 것인지 싼 것인지는 모르겠다.

"아니. 세 번에 오천 엔이면 돼."

"—이면 돼?"

상냥한 어조로 묘한 말을 하는 센다이를 빤히 바라보았다.

"미야기, 날 고용해. 공부 알려줄게."

센다이가 이상하다.

내가 아는 센다이가 아니다.

방학 중에 우리 집에 오겠다.

그녀는 지금까지 그런 말을 한 적이 없었다.

"……휴일은 만나지 않는다는 게 룰 아니었어?"

방과 후를 사겠다고 한 나에게, 쉬는 날은 안 되지만 그 이외라면 한 번에 오천 엔으로 명령을 들어주겠다고 한 것은 센다이였다. 그리고 그 약속은 계속 이어졌고, 작년 여름 방학에도 센다이와는 한 번도 만나지 않았다. 물론 겨울 방학에도 봄 방학에도, 토요일도 일요일도 센다이와 만난 적은 없었다.

"교과서 접은 것에 대한 보충."

센다이가 가볍게 말했다.

기억을 더듬을 필요도 없이, 나의 현대문 교과서에는 센다이가 만든 주름이 가 있었다.

하지만 너무나도 새삼스럽다.

꽤 전에 있었던 일이라 새삼 끌고 올 만한 일도 아니고, 센다이의 손목과 팔꿈치 사이를 있는 힘껏 물은 것으로 보충은 끝났었다.

"과외가? 그보다 이미 끝난 이야기잖아."

"미야기가 멋대로 나를 물고 멋대로 보충하겠다고 한 것뿐이야."

"그렇게나 오천 엔이 필요해?"

규칙을 바꾸면서까지 이 집에 올 만한 이유를 생각해 봐도 그 정도밖에 떠오르지 않았다. 그게 아니면 이상하다. 센다이는 많은 용돈을 받고 있을 것 같고, 오천 엔 같은 것은 필요 없을 것 같지만, 다른 이유가 있을 리가 없다.

"그럴지도 모르지."

조용한 목소리가 들려왔다.

"……센다이, 입시학원 가야 하잖아. 여름 방학에도 가는 거 아냐?"

"방학 중에는 시간을 조절할 수 있고, 끝나면 여기로 올 거야. 공부를 알려줄 뿐 명령은 없어. 나머지는 평소랑 똑같아. 여름 방학 전까지 답장 줘. 공부한다면 스케줄은 미야기가 정해도 되니까."

"대답하지 않으면 어떻게 되는데?"

"과외는 안 할 거고, 작년 여름 방학과 마찬가지로 여기에는 안 오겠지."

센다이는 그렇게 말하고, 소리 내어 읽지도 않고 소설의 페이지를 그대로 넘겼다.

제4화
미야기와 만나는 생활에 너무 익숙해졌다

　방학 중에도 미야기를 만나고 싶다.

　그런 생각을 하고 있는지는 스스로도 잘 모르겠지만, 마치 만나고 싶어하는 사람처럼 과외 이야기를 꺼냈다. 이제 와서 후회는 하지 않지만, 왜 그런 말을 해버린 걸까 하는 생각은 들었다.

　내 귀를 핥은 미야기에게.

　나를 넥타이로 묶은 미야기에게.

　내 옷을 벗기려고 했던 미야기에게.

　굳이 생각할 것도 없이 꽤 심한 짓을 해오는 미야기에게.

　나를 고용해, 라는 소리를 해버렸다.

　제정신이 아닌 걸까. 애초에 반 친구에게 과외라니 말도 안 된다.

　좀 이상한 녀석 같고, 마치 돈이 목적인 것 같잖아.

　나는 푹 잠길 정도로 뜨거운 물에 몸을 담갔다.

　"미야기는 바보."

　화가 담긴 목소리가 욕실에 울려 퍼졌다.

　내일부터 여름 방학인데 미야기에게서는 연락이 오지 않

았다. 알고 있었지만, 과외는 필요 없다는 뜻이겠지. 쉬는 날은 만나지 않는다는 룰이었고, 미야기가 거절하는 것은 어느 정도 예상하고 있었다. 하지만 갑자기 과외를 하겠다고 나선 나를 미야기가 어떻게 생각했는지에 대해서는 궁금했다.

미야기의 성격도 좋다고 할 순 없었기에 나를 싫어해도 상관없어야 정상인데, 또 그렇지는 않았다.

나쁜 사람보다는 좋은 사람이 낫고, 미움받는 것보다는 호감을 받고 싶었다.

단순하고 알기 쉬운 행동 원리에 의해 센다이 하즈키라고 하는 인간은 완성되어 있었다. 그것은 미야기에 관해서도 다르지 않다. 애초에 미야기에 한해서는 좋은 사람이라고 말하기는 어려웠지만, 이번 일로 미움을 받고 싶지는 않았다.

돈뿐인 관계.

미야기와는 그 이상도 이하도 아닌 관계라는 것을 이미 알고 있고, 또 받아들이고 있다고 생각한다. 하지만 반 친구에게서 돈을 받는다는 것이 마음을 무겁게 짓누를 때도 있다. 그것은 오천 엔이라는 존재가 결코 기쁘지 않았기 때문이다.

미야기와 친해질수록 오천 엔의 무게가 느껴졌다.

그렇지만 일주일에 한두 번 미야기를 만나는 생활에 너

무 익숙해져서 만나지 않으면 마음이 놓이지 않았다. 연락이 없으면 무슨 일이 있나 하는 생각이 들 정도로는 익숙해졌다.

원래라면 여름 방학에 미야기와 만나지 말아야 했다.

요즘 감정에 지나치게 휩쓸렸다.

시간을 갖는다는 것은 중요한 일이다. 시간만 있으면 어딘가에 밀어뒀던 이성을 끌어낼 수 있고, 냉정함을 되찾을 수 있다.

뭐, 그쪽도 만나지 않는 편이 좋다고 생각하는 것 같고, 연락도 없으니 아무래도 상관없으려나.

나는 시선을 아래로 향했다.

가슴팍에 작은 자국이 보였다.

교복을 다 벗길 배짱은 없으면서 키스마크를 달 배짱은 있다.

이상한 녀석.

미야기는 이상한 짓만 한다.

이런 자국은 달지 말라고 해두는 편이 좋았을까. 이렇게 눈에 띄는 곳에 미야기의 흔적이 있으면 싫어도 그녀가 생각나고 과거를 돌아보게 된다. 덕분에 연락이 오지 않는 것을 떠올리며 시간을 끄느라 목욕도 제대로 할 수 없었다.

빨리 사라져 버리면 좋을 텐데.

이제 여름 방학이 시작된다.

입시학원에 다니고, 우미나 일행과도 만나야 한다.

해야 할 일이 작년보다 많아졌으니 미야기 생각만 하고 있을 수 없다.

"안 되겠다. 더워."

나는 뜨거운 물 속에서 나와 탈의실에서 몸을 닦고 실내복을 입었다.

머리를 말린 뒤 어두컴컴한 주방으로 향했다. 냉장고 안에서 스포츠 음료 페트병을 꺼내 방으로 돌아갔다.

책상 위에 놓인 스마트폰을 보니 메시지 착신을 알리는 램프가 반짝였다.

귀찮다는 생각이 들었다.

시계는 자정을 지났다. 이런 시간에 메시지를 보내올 상대는 뻔하다. 우미나 아니면 마리코다.

노래방이 어떻고 소개팅이 어떻고.

오늘 학교에서도 내일부터 있을 예정을 끊임없이 떠들어 댔으니 분명 그 일에 관한 연락이겠지. 우미나는 여름 방학에 부모님에 의해 강제로 학원에 가게 됐고, 아르바이트를 한다는 말도 했었다. 마리코도 학원에 간다는 모양이다. 하지만 노래방도 소개팅도 뺄 수는 없다고 했다.

평소의 멤버와 노는 것은 기대되지만, 소개팅은 영 내키지 않았다. 두 사람이 데려오는 남자아이는 매번 얼굴만 좋고 알맹이가 없었다.

스마트폰을 손에 들고 침대에 걸터앉았다.

화면을 보자 예상대로 우미나와 마리코의 이름이 눈에 들어왔다. 메시지 내용도 생각했던 그대로다.

올해는 입시학원을 핑계 삼아 몇 가지 예정은 거절하는 편이 좋을 것 같았다.

그런 생각을 하면서 화면을 자세히 보자, 미야기의 이름이 있는 것을 알아차렸다.

『월, 수, 금으로 주 3회. 몇 시쯤 가능한지 알려줘. 그리고 오기 전에도 연락해.』

말은 생략되어 있었지만, 과외 이야기라는 것을 알 수 있었다. 메시지가 도착한 시간을 보자 자정이 되기 조금 전이니, 답장은 여름 방학 전에 온 셈이다.

의리 있게 약속은 지켜졌다. 나는 우미나에게 답장을 보내는 것보다도 빨리, 마리코에게 답장을 보내는 것보다도 빨리 미야기에게 알았다는 메시지를 보냈다.

미야기와 일주일에 세 번 만난다.

긴 휴가에 추가된 예정은 그리 대단한 것은 아니다. 하지만 지금까지보다 만나는 횟수가 많아진다고 생각하니 이상한 느낌이 들었다. 입시학원 중간에 우미나나 마리코를 만나는 것보다 더 지루하지 않은 시간을 보낼 수 있을 것 같다고 느끼는 자신이 있다.

입시학원은 그렇게 재미있지 않다.

강사 선생님은 성실하게 수업을 진행해 주신다. 이해하기도 쉽고 성적도 올랐다. 풀지 못했던 문제를 풀게 되거나 시험 점수가 올라가는 것도 즐거웠다. 성과가 눈에 보이는 순간이 좋았다.

하지만 아무리 입시학원을 다녀도 부모가 원하는 대학에 합격할 만큼 성적이 오르지 않는다는 것을 이제는 깨달았다. 그런데도 가지 않는다는 선택은 하지 못하고 부모가 선택한 학원에 계속 다니고 있으니 나도 참 시시하다.

남들이 말하는 좋은 대학에 갈 만한 성적은 되지만, 그것에 큰 의미는 없었다.

나는 우미나와 마리코에게 메시지에 대한 답장을 보냈다.

학교의 연장선상, 눈치 빠른 센다이 하즈키가 「알았어」라는 말에 여러 개의 장식을 덧붙이고 전송 버튼을 눌렀다. 승낙한 것은 미팅 이외의 일정뿐이고, 미팅은 아직 보류였다.

미야기와 만나게 된 뒤로, 자신이 생각했던 것보다 타인에게 더 많은 신경을 쓰고 있다는 사실을 깨닫게 되어서 싫었다.

아마 미야기와 만나고 있을 때가 가장 편할 것이다. 누구와 있는 것보다도 괜찮은 시간이었고, 어디에 있는 것보다 아늑했다.

"과외는 언제부터지?"

스마트폰 달력을 보았다.

그녀가 지정한 스케줄대로 가면 수요일부터다. 자정을 넘긴 지금, 일정은 바로 오늘부터였다.

오전에 입시학원에 갔다가 오후에 미야기의 집에 간다.

그저 공부하는 것뿐이지만, 빨리 아침이 오면 좋겠다는 생각이 들었다.

입시학원에서 돌아와 점심을 먹은 후 미야기에게 메시지를 보냈다. 평소에는 학교에서 갔는데 오늘은 우리 집에서 미야기의 집으로 향했다.

오후의 거리는 나에게 너무 더워서 그늘을 골라 걸어갔다. 장마 때 비를 뿌리던 하늘과 같은 하늘이라는 게 믿기지 않을 만큼 머리 위에서는 뜨거운 태양이 빛나고 있었다.

걸어서 15분에서 20분 정도.

더운 날씨 탓에 겨우 그 정도의 거리도 더 멀게 느껴졌다.

1년 전의 나라면 다시 돌아가고 싶다고 느꼈을 텐데, 오늘은 하늘에 불평만 조금 내뱉고 미야기가 사는 맨션 앞에 도착했다. 자동문을 열어주고 엘리베이터를 타고 6층에서 내린다. 현관 앞에서 인터폰을 누르자 곧바로 문이 열렸다.

"처음 봤어."

방학이 되고 처음 들어간 미야기의 집에서, 그녀를 처음 본 감상이 무심코 튀어나왔다.

"뭐를?"

"사복."

데님에 티셔츠.

미야기는 딱히 멋을 낸 것은 아닌 평범한 복장을 하고 있었다. 집에서 지내기에 적합한 편안한 옷을 입은 것은 이상한 일이 아니었지만, 교복은 아니다. 당연하지만 당연한 것이 아닌 모습에 작게 숨을 마셨다가 뱉었다. 낯선 사복 차림의 미야기는 내가 아는 그녀와 달라 보였다.

"센다이도 사복이잖아."

"그렇긴 한데."

오늘의 예정은 입시학원에 가는 것과 미야기에게 공부를 알려주는 것뿐이라 특별히 신경 쓴 차림은 아니다. 기합을 넣을 이유도 없었기에 반바지에 블라우스라는 지극히 평범한 차림이었다.

"다리가 기네."

미야기가 나를 빤히 바라보았다.

"칭찬해도 아무것도 안 나와."

"칭찬한 게 아니라 본 그대로를 말한 것뿐이야."

퉁명스럽게 말한 미야기가 방으로 향했다. 나는 여느 때처럼, 여느 때와는 다른 그녀를 따라 방으로 들어갔다. 그리고 미야기에게 오천 엔을 건네받았다.

"이거, 수요일하고 금요일 거."

"세 번 끝난 뒤에 줘도 돼."

"세 번으로 하면 헷갈리니까 주초에 오천 엔으로 계산하면 되잖아. 그러니까 지금 건 이번 주 분."

주 3회 가정 교사.

대가를 받는다면 후불이 좋았다.

과외를 세 번 하고 받는 것이 마음 편하다.

하지만 미야기는 미리 내고 싶은 모양이었다. 심지어 세 번으로 구분하는 것이 아니라 주로 구분해 오니 의견이 맞지 않았다.

"월요일이 없었으니까 오천 엔을 이번 주 몫으로 주면 너무 많은데."

"귀찮으니까 그냥 오천 엔으로 해."

건네주는 것에 큰 관심이 없는 것인지 미야기가 건성으로 대답하며 테이블 앞에 앉아 교과서를 펴들었다.

"알았어. 고마워."

고집 센 그녀의 말을 물고 늘어져봤자 쓸데없이 기력만 소비할 뿐 결말이 나지 않는다는 것은 이미 학습했다. 나는 순순히 오천 엔짜리 지폐를 지갑에 넣고 미야기 옆에 앉는다.

"그래서 선생님, 오늘은 이제부터 뭘 할 건가요?"

격식 차린 말투로 묻는 그녀를 보자 누가 봐도 의욕이 없어 보이는 얼굴을 하고 있었다.

테이블 위에는 그녀가 펼쳐놓은 교과서, 그리고 방학 숙제로 나온 프린트와 문제집이 놓여 있었다. 그것은 모두 미야기가 잘하지 못하는 교과목들이었다.

나에게 숙제를 시킬 생각이구나.

반이 달라도 방학 숙제는 변함없었고, 쌓여있는 프린트나 문제집을 정리하는 것뿐이라면 내가 하는 편이 빠르다. 하지만 그것만으로는 의미가 없었다. 진심으로 과외를 하고 싶은 것은 아니지만, 돈을 받고 있으니 미야기가 모르는 부분을 내가 알려줘서 본인이 직접 하게 만들어야 했다.

"당연히 공부지. 그리고 선생님이라고 부르지 마."

"뭐 어때. 센다이 선생님."

"선생님이라고 생각도 안 하면서. 원래는 공부도 하기 싫지?"

"자진해서 공부하고 싶은 사람은 없어."

―그럼 왜 과외 이야기를 받아들인 거야?

그런 말은 입안으로 삼켰다.

궁금하긴 하지만 이 말은 입에 담지 않는 게 좋겠다는 생각이 들었다. 입 밖에 내면 미야기의 마음이 바뀔 것 같았고, 반대로 왜 과외를 하겠다는 말을 꺼냈냐는 질문을 받으면 나도 곤란했다.

"일단 숙제부터 하자."

프린트를 한 장 집어 미야기 앞에 놓았다.

"센다이가 해주는 거지?"

"아니. 미야기가 하는 거야. 모르는 건 알려줄게."

"네, 네."

늘 내가 하는 대사를 미야기가 귀찮다는 투로 말하며 프린트에 시선을 떨궜다. 나도 내 몫의 숙제를 펼친 뒤 프린트에 답을 적어 내려갔다.

조용한 방, 옆을 보았다.

불평하던 미야기는 진지하게 문제를 풀고 있었다. 프린트를 보니 틀린 곳이 몇 군데 보였지만, 나중에 한꺼번에 알려주기로 하고 자신의 숙제를 진행했다.

학교가 없는 날 이 방에 온 것은 처음인데 지금까지와 별반 다르지 않았다. 미야기는 학교가 있는 날과 마찬가지로 나에게 오천 엔을 주었고, 내 옆에 있다.

하지만 계속 똑같지는 않을 것이다.

긴 휴일에 만나게 된다면 지금까지 이상으로 미야기라는 인간이 나와 깊이 엮이게 된다.

봄이 오고, 졸업하고, 그 후로 더는 만나지 않을 미야기와 이 이상 친해져도 아무 의미 없을 텐데, 굳이 여름 방학에 그녀의 집에 와 있다. 미야기가 마음에 든다거나, 이 방이 편안하다거나, 그런 여러 이유를 대고는 있지만 자신이 어디로 향하려고 하는지 알 수 없어 불안한 마음이 들었다.

그럼에도 나는 이 방에 오는 것을 택했다.

오지 않아도 되는 여름 방학까지 이곳에 와 있다.

이런 자신은 별로 좋지 않다.

풀리지 않는 문제를 계속 푸는 것 같아 머리가 아프다.

"미야기. 내일 뭐 해?"

나는 여름 방학에 어울리지 않는 암담한 기분에서 벗어나기 위해 물었다.

"뭐 하냐니."

"내일 예정."

"그거 센다이한테 얘기해야 하는 거야?"

미야기가 프린트에서 고개를 들고 나를 바라본다.

"꼭 그런 건 아니지만 잡담 정도는 나눌 수 있잖아."

"⋯⋯마이카네랑 만나."

우츠노미야와 다른 누군가.「네」에 포함된 것은 3학년이 되면서 미야기와 자주 함께 있는 시라카와라는 아이일 것이 분명하다.

"어디 가는데?"

"어디든 상관없잖아. 센다이, 잔소리 심한 부모님 같아."

"부모님만큼 시끄럽지는 않은 것 같은데."

진지하게 미야기의 일정을 알아내고 싶은 것은 아니다.

방학이 오기 전 재미없다는 얼굴을 했던 미야기에게도

일정이 있다고 하니 그것이 무엇인지 궁금했다. 그저 그뿐이고 사소한 잡담이다. 그런 것을 말이 많다고 하면 납득하기 어렵다. 오히려 그런 사소한 것에도 대답하지 못하고 불평이나 하는 미야기 쪽이 더 말이 많다고 느껴졌다. 하지만 미야기는 내 입을 틀어막고 싶은 것 같았다.

"시끄러워."

"수다 정도는 좀 떨어도 되잖아."

나는 펜으로 미야기의 팔을 쿡쿡 찔렀다.

"숙제하니까 방해하지 마."

그렇게 말하며 미야기가 프린트 위에서 펜을 움직였다. 하지만 10분도 채 지나지 않아 펜을 내던진다.

"역시 공부하기 싫어. 이거 센다이가 해."

"직접 해. 아직 한 시간도 안 됐어."

"다음부터 열심히 할게."

"그럼 틀린 거 고치면 이어서 해줄게."

"틀린 거라니?"

"일단 여기랑 여기. 그리고 또 있어."

틀린 곳을 펜촉으로 가리키자 미야기가 수를 세며 노골적으로 싫다는 내색을 드러냈지만, 교환 조건이 매력적이었는지 틀린 답을 지우개로 지워갔다. 내가 올바른 답을 도출하기 위한 약간의 힌트를 주자 실수가 모두 바로잡혔다.

"나머지는 내가 할 테니까, 끝날 때까지 미야기는 자신

있는 과목 하고 있어. 끝나면 베껴도 되니까."

"……결국 숙제하는 거네."

"당연하지."

앞으로 채워나갈 예정인 프린트도 순순히 베끼게 해주진 않을 것이다. 지금은 그것을 말할 생각은 없었고, 어느 정도는 미야기가 풀게 만들 생각이었다. 그녀는 내가 정말 과외 선생님 흉내를 낼 거라고는 생각하지 못했는지 떨떠름한 표정을 지으며 새로 꺼낸 문제집을 풀어나갔다.

양이 적지 않은 숙제는 하루 만에 끝나지 않는다.

인내심 있게 하나하나 프린트와 문제집의 빈칸을 채우고 있으려니 어느새 시간이 꽤 지나 있었다.

"저녁 먹고 갈래?"

끝난 몇 장의 프린트를 다시 보며 미야기가 말했다.

여름 방학도 방과 후와 마찬가지로 저녁을 내어줄 줄은 몰랐기 때문에 조금 놀랐다.

무엇이 나올지 예상은 가능했다.

분명 소소한 반찬이나 레토르트.

평소와 다르지 않겠지만 집에서 먹는 것보다 여기서 먹는 게 훨씬 나았다.

"먹고 갈래."

정해진 대답을 하자 미야기가 주방으로 향했다. 뒤따라 방을 나와 카운터 테이블 의자에 앉았다. 말없이 주방에서 있는 미야기를 보고 있는데, 뜨거운 물 속에 은빛 봉지가 던져지고 곧 카레가 되어 테이블 위에 놓였다.

둘이 잘 먹겠습니다, 하고 손을 모으고 난 뒤 한 입을 먹었다.

"레토르트도 좋지만 가끔은 직접 만들어."

나는 레토르트 치고는 고급스러운 맛이 나는 카레를 위장에 털어 넣은 뒤 미야기에게 말했다.

"카레 같은 건 레토르트로도 충분해. 만들기 귀찮아."

"못 만든다는 말을 잘못한 거겠지."

"그런 말을 할 거라면 센다이가 만들어."

"그럼 재료 좀 준비해 놔."

얻어먹기만 하는 것도 좋지 않았기에 노동력을 제공하는 정도는 상관없었다. 미야기가 맛있다고 생각하는지 아닌지를 떠나 간단한 것이라면 바로 만들 수 있었다. 하지만 만들라고 한 본인이 성의 없는 답변을 내놓는다.

"마음이 내키면."

재료 준비, 계속 안 할 것 같은데.

미야기의 의욕 없는 대답에 속으로 한숨을 쉬며 나는 카레를 입으로 가져갔다.

조금의 대화가 오가긴 했지만 저녁은 순식간에 끝나버렸다.

정리를 돕고 보리차를 마시면서 창밖을 보았다.

입시학원이 있어도 학교가 없는 만큼 미야기의 집에 일찍 온 덕분에 저녁도 평소보다 빨리 먹었다. 그래도 레이스 커튼 너머로 보이는 하늘은 이미 어두워져 있었다.

"이제 슬슬 가야겠다."

집에 도착하는 시간이 늦어진다 해도 그 누구도 아무 말도 하지 않겠지만, 계속 여기에 있을 수는 없었다. 미야기의 방에서 가방을 가져와 현관으로 갔다. 신발을 신고 있는데 말을 걸어온다.

"센다이는 내일도 입시학원?"

평이한 목소리에 저녁 식사 전에 들었던 미야기의 예정이 떠올랐다.

"내일뿐만은 아니지만 말야."

내가 입시학원에 가 있는 동안 미야기는 친구들과 놀 것이다.

수험생이라고 매일 공부해야 하는 것은 아니다. 그러니 미야기가 논다고 해도 상관은 없을 텐데, 어째서인지 화가 났다.

나는 현관문을 열었다가, 멈췄다.

뒤를 돌아 미야기의 손목을 잡았다.

"뭐야?"

의아한 표정을 지은 그녀를 끌어당겨 목덜미에 입술을 붙였다.

키스는 전에 했지만 심장 소리가 좀 빨라졌다.

미야기가 내 어깨를 눌렀다.

하지만 스스로를 제어할 수 없었다.

이런 것을 할 생각이 아니었는데도 강하게 입술을 눌러 붙이고, 자국이 나지 않을 정도로 빨아들였다.

부드러운 피부의 감촉이 입술에 전해졌다.

샴푸와 미야기의 땀이 섞인 냄새가 코를 간지럽혔다. 입술을 떼고 한 번 더 가볍게 만지며 천천히 고개를 들었다. 이런 의미 없는 짓을 한 스스로에게 작은 한숨이 새어 나왔다.

에어컨이 없는 현관은 덥고, 미야기의 손목을 잡은 내 손도 축축했다.

"이상한 짓 하지 마."

강한 목소리와 함께 잡고 있던 손을 뿌리쳐 온다.

"조금 만진 것뿐이고 흔적도 안 남을 테니까 그렇게 이상할 것도 없잖아."

"그런 말을 하는 게 아니야."

"오늘 공부만 알려준 게 아니라 숙제도 해줬지? 그 몫이야."

적당한 이유를 만들어 미야기에게 전했다.

"……그런 시스템은 못 들었어."

"말 안 했으니까."

"다 끝난 뒤에 룰 얘기하지 마. 그리고 나머지 프린트도 내가 꽤 했잖아."

"하지만 베낀 부분도 있지."

급조한 이유에 살을 더 붙이며 현관문을 열었다. 맨션 복도로 나오자 투덜거리는 미야기가 따라나와 함께 엘리베이터에 올라탔다.

1층에서 내려서 현관까지 함께 걸어갔다.

맨션 밖으로 나가기 전에 「다음에 보자」라고 말하자 미야기가 언짢아 보이는 얼굴로 「안녕」이라고 대답해 왔다.

지금까지와는 달리, 잘 가라는 인사에 다음이 보였다.

「다음에 보자」는 금요일을 말하는 것이고, 미야기의 연락은 필요 없다.

돌아갈 때 약속은 하지 않았지만, 모레의 예정은 정해져 있었다.

분명 격일이라는 성가신 스케줄이 문제다.

어제의 일을 떠올리고, 오늘은 뭘 하고 있을까, 라는 생각을 할 여유가 있다.

수 차례 생각하다 보면 기억에 강하게 남는다. 공부와 마찬가지다. 집에서 입시학원으로 가는 길, 입시학원에서 집으로 가는 길, 목욕하고 있을 때 잠이 들 때까지 침대 위. 미야기가 비집고 들어올 틈은 얼마든지 있었다. 그래서 금요일이 된 오늘도 어제 미야기가 무엇을 하고 있었는지 궁금했다.

고등학생이 여름 방학에 할 수 있는 것은 한정되어 있었으니 놀러 간 장소를 예상해 볼 수는 있다.

노래방이나 쇼핑, 영화를 보거나 놀이공원에 가거나.

그 정도겠지. 특별한 장소에 가지는 않았을 것이다.

어제 어디 갔어?

지금 본인한테 물어볼 수도 있겠지만 수요일에 물어봤을 때도 대답해주지 않은 것을 오늘 물어본다 한들 대답해 줄 리가 없다.

"센다이, 여기 모르겠어."

옆에 앉은 미야기가 펼친 문제집 위쪽을 펜으로 가리켰다.

"아, 이건—."

숫자가 여러 개 나열된 종이 위에 정답이 되는 공식을 알려준다.

기억에서 필요한 것을 꺼내 입에 담는 것은 그리 어려운 일이 아니다. 이런 것은 과외도 아니고 돈을 받을 만한 일도 아니라는 것은 알고 있지만, 아무런 이유도 없이 방학 중에 미야기의 집에 올 수는 없었기 때문에 이유를 만들었다.

그런 것은 미야기도 알고 있을 거라 생각한다.

수요일에 목덜미에 했던 키스의 이유도 적당히 만든 것이다.

미야기에게는 그 키스에 화낼 권리가 있었다.

그럼 왜 키스를 한 후에 진심으로 화를 내지 않았는가.

물어보고 싶은 마음은 있었지만 이것도 물어봤자 대답해 줄 것 같지 않았다. 이렇게 말 못 할 것들이 늘어나 언젠가는 질식할 것 같아 두려워졌다.

"……어제 어디 갔어?"

삼켰던 두 개의 말 중 물어보기 쉬운 쪽을 택했다.

"숙제해 주면 대답할게."

미야기가 가벼운 어조로 그렇게 내뱉고는 문제집을 내 앞에 두었다.

뭐, 이렇게 되겠지.

내가 숙제할 리 없다고 생각해서 하는 말이니 대답할 마음이 없다는 뜻이었다.

"오늘은 이제 그만할까."

나는 미야기의 문제집을 닫고 뒤에 있는 침대에 몸을 기댔다.

"빠르지 않아?"

공부를 시작한 지 아직 한 시간밖에 안 됐으니 빠르냐 늦으냐를 굳이 묻는다면 빠르다. 끝이라고 말할 만한 시간이 아니었기에 한 가지 제안을 했다.

"빠르니까 명령해도 괜찮아."

"뭐야, 그게."

"공부가 빨리 끝나기도 했고, 월요일에도 과외를 안 했잖아. 그만큼 명령해도 된다는 거지."

애초에 이런 것은 과외가 아니라는 말은 하지 않았다.

"그렇게 멋대로 새로운 룰 만들지 마."

"세상에는 임기응변이라는 편리한 말도 있어. 좋잖아."

"안 좋아."

"그럼, 앞으로 할 일을 미야기가 결정해도 좋아. 명령 이외의 뭔가를 제안해줘."

과외를 일찍 끝내는 대신 나는 무엇을 해도 상관없었다. 딱히 명령에 집착하는 것은 아니었기에 미야기에게 모든 것을 내던지자, 달리 방법이 없는 것인지 그녀는 의견을 번복했다.

"……명령할게."

"알았어. 뭘 할까?"

"지금부터 센다이 집에 데려가 줘."

"어?"

"늘 우리 집만 오니까, 가끔은 센다이 집에 가도 되잖아."

왜 그런 명령을 하려고 했을까.

미야기의 머리를 둘로 갈라 그 안을 들여다보고 싶다는 생각이 들었다.

고등학교에 들어간 이후 지금까지 친구를 집에 불러 본 적은 없었다. 몇 번 놀러 가고 싶다는 말을 들은 적은 있지만 모두 거절했다. 친구가 왔다고 부모가 인사를 하러 오는 것은 아니었지만, 마주칠 가능성은 있다.

그런 일이 벌어지면 분명 또 귀찮은 일이 될 것이다. 가족과의 사이가 좋지 않다는 것을 굳이 알리는 짓은 하고 싶지 않았고, 자신의 영역에 타인을 들이고 싶지도 않았다.

"농담이야."

미야기가 재미없다는 투로 말했고, 내가 아까 닫았던 문제집을 펼쳤다.

"아직 아무 말도 안 했는데."

"이제부터 안 된다고 할 거잖아."

"그런 건 모르잖아?"

그렇게 말하며 반바지를 입고 있는 미야기의 허벅지를 가볍게 두드리자, 내 손을 바로 뿌리친다.

아마, 이건 기분이 안 좋다는 뜻이다.

나는 숨을 들이마시고 힘차게 일어섰다.

"미야기, 가자."

"어?"

얼빠진 목소리가 들려왔다.

"왜 그런 반응이야? 우리 집에 데려가달라고 한 건 미야기잖아."

"그렇긴 한데."

"안 간다면 앉을게."

마음은 내키지 않지만, 미야기라면 집에 들여도 괜찮겠다는 생각이 들었다. 하지만 말을 꺼낸 본인에게 갈 마음이 없다면 무리해서 집에 데려갈 필요는 없다.

"갈 건데, 센다이랑 같이 가는 거야?"

내가 앉기 전에 몸을 일으킨 미야기가 이상한 말을 꺼냈다.

"데려간다는 건 같이 간다는 거고, 같이 안 가면 모르잖아. 미야기, 우리 집 알아?"

"몰라."

당연하다.

나는 그녀에게 어디에 사는지에 대한 질문을 받은 적이 없고, 말한 적도 없다. 모르는 장소에는 혼자 갈 수 없으니 함께 갈 수밖에 없다. 하지만 미야기는 일어선 채 움직이려고 하지 않았다.

"미야기, 뭐야. 안 가?"

"……함께 걷는 모습, 누가 볼지도 모르는데 괜찮아?"

그 말을 듣고 미야기가 움직이려 하지 않은 이유를 알아차렸다.

방과 후에 있었던 일은 아무에게도 말하지 않고, 학교에서 말을 걸지도 않는다.

그런 약속이었기에 내가 미야기와 만나고 있다는 사실은

아무도 모른다. 계속 둘만의 비밀이고 앞으로도 둘만의 비밀로 남아 있을 것이다. 그래서 같이 걷지 않겠다는 말을 하고 싶은 것일지도 모르지만, 이전 반 친구와 우연히 만나 함께 걷는 일 정도는 얼마든지 있을 수 있고, 같은 장소로 가는데 굳이 따로 가는 것도 번거로웠다.

"딱히 괜찮아."

짧게 대답하자 미야기가 고집을 피웠다.

"알려주면 따로 갈게. 그편이 낫잖아."

신경을 써주는 것인지, 아니면 친구에게 나와 단둘이 있는 모습을 보여주고 싶지 않은 것인지는 모르겠지만 함께 가기 싫다며 투정을 부린다.

"그건 너무 번거로워. 그냥 같이 가도 되지 않을까? 미야기가 미아가 돼도 곤란하잖아."

"지도가 있으면 헤맬 일은 없어. 스마트폰이 안내해 주니까. 그 정도에 헤맬 정도로 길치도 아니고."

"그렇다고 해도 같이 가. 여기서 그렇게 멀지도 않고, 함께 걸어도 그렇게 누구랑 마주칠 일도 없어."

지금까지 집 근처에서 만난 얼굴은 미야기 정도였다. 그녀의 친구들과도 만나는 일은 없을 것이다.

나는 테이블 위를 치우고 미야기의 손목을 잡았다. 그리고 그녀를 질질 끌듯이 방을 나섰다.

"20분 정도 걸을 건데 괜찮아?"

현관에서 구두를 신으며 물었다.

"멀어."

"가깝다니까."

빠르게 걸으면 15분이면 도착하니까 그렇게 멀지 않다.

우리는 엘리베이터를 타고 현관으로 향했다. 맨션을 나와 천천히 걷기 시작하자 미야기가 조금 뒤를 따라왔다. 나는 멈춰 서서 그녀를 기다렸다.

"중간에 편의점 들러도 돼?"

옆에 온 미야기에게 물었다.

"상관은 없는데."

"그럼 가자."

나는 미야기와 떨어지지 않도록 보조를 맞춰 집으로 향했다.

언제나 혼자 걷던 길을 둘이 걸으니 신선한 기분은 들었지만 즐겁지는 않았다. 생각할 것도 없이 목적지가 좋지 않았다. 여름 방학의 집은 나에게 있어서 어느 때보다 좋지 않은 곳이었다.

그저 빠른 걸음으로 걸어갔다.

집에서 5분 거리인 편의점에 들러서 페트병 차와 사이다를 샀다.

편의점에 들른 이유는 단순했다.

가족에게 누군가를 데려왔다는 것을 알리고 싶지 않았다.

두 사람 몫의 잔을 가져간 모습을 보이고 싶지 않았다.

하지만 그늘이 적은 거리를 걷게 한 후 미야기에게 아무 것도 내놓지 않을 수는 없었다.

단지 그만한 이유로 나는 편의점 봉지를 들고 있었다.

"여기야."

흐르는 땀 때문에 등에 달라붙은 티셔츠를 찝찝해하며 집 앞에 멈춰 섰다. 미야기를 바라보니 아무 말 없이, 신기한 것이라도 보는 얼굴로 별 특징도 없는 집을 바라보고 있다.

나는 가방에서 열쇠를 꺼냈다.

하지만 열쇠를 쓰기도 전에 문이 열렸다.

타이밍이 나쁘다.

운이 나쁘다.

날이 나쁘다.

어느 것이 옳은지는 모르겠지만, 현관에서 무뚝뚝한 얼굴을 한 엄마가 나왔다. 역시 집이라는 목적지는 아무 즐거움도 없었다.

"안녕하세요."

미야기가 긴장감이 느껴지는 목소리를 내며 꾸벅 고개를 숙였다.

이럴 때 평범한 엄마라면 어서 오렴, 이라는 인사를 던지거나 천천히 놀다 가라, 라는 식의 말을 할 것이다. 하지만 그녀는 아무 말도 하지 않은 채 미야기에게 고개만을 숙여 보인 뒤 우리 앞을 지나갔다.

인사를 해준 미야기에게 미안하다는 생각이 들었지만, 나는 아무것도 할 수 없었다.

"미안해. 신경 쓰지 마."

엄마의 뒷모습을 배웅하고 사과하자 미야기가 난처한 표정을 지으며 고개를 끄덕였다.

부모와 마주치는 일이 있을지도 모른다.

그런 가능성은 생각하고 있었지만 정말로 이렇게 마주칠 것이라고는 생각하지 못했다. 뒤늦게 이곳에 오고 싶다고 말한 미야기에게 불평을 쏟아내고 싶은 기분이 들었다. 하지만 그것은 단지 화풀이에 지나지 않고, 데려오기로 결정한 것은 나다.

"들어가."

공기가 무거워지기 전에 현관문을 열자, 작은 목소리가 쫓아왔다.

"실례합니다."

함께 신발을 벗고 계단을 올라가 복도에 늘어선 두 개의 문 중 안쪽 문 앞에서 걸음을 멈췄다.

"잠깐만 기다려 봐. 방 치우고 올게."

"방 어질러놓는 타입?"

"그런 건 아니지만, 일단은."

청소는 별로 좋아하지 않지만 그렇다고 방이 어질러져 있는 것은 아니었다. 그래도 누군가가 오는 것을 상정하지 않았던 방에 미야기를 들이는 것이니 점검 정도는 해두고 싶었다.

나는 미야기를 세워두고 방으로 들어갔다.

문을 닫고 책장이나 침대로 시선을 돌리자, 서랍장 위에 올려놓은 저금통이 눈에 들어왔다.

저 안에는 미야기에게서 받은 오천 엔짜리 지폐가 들어 있다. 보인다고 해서 곤란한 것은 아니지만, 내용물을 생각하면 보여주고 싶지 않았다.

우선은 에어컨 스위치를 켰다. 봉지 안에서 페트병을 꺼내 테이블 위에 그것을 올려두고 저금통을 옷장 안에 집어넣었다. 다시 한번 방 안을 빙 둘러본 뒤 미야기를 안으로 들였다.

"적당히 앉아."

"넓네."

방에 들어가자마자 미야기가 그렇게 말하며 침대에 걸터앉는다.

"미야기 방도 넓잖아."

내 방도 넓은 편이지만 아마 미야기 방이 더 넓을 것이다.

"아까 그분은 엄마?"

내가 아니라 방을 보면서 미야기가 물었다.

"맞아."

"그럼 집에 이제 아무도 없는 거야?"

귀찮다.

자신의 영역에 사람을 넣으면 따라오게 되는 여러 가지 것들.

그것이 귀찮은 것임을 알면서도 미야기를 데려온 것이지만, 역시 귀찮다는 생각이 들었다. 나는 미야기에게 이런 걸 물어본 적도 없는데, 하는 생각도 들었다.

그래서 싫었다.

이런 나도 귀찮게 느껴져서, 미야기의 목소리를 흘려들으며 테이블 위로 손을 뻗었다. 사이다가 든 페트병을 집어 들고 미야기에게 건네준 뒤 침대를 등받이 삼아 바닥에 앉았다. 차가 담긴 페트병 뚜껑을 열자 미야기가 재촉하듯 「센다이」 하고 불렀다.

"아마 있을걸."

내 대답을 끈질기게 기다리는 미야기를 보지도 않고 답한다.

"있다니 누가?"

마치 자신의 방에 있는 것처럼 침대에 앉아 있지만, 가만히 있기 어려운지 미야기가 다리를 흔들흔들 움직였다.

"훌륭한 언니가 한 명."

대학생인 그녀는 여름 방학에 들어가자마자 돌아왔다.

오늘은 모습을 못 봤지만, 아마 방에 있을 것이다.

"옆방?"

"응."

"몇 살 차이야?"

미야기에게 악의가 없다는 것은 알고 있다. 묻고 싶어서 묻는다기보단 그저 머리에 떠오른 생각을 입에 담아 침묵을 메우려는 것뿐이다. 하지만 별로 좋은 질문은 아니다.

"미야기, 시끄러워."

차를 한 모금 마시고 나서 페트병을 테이블 위에 돌려두었다. 몸을 미야기 쪽으로 향한 뒤 흔들리는 오른발을 잡았다. 반바지에서 뻗어나온 다리 위로 무릎이 보였고, 나는 거기에 입술을 붙였다. 그리고 그대로 혀를 움직였다.

"그런 거 하라는 말 안 했어."

못 들은 척 양말을 벗겼다.

방금 킨 에어컨은 아직 작동하지 않았다.

날씨가 더워서일까, 명령받지도 않은 일을 아무렇지도 않게 할 수 있었다. 발등에 혀를 붙이고 발목까지 핥자 부드러운 피부는 평소보다 더 촉촉하고 땀 맛이 났다.

"하지 마."

미야기가 강한 어조로 쏘아붙이며 페트병으로 머리를 밀어왔다. 나는 차가운 그것을 빼앗아 바닥에 내려놓았다. 종아리를 쓰다듬고 정강이에 부드럽게 입술을 대자 또 불평이 쏟아졌다.

"다리 핥으라는 명령은 안 했어."

"이제부터 할 거잖아?"

"안 해. 다리, 놔줘."

"안 놔줄 거야."

명령이라고 덧붙일 수도 있었는데, 미야기는 「놔줘」라고 만 말할 뿐 명령이라는 말은 하지 않았다. 별다른 저항도 하지 않는다. 부탁뿐인 말은 나를 말리기에는 부족했고, 그녀의 발목을 세게 잡고 엄지발가락을 깨물었다.

"센다이, 아파."

미야기는 여전히 시끄럽게 굴었지만, 필요 없는 것은 묻지 않았다. 발로 차지도 않고, 하지 말라고 명령해 오는 일도 없다.

이런 식으로 있으면, 나도 미야기도 이렇게 하는 것을 원하는 것처럼 느껴진다.

쓸데없는 것을 추궁당하는 것보다는 낫다.

다만 그뿐이던 행위가 다른 행위로 바뀔 것 같아 나는 엄지발가락을 깨무는 힘을 더 강하게 했다.

"아프다니까!"

생각했던 것보다 더 큰 소리에 발에서 입을 뗐다.

"너무 떠들지 마. 옆에 들려."

벽은 그리 얇지 않았고 옆에 들릴 만한 소리는 아니었지만, 들려서는 안 되는 내용이었기에 주의를 주었다.

"센다이 때문이잖아. 그만두면 시끄럽게 안 해."

"그럼 뭔가 명령해 줘."

그렇게 말하고 미야기를 보자 언짢은 눈빛을 나에게 돌려온다. 하지만 아무 말도 하지 않기에 물었던 곳에 혀를 훑고는 입술을 여러 번 발등에 밀어붙였다. 손가락 끝으로 복사뼈를 쓰다듬고 발목에서 뼈 위를 핥았다. 불평이 떨어지진 않았다. 피부 아래 단단한 감촉을 느끼며 혀를 움직여 무릎 아래에 키스하자 미야기가 다리를 뺐다.

"이리 와."

작은 목소리가 들려왔다.

"그게 명령이야?"

"그래."

시키는 대로 옆에 앉아 미야기를 보자 그녀의 손끝이 입술에 닿았다. 윤곽을 더듬듯이 쓰다듬던 손가락이 바로 떨어지려 해서, 그 손을 잡았다.

만지는 것을 망설이는 이유는 잘 모르겠지만, 이런 미야기는 마음에 들지 않는다.

"달리 명령하고 싶은 게 있잖아. 확실히 말해."

"손을 놔주면 말할게."

"알았어."

잡은 손을 풀어주자 미야기가 팔을 잡았다. 그리고 조금 망설이는가 싶더니 천천히 검지가 다시 한번 내 입술에 닿았다.

"……핥아줘."

분명 정말로 명령하고 싶은 것은 아니었다. 하지만 아무 것도 묻지 않고 미야기의 손끝에 혀를 갖다 대자 입안으로 손가락이 밀려 들어왔다. 손가락 끝이 혀에 닿고, 두 번째 관절 근처에 가볍게 이를 세웠다. 입안을 탐색하듯 움직이는 손가락에 혀를 휘감자 움직임이 멈춘다. 부드럽게 혀를 꾹 누르며 이리저리 움직였다. 맛있는 것은 아니지만 맛없는 것도 아니다. 그렇게 혀를 계속 굴리고 있는데, 미야기가 손가락을 뺐다.

핥으라는 명령은 취소되지 않았다.

쫓아가듯 손가락 끝을 핥고 혀를 눌러 뿌리까지 기어갔다. 손등에 입술을 붙이고, 손목에서 그 위를 향해 완만하고 부드럽게 핥았다.

"그렇게 핥는 거, 기분 나빠."

그렇게 말하고 미야기가 손을 떼려고 하지만 입술을 붙이고 강하게 혀끝을 눌렀다.

"센다이!"

목소리와 함께 억지로 팔이 당겨졌다.

"떠들지 말라고 한 거 잊었어?"

그렇게 묻자 미야기는 「안 떠들었어」라고 불만스럽게 대답하고는 몸을 일으키려 했다. 나는 그녀의 팔을 잡았다.

방심하면 미야기는 곧바로 내게서 도망치려고 한다.

그리고 그런 미야기를 잡는 것은 나의 몫이다.

오늘도, 그것은 변하지 않았다.

나는 미야기를 어디에도 가지 못하도록 침대에 밀어 넘어뜨렸다.

"비켜."

당연하지만 미야기가 화가 난 얼굴로 말했다.

"안 비켜."

"안 비켜줄 거면 티슈 갖다줘. 손가락 닦고 싶어."

"좀 가만히 있어."

키스로 입술을 막는다는 바보 같은 생각이 떠올랐지만 금방 털어냈다. 미야기가 읽는 만화에 너무 영향을 받았다. 하지만 그것은 몇 번이나 그녀의 집에 오가며 몇 번이나 그녀의 책을 읽었다는 증거였다. 한숨이 새어 나오려는 것을 참았다.

1년 전이라면 이런 생각은 절대로 하지 않았을 거고, 미야기를 밀어 넘어뜨리는 일도 없었을 것이다. 애초에 남을 밀어 넘어뜨리는 것은 언제나 미야기였지 자신은 아니었다.

"이런 거 룰 위반인 거 아니었어?"

또 미야기가 거슬리는 소리를 했다.

나는 그녀가 다음 말을 하기 전에 목덜미를 깨물었다.

강하게 이를 세우자, 무어라 불평하려던 미야기가 입을 다물었다.

　하지만 그것은 정말 짧은 시간이었고, 금세 또 소란을 피운다.

　"센다이, 아파."

　내 어깨를 밀며 항의해왔지만 그만두지는 않았다.

　"아프다니까. 하지 마."

　"미야기도 이런 거 하면서."

　고개를 들어 미야기의 목덜미를 보았다.

　깨물었던 자리가 붉어진 것을 보니 미안한 마음이 들었지만, 미야기도 잘못이 있다. 장소는 다르지만 과거에 비슷한 일을 몇 번이나 했었다. 나도 한 적은 있지만 미야기는 힘 조절이라는 것을 하지 않았기에 그녀가 더 심했다.

　통증과 흔적이 늘어날 때마다 미야기를 생각하는 시간이 늘어났다.

　미야기도 조금은 내 마음을 알아주길 바랐다.

　"……그렇긴 하지만."

　머뭇거리며 그렇게 말한 미야기가 목을 눌렀다.

　아직도 아픈지 문지르듯 손을 움직인다.

　나는 그녀 옆에 누웠다.

　침대 위에 미야기와 둘.

　전에도 그런 일은 있었지만, 그것은 미야기의 집에서였

다. 내 침대 위에 미야기가 있다고 생각하니 이상한 느낌이었다.

"센다이, 좁아."

미야기가 불만 가득한 목소리와 함께 나를 힘껏 밀쳤다.

"이거 내 침대야. 누르지 마, 아프니까."

"내가 더 아파."

그렇게 말하며 미야기가 일어나 내 다리를 발로 찼다.

"알아."

몇 번이나 미야기에 의해 흔적이 남았고, 물린 적도 있다. 그것이 얼마나 아픈지는 내가 가장 잘 안다.

일단 후회는 했다.

이런 짓을 하려고 그녀를 방에 들인 것은 아닌데, 이런 짓을 해버리고 말았다. 나중에 이 침대 위에 미야기가 있었다는 사실을 떠올리는 내가 있다면, 분명 지금의 나를 저주할 것이다.

"다음 주부터 진지하게 공부할까."

새로운 방향으로 향해 가고 있던 감정을 추스르듯이 그렇게 말하자, 미야기가 「그러는 편이 좋겠어」라고 조용히 답했다.

제5화
여름 방학의 센다이는 횡포가 심하다

절반까지 배웅하겠다.

집에 돌아가겠다고 말하자 센다이가 그런 말을 꺼내기에 거절했다. 밖은 아직 밝았고 길은 기억하고 있었으니 배웅을 받을 이유가 없었다. 함께 걷는다 해도 달리 할 말도 없었다.

센다이의 집으로 걸어갔을 때도 거의 이야기는 오가지 않았다.

혼자 돌아가는 편이 마음 편하다.

게다가 오늘 일어난 일을 생각하면 어색하다.

그래서 몇 번이나 혼자 돌아가겠다고 했는데, 나는 어째서인지 침묵을 고수하며 센다이와 돌아가는 길을 걷고 있었다.

더위도 많이 타는 주제에.

갑자기 주어진 명령할 권리가 언제 사라졌는지 모르겠다. 그녀는 명령이라고 말한 내 말을 무시하고 함께 집을 벗어나는 것을 택했다.

옆을 걷는 센다이에게 들리지 않게 작게 한숨을 내쉬었다.

그녀의 집에 데려가 달라고 부탁한 것은, 그녀가 너무 제멋대로 굴었기 때문이다.

여름 방학 때라면 무슨 짓을 해도 괜찮은 것처럼, 물어보지도 않고 룰을 늘리고 자기 멋대로 굴어댔다. 그렇다면 나도 무리한 요구를 해도 되지 않을까, 그런 생각에 장소조차 몰랐던 그녀의 집에 데려가달라고 명령했다.

센다이가 어떤 곳에서 지내고 있는지.

아주 조금 관심도 있었다.

어차피 거절당하겠지.

그렇게 생각하고 가볍게 명령한 것을 후회했다.

내가 오늘 본 것 중에는 센다이가 보여주고 싶지 않았던 것이 있었다. 그것은 그녀가 계속 숨기고 있던 것이었고, 앞으로도 계속 숨기고 싶어한 것이었다.

가족에게 사랑받을 것 같은 센다이.

그녀에게 그런 이미지를 가지고 있었지만, 그런 센다이는 내 상상 속에서만 존재했다. 현관에서 딱 마주친 그녀의 엄마는 딸을 보지도 않고 나가버렸고, 센다이도 알 수 없는 얼굴을 하고 있었다.

그다지 좋은 관계가 아님을 바로 알 수 있는 분위기.

두 사람 사이에는 그런 것이 확실히 느껴졌다.

실수했다.

침묵을 피하기 위함이라고는 해도 오늘의 나는 지나치게

말이 많았다. 그 결과가 이것이다.

지금 센다이는 입을 다물고 있다.

나도 말을 많이 한 것을 메우기라도 하듯 입을 다물었다.

말을 많이 한 것을 사과한다면 조금쯤은 마음이 편해질 것 같았지만, 사과하면 센다이는 반드시 화를 낼 것이다. 그래서 그녀의 옆을 묵묵히 걸을 수밖에 없었다.

나란히 걸어도 침묵밖에 없으니 혼자 걷는 것과 다르지 않다.

옆을 보지 못하고 시선은 아래로만 향했다.

보도에는 저무는 태양이 만든 그림자가 드리워져 있었다.

걷는 속도는 느렸고, 눈에 비치는 풍경도 천천히 흘러갔다.

"미야기, 감상은?"

돌아오는 길, 처음으로 옆에서 평소와 다름없는 목소리가 들려왔고, 갑작스럽게 침묵이 깨졌다.

"감상?"

물어 온 말의 의미를 몰라 센다이를 바라보았다.

"내 방에 와 보고 싶었잖아?"

오늘 있었던 일을 잊은 것처럼 밝은 어조로 대답한다.

"그런 건 아니야. 기분 전환이 필요했던 것뿐이지."

"네, 네. 그렇다고 할게. 어쨌든 방을 본 감상 정도는 알려줘."

센다이의 방은 과하게 꾸며져 있지도 않았고, 살풍경하다고 할 정도로 아무것도 없는 방도 아니었다. 바로 떠오르는 말은 「아주 평범한 방」이다. 내 방과 크게 다르지 않다.

하지만 책장만 달랐다.

늘어선 책의 대부분을 차지하고 있던 것은 문제집이나 참고서였다. 센다이가 가끔 보는 이바라키가 좋아할 만한 잡지는 전혀 보이지 않았다. 하지만 그것을 입에 올리는 것은 뭔가 아닌 것 같아서 무난한 말을 전했다.

"평범한 방이라는 느낌이었어."

"그게 뭐야. 어떤 방이라고 생각했는데?"

"좀 더 여고생 같은 느낌?"

"아, 그런 이미지인가."

"학교에서는 그런 느낌이잖아."

센다이는 화려한 타입은 아니지만, 학교에서는 눈에 띄고 반짝반짝한 이미지가 있었다. 귀여운 것이나 멋진 것들로 둘러싸인 방이었다 해도 놀랍지 않았을 것이다.

"방 감상이 아니라도 상관없으니까, 뭔가 다른 건 없어?"

내 말이 영 만족스럽지 않은지 센다이가 재차 질문을 했다.

그 후로 나는 책장에 있던 책을 읽으며 보냈다. 빈손까지는 아니지만 프린트도 문제집도 가져가지 않았고, 그밖에 아무것도 없었기 때문에 선택지가 그것밖에 없었다. 그리고 센다이도 책을 읽었다.

다시 말해 평소와 다름없는 시간을 보냈다는 뜻이었다.

"감상이라고 할 정도의 일도 없었잖아."

"뭐, 그것도 그렇지."

센다이가 가볍게 말하고 걸음을 멈췄다.

따라서 멈춰 서는데, 손가락이 다가오는가 싶더니 목덜미에 바로 앞에서 멈췄다.

"여기 괜찮아? 아직 좀 붉은데."

나를 밀어 넘어뜨린 센다이는 힘 조절을 하지 않았다.

목덜미에 피가 나는 게 아닌가 싶을 정도로 이가 파고들었다. 그녀에게 몇 번인가 물린 적은 있었지만, 그중에서 가장 강한 힘이었다.

"아팠고, 아직도 아파."

그렇게 대답하자, 센다이의 손이 붉어져 있을 장소에 닿았다.

사실 이제 아프지 않다.

하지만 통증이 남아 있는 것처럼 욱신거렸다.

"그렇겠지. 아프라고 문 거니까."

묘하게 진지한 얼굴로 센다이가 말했다.

나 같은 짓 하지 마.

그렇게 말하려다가 입을 다물었다.

자신이 지금까지 얼마나 심한 일을 해왔는지 새삼스레 깨닫자 한숨이 나왔다.

내 목을 쓰다듬는 센다이의 손을 떨어뜨렸다.

괜찮아.

이런 일은 아무것도 아니야.

지금은 아직 빨개져 있을지도 모르지만, 아프지도 않고 흔적도 남지 않는다.

금방 다 사라지고 없어진다.

"센다이는 변태야."

"그럴지도 몰라."

평소 같으면 부정의 말을 뱉었을 센다이가 긍정한다.

여름 방학이 된 뒤로, 어딘가 이상한 일들뿐이다.

내가 알고 있는 센다이는 정도를 알고, 남을 밀어 넘어뜨리거나 하지 않는다. 명령에서 벗어난 일을 해도 거기에 큰 의미는 없다.

혀가 피부에 닿는다.

핥는다는 행위는 그뿐인 일이다. 하지만 센다이는 그때 그 이상의 의미를 부여하려고 하는 것처럼 보였다.

—아니, 기분 탓이다.

모든 것이 대수롭지 않은 일이고 내일이면 잊어버릴 정도의 일이다. 센다이의 집에 간 일도, 거기서 있었던 일도, 기억의 바다에 잠겨 감정은 남지 않는다. 모든 것이 다 나의 지나친 생각이다.

"갈까?"

거리의 번잡함에 섞여들 정도의 작은 목소리와 함께, 센다이가 걷기 시작했다.

그녀의 집에 갈 때도 그랬지만, 걷는 속도를 모르겠다.

다른 아이였다면 자연스럽게 정해졌을 보폭이 정해지지 않는다.

나란히 걸으면 되나, 좀 떨어지는 편이 좋으려나.

그런 고민을 하느라 다리가 쉽게 나아가지 않고 있는데, 센다이가 옆에 있었다.

집을 나온 뒤로 줄곧 나란히 서서 거리를 걷고 있었다.

가는 길이나 오는 길이나 마찬가지였다.

걷는 페이스는 변함없다.

나는 속도도 보폭도 알지 못한 채 다리를 움직였다. 이것이 그녀의 평소 속도인지, 나에게 맞춘 것인지는 모르겠다.

다만 천천히, 거리의 경치가 바뀌어 갔다.

조금 더 템포를 올리는 편이 편할 것 같았다.

하지만 센다이와 함께 거리를 걷는 일은 더 이상 없을지도 모른다고 생각하니, 이 경치의 속도가 바뀔 정도로 걸음을 서두를 수가 없었다.

7월이 끝나고 8월이 되었다.

그 후로 계속 센다이는 성실하게 과외를 해주었다. 나도 열심히 공부한 덕분에 숙제의 대부분을 마쳤다. 그녀와 공부하는 시간은 즐겁다고 할 정도는 아니지만 나쁘지는 않았다. 그래도 조금은 페이스를 줄여도 좋지 않을까.

더 이상 서둘러 숙제할 필요는 없다.

문제를 푸는 것에도, 리포트를 쓰는 것에도 질렸다.

하지만 센다이는 포기하지 않고 나에게 공부를 계속 가르쳤다. 그 증거로 오늘도 테이블 위에는 교과서와 참고서가 가득했고, 그녀가 과외 선생님이라는 역할을 하기 위해 가져온 문제집이 펼쳐져 있었다.

센다이가 이 방에 오는 이유는 아마, 집에 있을 것이다.

그녀의 집에 간 날 보고 말았던 것이 대답이 아닐까 생각했다.

그것은 상관없다. 어떤 이유가 있더라도 여기 와서 약속만 지켜주면 그만이다. 하지만 쉬는 날은 만나지 않는다는 규칙을 만든 센다이가, 그 규칙을 바꾸면서까지 여름 방학에 여기 와 있는 이유에 대해서는 신경이 쓰였다.

집에서 무슨 일이 있어도 쉬는 날까지 이 방에 오고 싶지는 않다.

그것이 지금까지의 그녀의 대답이었겠지.

그래서 작년 여름 방학에는 이곳에 오지 않았다.

겨울 방학에도 봄 방학에도 룰을 바꾸려고는 하지 않았다.

그런데, 어째서.

의문은 사라지지 않고 계속 남았다.

어쩌면 자신이 만든 룰을 바꾸면서까지 이 방에 올 정도로 집에 있고 싶지 않은 무언가가 있었을 수도 있고, 또 다른 이유가 있을 수도 있다. 그녀의 집에 갔다가 돌아오는 길, 이대로 함께 계속 걸을 수 있다면 모르는 것을 알 수 있을지도 모르겠다는 생각이 들었다. 하지만 길은 언제까지나 계속되는 것이 아니다. 반드시 어딘가에서 끝이 난다. 센다이와 계속 같이 걸을 수는 없다.

"미야기, 손이 멈췄어."

드물게 머리를 땋지도 묶지도 않은 센다이가 내 팔을 펜으로 쿡쿡 찔렀다.

"쉬는 것뿐이야."

나는 에어컨 리모컨에 흘끔 시선을 준 뒤 꽤 오랫동안 공부하느라 얼음이 녹아 없어진 사이다를 마셨다. 밍밍한 탄산이 목구멍을 지나 위장으로 떨어졌다. 차갑다고 말하기 어려운 사이다는 맛은 없었지만, 지금의 나에게는 딱 좋았다.

"미야기. 이 방 춥지?"

센다이가 턱을 괴고 나를 보았다.

"지금은 안 추워."

"긴팔 입어서?"

반팔 블라우스에 반바지라는 시원한 차림을 한 센다이가

말했다.

"그렇긴 한데."

"그거, 추웠다는 뜻이지?"

조금 낮은 목소리가 방에 울렸다가 사라진다.

센다이가 비밀로 해두고 싶었던 것을 헤집어 버린 나는, 이 방의 온도를 그녀에게 맞춰주는 것으로 얼음이 녹은 사이다처럼 죄책감을 희석하고 있었다. 피부에 닿는 추위를 없애기 위해 티셔츠 위로 긴팔 블라우스를 입고 있으니 지금은 그렇게 춥다고 불평할 정도는 아니다.

"배려해 주는 거, 뭔가 화나."

센다이가 내 블라우스의 소매를 잡고 말했다.

그녀는 분명 이 블라우스의 의미를 깨닫고 있을 것이다.

"내가 왜 배려를 해?"

"……."

답은 돌아오지 않는다.

이 방이 센다이에게 딱 좋은 온도가 된 이유를 말하는 것은 그녀의 집에서 있었던 일을 다시 끄집어내는 행위였다. 쓸데없는 질문을 받고 싶지 않은 그녀가 대답할 수 있을 리 없다.

서로 말하고 싶지 않은 것이 있기에, 그것을 끌어안은 채 같은 시간을 보내고 있다.

안고 있는 것을 선뜻 보여 달라고 하면 안 된다는 것을 알고 있는 센다이는 나에게 아무것도 묻지 않았다.

지금까지도 계속 그랬다.

언제나 이 집에 아무도 없는 것에 대해.

오천 엔을 계속 줄 수 있는 것에 대해.

내가 말하고 싶지 않은 것에 대해 질문하는 일은 없었다.

그래서 나도 센다이에 대해 그렇게 깊이 물어보지 않았다.

—얼마 전에는 실패했지만.

말하고 싶지 않은 것을 물어 버린 것은 반성해야 하는 일이었고, 지금 그녀가 침묵한 이유를 추궁하지도 않았다.

"조금 더운 건 아무렇지도 않아. 온도 올리지 그래?"

센다이가 테이블 위의 리모컨을 가리켰다.

"센다이에게 딱 맞는 온도니까 솔직하게 기뻐하면 되잖아."

"역시 배려해 준 거 맞네."

"그런 건 아니야."

무뚝뚝하게 말하고 문제집에 시선을 떨어뜨렸다.

그러자 센다이가 에어컨의 설정 온도를 올렸다.

"센다이, 오늘은 온도 올리면 더운데."

"그럼 벗어."

기시감이 느껴지는 흐름에 옆을 보았다.

여름 방학 전에도 에어컨 설정 온도를 두고 비슷한 대화를 나눴던 기억이 떠올랐다.

그때는 센다이가 내린 설정 온도를 내가 올렸다.

"그럴게."

얇은 블라우스는 온도를 조절하기 위해 입은 것이었다. 밑에 티셔츠를 입고 있었기에 별 고민 없이 블라우스를 벗었다.

"그럼 센다이는 어쩔 건데?"

"뭘 어떻게 할 정도로 덥진 않아."

"거짓말."

"괜찮아, 미야기한테 맞춰줄게."

그렇게 말하고는 센다이가 온도를 한 번 더 올렸다.

"나는 괜찮은데 센다이는 덥잖아?"

"딱히."

그렇지 않았다. 내게 있어 덥지도 춥지도 않은 온도는 센다이에게는 더웠고, 평소라면 에어컨의 온도를 낮춰달라고 불평했을 것이다. 아마 그녀의 안에서 이 대화의 도착 지점은 정해져 있고, 나는 그곳으로 끌려가고 있는 것이겠지. 센다이가 정한 대사를 말하지 않는 한 방의 온도는 변하지 않을 것이고 이 이야기도 끝나지 않을 것이다.

주도권은 여름 방학에 들어선 이후로 쭉 센다이에게 있었다.

나는 그것이 마음에 들지 않았다.

그리고 지금은 그녀의 목적을 모른다는 것도 마음에 들지 않는 또 하나의 이유로 더해진 상태였다.

더는 상대하지 말자.

나는 보고 있던 문제를 풀어 문제집의 빈칸을 채웠다.

"미야기."

진지하게 공부하자고 했던 당사자가 손을 뻗어와 내 앞에 있는 문제집을 닫았다.

센다이의 말에 따르는 것은 내가 바라는 것이 아니다. 하지만 이대로 놔둔다 해도 그녀가 성가시게 굴 뿐 즐거운 일이 일어나지 않는다는 것도 알았다.

"센다이, 사실 덥지? 벗으면 시원해질 거야."

나는 그녀가 내게서 듣고 싶어 하는 말을 꺼냈다.

"벗기고 싶다면 미야기가 나를 벗기든가, 벗기라고 명령하면 되지."

"명령할 권리 없어."

센다이의 입에서 튀어나온, 내가 입에 담았어야 할 말을 곧바로 부정했다.

"이 방의 온도를 나에게 맞춰줬으니 명령할 권리를 줄게."

여름 방학에 들어간 후의 센다이는 횡포가 지나쳤다.

이 방의 지배자라도 된 것처럼 행동하고, 모든 일을 자기 멋대로 결정한다. 권리를 준다는 말도 건방졌고, 지금은 그런 권리를 받아봤자 곤란했다. 센다이가 주려고 하는 권리는 내가 산 권리가 아니다.

내가 오천 엔을 주고 산 것은 과외 수업이다.

여름 방학은 특별히 센다이가 나에게 공부를 알려준다.

대가는 그것뿐이고 평소의 방과 후와는 다르다.

그녀가 준다는 권리를 순순히 받으면 놀림만 당하고 끝난다.

그런 미래가 기다린다 해도 이상하지 않았다.

"명령 안 해?"

정해진 대답을 기다리듯 센다이가 그렇게 물었다.

그녀는 손을 뻗으면 쉽게 닿을 수 있는 거리에 있었다. 비 오는 날과 마찬가지로 블라우스 단추를 풀려면 풀 수 있을 것이다.

나는 손을 뻗었다가, 그만두었다.

비에 젖은 것처럼 자신의 손바닥이 축축해서, 센다이를 물끄러미 바라보았다.

"……명령하면 벗을 거야?"

"해보지 그래?"

센다이가 생긋 웃었다.

하지만 그것은 곧 버려질 운명에 처한 전단지처럼 얇은 미소였고, 그녀가 무슨 생각을 하고 있는지는 알 수 없었다. 센다이의 말은 미로와 같다. 선택할 수 있는 길은 여러 개인 것처럼 보이지만 출구로 이어지는 길은 단 하나뿐이었다.

내키지는 않았지만 나는 그녀가 준비해둔 대사를 입에

올렸다.

"그럼, 명령이야. 벗어."

여름 방학, 처음 이 방에 왔을 때와 비슷한 옷을 입은 센다이가 조금의 망설임 없이 블라우스의 단추를 풀었다.

하나, 둘, 셋.

그 아래까지 전부 풀고 블라우스를 벗으려 했다.

"잠깐. 잠깐만."

반사적으로 어깨에서 떨어지려고 하는 그녀의 블라우스를 잡아당겼다.

"미야기, 머리 잡지 마. 아파."

차분한 목소리와 표정으로 센다이가 말했다.

그 말대로 내 손안에는 블라우스와 함께 그녀의 머리도 있었다. 하지만 그런 것은 작은 문제였고, 나는 큰 문제 쪽을 거론했다.

"왜 벗는 거야?"

"미야기가 명령했잖아."

"그렇긴 하지만 센다이가 억지로 시킨 명령이잖아."

"그렇다고 해도 명령했다는 점에는 변함이 없지."

센다이가 내 손을 뿌리치고 블라우스를 벗으려고 했다.

명령은 했다.

하지만 센다이가 준비한 대사를 입에 올렸을 뿐, 정말 벗을 것이라는 생각은 하지 않았다. 나는 센다이를 벗기고 싶은 것도, 벗은 모습을 보고 싶은 것도 아니었다. 그런 생각은 하지 않았다. 그런데도 혈액이 흐르는 소리가 들릴 정도로 심장이 뛰는 탓에 그녀에게서 시선을 돌렸다.

이곳에는 보폭을 맞춰 내 옆을 걸어주던 센다이는 없다. 그녀는 전속력으로 달리는 것처럼 보였다.

"이쪽을 안 보는 이유가 뭐야?"

그렇게 물어도 그녀를 볼 수 없었다.

"보통 남이 벗을 때 빤히 쳐다보지는 않으니까."

"미야기가 지금까지 보통이었던 적이 있었어?"

"그럼 뭐야, 보고 있으라는 거야?"

"그런 건 아닌데, 갑자기 눈을 돌리니까 뭔가 좀 기분이 별로라. 일단 이쪽 좀 봐줘."

그녀의 말은 무시해도 되는 것이었다. 명령에 따르게 하는 것은 나였고, 센다이의 말은 명령이 아니다. 계속 센다이에게서 시선을 떼고 있으면 된다. 그렇게 하면 이런 어처구니없는 행위를 그만두고 평소의 그녀로 돌아갈 것이다. 그러니 센다이를 볼 필요는 없다. 그렇게 생각하면서도, 나는 시선을 센다이에게 돌렸다.

"너무 빤히 바라보면 벗기 힘들어."

"빤히는 안 봤어."

"그러고 있어. 너무 쳐다보잖아."

"센다이, 불만이 많아."

그렇게 말하자 센다이가 「그러게」라고 웃으며 단추를 모두 푼 블라우스를 벗었다.

서서히 어깨가 드러났다.

시선의 끝, 센다이의 상반신을 가리는 것은 속옷뿐이었다.

빤히 바라볼 생각은 없지만, 시선을 뗄 수가 없었다.

에어컨 설정 온도가 몇 도로 되어 있었더라.

조금 더워진 느낌에 아무래도 상관없는 일이 떠올랐다.

센다이가 손에 쥔 블라우스를 바닥에 떨어뜨리고, 성가시다는 듯이 머리카락을 쓸어올렸다.

예쁘다는 생각이 들어서, 나는 축축한 손을 꽉 쥐었다.

오늘은 아침부터 기온이 30도를 웃돌았다. 다시 말해 한여름 날씨로, 창문을 열면 열기에 숨이 막힐 정도로 더웠다. 그렇다고 에어컨 설정 온도를 너무 낮추면 나한테는 너무 추웠다. 하지만 오늘은 센다이에게 딱 알맞은 온도를 유지해 두었다. 그 후 에어컨의 설정 온도가 올라갔지만, 방안은 속옷 차림으로 있을 정도는 아니었다. 그럼에도 센다이는 옷을 벗었다.

이 방에 오기 전, 더위로 인해 머리가 고장 나 내용물이 전부 녹아버린 것은 아닐까. 그래서 이상한 걸까. 그녀는 여름 방학에 들어간 후로 계속 이상했지만, 오늘은 지금까지 중에서 가장 이상하다.

도대체가 영문을 알 수 없어서, 나까지 이상해질 것 같아서 싫었다.

머릿속이 빙글빙글 돌아 어지러웠다.

왜 센다이가 이런 짓을 하는 것일까.

알고 싶지만, 알면 안 될 것 같다.

뭔가 말하는 편이 좋을 것 같은데, 입에 담을 만한 말을 찾을 수가 없었다.

시선은 센다이에게 못 박혀 있다.

—하늘색이라고 하기엔 파란 느낌이 드는 연청색 속옷.

저번에 봤던 흰색 속옷과는 인상이 다르다.

섬세한 레이스로 장식된 그것은 귀엽다고 할 만한 것이었다. 센다이의 이미지와는 조금 다르다는 생각도 들지만, 잘 어울렸다.

가슴이 크진 않지만 나보다는 있다. 조금 아래로 시선을 향하자 배는 적당히 들어가 있고 잘록했다.

빤히 바라볼 마음은 없다.

하지만 시선을 뗄 수가 없었다.

심장 소리가 센다이에게 들릴 정도로 시끄럽게 느껴지는 것은 기분 탓이라고 생각하고 싶었다. 안 그러면 이상하니까.

"그럼 이번에는 미야기 차례."

"뭐?"

갑자기 이름을 부르는 소리에 센다이의 얼굴을 보았다.

"미야기도 벗어. 덥잖아?"

귀에 들린 말이 센다이가 한 말이라는 건 알았지만, 이해는 할 수 없었다. 어딘가 먼 세상의 이야기처럼 아무 의미 없는 소리로 들렸다.

"미야기."

센다이가 움직이지 못하는 내 이름을 부르며 거리를 좁혀왔다.

가깝다.

평소 같으면 옷으로 가려져 보이지 않았을 부분이 잘 보여서 무심코 센다이의 어깨를 눌렀지만, 센다이는 가까운 거리 그대로 티셔츠 소매를 붙잡았다. 그녀의 손가락이 옆구리에 닿은 순간, 머릿속에서 데굴데굴 굴러다니던 말이 의미를 가졌다. 나는 그제서야 그녀가 무슨 말을 했는지 이해했다.

"나는 덥지도 않고 벗을 필요도 없어."

강하게 쏘아붙이며 센다이의 손을 밀어냈다.

그녀가 옷을 벗는 것은 그녀의 자유지만, 나까지 끌어들이는 것은 원치 않는다.

"있어. 자, 빨리."

포기를 모르는 센다이는 그렇게 말하고는 거리낌없이 손을 뻗어왔다. 그리고 다시 한번 티셔츠 자락을 움켜쥐고 걷어 올리려고 했다.

"자, 잠깐, 센다이."

나는 황급히 센다이의 손을 떼어내려 했다. 하지만 떨어지지 않았다. 오히려 옷자락이 말려 올라가며 배가 반쯤 나와 버렸다.

이런 것은 예상 밖이다.

내가 센다이를 벗기는 일은 있어도 벗겨질 일이 있을 거라고는 생각지도 못했다. 벗겨지는 상상조차 해본 적이 없다. 애초에 명령은 「벗어」였지 「벗겨」가 아니었다.

나는 티슈 상자로 여전히 티셔츠 자락을 움켜쥐고 있는 센다이의 머리를 때렸다. 그러자 티슈 커버의 악어가 흔들렸고, 그녀가 아프다며 과장스럽게 말하는 소리가 들렸다.

"벗는 정도는 별로 대단한 것도 아니잖아. 학교에서도 옷 정도는 갈아입고."

센다이가 티셔츠 옷자락에서 손을 떼고 맞은 곳을 문지르며 머리를 쓸어올렸다.

"이건 옷을 갈아입는 게 아니잖아. 벗기는 것과 갈아입는 건 달라."

"미야기, 까다로워."

"까다로운 게 아냐. 센다이가 너무 대충인 거지."

"너무 까다롭게 굴면 대머리 된다?"

센다이가 내 앞머리를 잡아당기며 「이런 건 기세가 중요해」라고 말하더니 또 티셔츠의 옷자락을 잡았다.

"싫다니까!"

나는 탁, 그 손등을 때렸다.

"벗기는 게 싫으면 미야기가 직접 벗어."

"왜 그렇게 되는 건지 진심으로 모르겠는데."

센다이는 가끔 예상치 못한 일을 한다. 갑자기 집에 오거나 교실에 오거나 해서 나를 놀라게 한다.

여름 방학에 들어서 그것이 더욱 현저해진 느낌이다.

내 기분 따위는 개의치 않고 알 수 없는 일만 해온다.

"미야기를 벗기기 위해 벗었다고 하면 알겠어?"

센다이가 가볍게 말하고는 나를 바라보았다.

"……농담이지?"

"농담이라고 생각해?"

농담이어야 한다고 생각했다.

나를 벗긴다 해도 센다이에게 특별히 좋은 일이 있는 것은 아니다. 몸매가 좋은 것도 아니고 봐도 재미없을 것이다.

하지만 농담하는 것으로는 보이지 않았다.

"어쨌든 벗지 않는다면 내가 벗길 거야."

내가 뭐라고 말하기도 전에 옷자락을 잡은 손이 티셔츠를 걷어올렸다.

"벗겨질 바엔 직접 벗을게."

그렇게 선언하고 센다이의 손목을 잡았다.

아무리 말해도 그녀의 의사는 달라지지 않을 것 같았다. 벗겨지거나 스스로 벗는 것 중에서만 고를 수 있다면, 후자를 선택할 수밖에 없다.

"알았어."

짧은 대답과 함께 티셔츠에서 센다이의 손이 떨어졌다.

나는 시선을 떨어뜨리고 작게 한숨을 내쉬었다.

천천히 고개를 들자, 당연하지만 상반신을 가린 것이 속옷밖에 없는 센다이가 있었다. 그리고 나도 티셔츠를 벗으려 하고 있다.

있을 수 없는 상황에 현기증이 났다.

어처구니없다는 말 외엔 할 말이 없었다.

센다이의 말 따위는 듣지 않아도 좋았다.

지금부터 일어나 뭔가 가져오겠다고 말한 뒤 주방으로 향해버리면 이런 시시한 일에 어울릴 필요는 없다.

"미야기, 역시 내가 벗겨줄까?"

내 망설임이 전해진 것일까. 센다이가 상당한 힘으로 내 팔을 잡아왔다.

생긋 웃고 있지만 상냥함은 느껴지지 않았다. 나를 놔줄 생각이 없다는 것만은 확실히 전해졌다.

"내가 벗을 테니까 다른데 봐."

"왜? 미야기도 나를 보고 있었잖아?"

"그건 센다이가 보라고 해서 보고 있던 것뿐이야."

"그래도 보고 있었으니까 나도 볼 권리가 있다고 생각해."

"그럴 권리 없으니까 다른 곳 봐."

팔을 붙잡는 손을 떨어뜨리고 센다이의 몸을 눌러 침대 쪽을 향하게 했다. 하지만 그녀는 다시 돌아서서 나를 보았다.

"미야기, 너무 의식한다."

놀리는 듯한 목소리, 시선에서 벗어나려는 행동에 특별한 의미가 있다고 단정하는 말투에 나는 단숨에 티셔츠를 벗었다.

한여름 오후, 자신의 방에서 속옷 차림을 한다.

그 말만 들으면 흔한 일상의 한 풍경이지만, 나와 마찬가지로 상반신만 속옷 차림을 한 센다이가 함께 있어 그렇게 되지는 않았다.

시선이 아프다.

뭐가 재미있는지 센다이가 물끄러미 나를 쳐다본다.

알몸이 아닌데도 어딘가 불안했다.

몸을 가리고 싶지만, 숨기면 또 놀림을 받을까 봐 가릴 수도 없었다.

어차피 보여줄 거라면 좀 더 귀여운 속옷을 입을걸.

오늘 입은 것은 흔하디흔한 흰색 속옷으로, 당연하지만 남 앞에서 옷을 벗을 거라는 생각으로 고른 것은 아니었다.

"벗었는데. ……이다음은 어쩔 거야?"

최대한 아무렇지도 않은 척 그렇게 말하며 센다이를 보자, 잠시 곤란한 얼굴로 미간을 좁힌다. 하지만 곧 입꼬리를 올리며 미소를 짓고는 내 옆구리를 스으윽 쓰다듬는다.

"센다이, 그런 거 하지 마."

가리는 것이 없는 상태에서 만져오는 손길이 간지러워 팔을 잡으려고 했지만, 그러기도 전에 옆구리를 꽉 잡아 온다.

"잠깐, 센다이!"

나는 센다이의 손을 털어내고 옆구리를 눌렀다.

"부드럽고 기분 좋다."

"짜증나."

"괜찮잖아. 조금 만지는 정도는."

"안 괜찮아. 만지지 마."

"그럼 보는 것뿐이라면 괜찮아?"

어디서 나온 차선책인지는 모르겠지만, 센다이가 또다시 거리낌 없는 시선을 향해왔다.

"그것도 싫어."

내가 센다이를 보는 건 좋지만, 보이는 것은 다른 문제다.

이런 짓을 계속하고 있으면 언제까지나 센다이의 페이스에 휘말릴 것 같았다.

"미야기. 얼굴이 조금 빨개."

센다이의 손이 느리고 부드럽게 내 볼에 닿았다. 그리고 손바닥이 열을 빼앗듯이 꾹 눌러온다. 단지 그뿐인데도, 너무 큰 심장 소리에 호흡하는 법마저 잊을 것 같아 나는 그녀의 손을 잡아 떨어트렸다.

"빨갛다면 부끄러운 거겠지. 센다이처럼 몸매가 좋은 것
도 아니고."

"여자애들은 살집이 좀 있는 편이 귀엽잖아."

"센다이의 그런 점, 정말 싫어."

"그럼 좋아하는 곳도 있다는 거네?"

"없어."

즉답하고 옆으로 몸을 돌렸다.

그대로 무릎을 감싸자 센다이가 내 팔을 찰싹 때렸다.

"말 좀 가려서 해줘. 상처받잖아."

목소리는 말보다 훨씬 가벼워서 상처받은 것 같지는 않
았다.

하지만 그녀를 보고 있지 않았던 나는 센다이가 어떤 얼
굴로 그 말을 했는지까지는 알지 못했다.

"난 미야기가 꽤 마음에 드는데."

과장되게 들릴 정도로 밝은 목소리가 옆에서 들려왔다.

"센다이, 더위로 머리가 죽어버린 거 아냐?"

"그럴지도 몰라. 미야기, 간호해 줘."

"안 할 거야. 잠깐, 기대지 마."

물어보지도 않고 어깨를 부딪치기에, 불평을 토로했다.

거리를 제로로 해도 좋다는 말은 하지 않았다.

우리 사이에는 적절한 거리가 필요했고, 이 거리는 너무

가까웠다. 그럼에도 센다이는 떨어지지 않았다. 어깨와 어깨가 딱 달라붙으며 그녀의 긴 머리카락이 팔을 간지럽혔다.

"머리가 죽어서 못 움직이겠어."

"그 농담 재미없어."

그렇게 말하며 센다이를 보니, 그녀는 정말 재미없다는 얼굴을 하고 있었다.

"받아줘, 조금은."

"센다이, 더워. 그리고 무거워."

내가 아닌 몸.

어깨와 어깨로 이어진 센다이의 몸은 따뜻함을 넘어서 뜨거웠다.

옷을 벗은 다른 사람과 체온이 섞일 정도로 붙어 있었던 적은 살면서 한 번도 없었기에 다른 사람은 어떤지 모르겠다. 알고 있는 것은 센다이 뿐이다. 그러니 이것이 보통 체온인지 아닌지는 알 수 없었다.

"무겁다니, 실례 아냐?"

"실례 아니야. 옷 입을 거니까 비켜."

찰싹 달라붙은 센다이의 어깨를 누르자 팔이 붙잡혀 달라붙는 부분이 늘어났다.

"센다이. 지금 그거 명령이니까, 말 들어."

"오늘의 명령은 벗으라는 걸로 끝."

"왜 멋대로 룰을 만들어?"

"여름 방학이니까 조금은 자유롭게 하자. 그편이 즐겁잖아."

"난 여름 방학도 싫어하고 즐겁지도 않아."

"괜찮잖아. 하루 정도는 이런 일이 있어도."

"안 괜찮아."

팔과 팔이 꽉 얽혀서 도망갈 수 없었다.

센다이의 팔이 옆구리에 닿아 있다. 보통이라면 붙지 않을 부분이 달라붙어 있는 상태는 누가 봐도 좋지 않았다. 마이카나 다른 친구와도 이런 짓은 하지 않는다.

하지만 센다이와 나의 체온이 하나가 되는 감각은 나쁘지 않았다.

"참, 미야기. 다음 주 말인데, 오봉(주석#1)에 일정 있어?"

"없어."

굳이 사실을 말할 필요는 없다.

오봉에는 딱 하루만 아빠가 있고 그 외에는 마이카네와 약속이 하나 있었다. 센다이도 이런 날까지 공부를 한다는 말을 하지는 않을 테니 굳이 말하지 않아도 되겠지.

"그럼 오봉 때도 공부해."

그렇게 말한 센다이가 체중을 전부 실으며 나에게 기대왔다.

"센다이, 덥다니까."

멋대로 오봉 때는 공부를 하지 않을 것이라 생각했던 나는, 선약을 잡고 말았다. 사실을 전하면 되는데, 전하고 싶은 마음이 들지 않았다. 모든 일의 우선순위가 그녀의 체온으로 인해 뒤죽박죽이 되어 버렸다.

마이카네와의 예정은 앞당기면 된다.

이번 주말이라면 두 사람 다 예정이 없을 것이다.

"괜찮아. 나도 더우니까."

"뭐야, 그게."

내 말에 센다이가 「여름이라서 그런가?」라는 말도 안 되는 대답을 했다.

평소보다 심장 소리가 더 시끄럽게 들리는 것 같았지만, 그것이 내 소리인지 센다이의 소리인지는 알 수 없었다.

제6화
미야기에게라면 하고 싶은 것

실내복이 들어 있는 서랍을 열자 미야기의 옷이 눈에 들어왔다.

그것은 봄 방학 전에 사이다 범벅이 된 교복 대신 그녀에게서 받은 옷으로, 한번 돌려주려고 한 적도 있다.

결국 그녀는 그 옷을 받지 않아 내 것이 되어버렸다. 버리지도 못하고 입어보지도 못한 채 갈곳을 잃어 수납되어 있다.

티셔츠를 살짝 만졌다.

돌려주려고 세탁을 해놓은 덕분에 미야기의 흔적은 없다.

한번 눈을 감은 뒤 탱크톱을 손에 들고 욕실로 향했다.

금요일 밤이라 그런지 오후 11시가 넘은 지금도 거실에는 불이 켜져 있었다. 나는 조용히 복도를 걸어가 목욕을 했다. 느긋하게 몸을 담그는 것보다 빨리 나오는 것을 택하고 냉장고에서 페트병 하나를 꺼내 방으로 돌아왔다.

책상에 둔 스마트폰을 보았다.

몇 개 와 있던 메시지에 답장을 하면서 페트병의 차를 마셨다. 반쯤 마셨을 때 스마트폰과 함께 침대 위에 누웠다.

오늘 있었던 일을 생각할 마음은 없었지만, 머리에 떠올랐다.

—미야기의 앞에서 옷을 벗은 것, 그리고 미야기에게 옷을 벗으라고 강요한 것.

나는 스마트폰을 머리맡에 두고 큰 한숨을 내쉬었다.

미야기와 일주일에 세 번 만난다는 것 자체는 나쁘지 않다.

친구들과는 쉬는 날도 보고 싶고 놀러도 간다. 친하면 그렇게 생각하는 것은 당연하다. 미야기와 휴일에 만나는 것도 비슷하다고 할 수 있었다. 그녀와는 키스를 한 적이 있지만, 그 정도는 허용 범위 안이었다. 어차피 내 입술은 미야기의 몸에 수차례 닿았고, 미야기도 마찬가지로 나를 만지고 있었다.

그러니까, 괜찮다.

하지만 옷을 벗거나 벗기는 것은 룰에 어긋났다.

비 오던 날의 선택은 실수였다.

내 교복을 벗기려던 미야기의 손을 뿌리치고 크게 화를 냈어야 했다. 룰을 어긴 행동을 받아들여버린 탓에 그것이 계속 꼬리에 꼬리를 물고 있었다.

침대 위 천장을 보며 한숨을 내쉬었다.

이 방에서 미야기를 밀어 넘어뜨린 나는 곧바로 스스로를 저주했고, 지금도 계속 저주하고 있다. 그리고 그 저주는 서서히 마음을 뒤덮으며 감정을 뒤틀리게 만들었다.

미야기를 벗기고, 만진다.

그 이후에 이어질 일을 생각할 것 같아, 곧바로 머릿속에서 지워냈다.

"안 좋아."

이런 상상은 하지 말아야 한다.

미야기가 이 방에 온 뒤로 머리에 떠올리는 일은 남에게는 말할 수 없는 것뿐이다.

그냥 키스해버릴 걸 그랬다거나.

지워지지 않을 흔적을 남길 걸 그랬다거나.

그런 시시한 생각만 계속 반복하면서 지금에 이르고 있다.

이런 건 나답지 않다.

나는 조금 더 요령 좋고 사람들과 잘 어울리는 편이다. 고등학교에 온 뒤로는 나름대로의 위치에서 즐거운 학교 생활을 보내고 있다. 졸업할 때까지는 이런 매일을 이어갈 것이고, 그것을 실현하기 위해서는 지금 있는 미야기를 향한 감정은 방해만 될 뿐이었다.

『나는 미야기가 꽤 마음에 드는데.』

본인에게 이런 말을 할 생각은 없었지만, 그녀가 마음에 든다는 사실만은 진실이었다. 좋아하는 점이 없다며 대놓고 말해오기에 무심코 입 밖으로 내뱉은 말이지만, 그것이 다른 사람보다 조금 마음에 드는 수준이라면 문제는 없다.

하지만 실제로는 그렇지 않다.

나는 생각했던 것보다 미야기가 더 마음에 들었고, 그녀를 향한 감정을 제어하지 못하고 있었다.

그래서 오늘, 자신을 본래의 자신으로 되돌리고자 시도했다.

나는 큰 한숨을 한번 내쉬었다.

상태가 좋지 않은 스마트폰은 껐다가 키면 아무 일도 없었던 것처럼 움직이기 시작한다. 그런 식으로 스스로를 껐다가 키면 되지 않을까 생각했다.

옷을 벗는 것에 의미가 있는 것처럼 행동하니까 이상한 분위기가 되는 것이다. 그럼 일상적인 것처럼 행동하면 그만이다.

미야기에게 명령하게 하고, 학교에서 옷을 갈아입듯이 아무것도 아닌 일처럼 옷을 벗으면 된다.

스스로를 속이고 눈을 가렸다.

마음을 180도 바꾸기는 어렵다고 해도, 그렇게 타협점을 찾아가며 정리해 나가는 것은 가능했다. 작년처럼 시시한 명령도 마음에 들지 않는 명령도 시간 때우기에 불과한 것이고, 일주일 중 몇 시간만을 미야기에게 팔았던 내 모습에 다시 가까워지면 될 일이다.

그렇게 생각했다.

잘 안 되긴 했지만.

벗겨도 되고 벗으라고 명령해도 된다.

미야기에게 준비해준 선택지는 두 가지로, 그녀는 의도한 대로 나에게 옷을 벗으라고 명령했다.

마음을 숨기는 것에는 익숙하다. 자신의 기분을 감추고 능숙하게 처신하는 것은 특기였다. 그래서 얼굴색 하나 바꾸지 않고 미야기의 앞에서 옷을 벗을 수 있었다. 하지만 그것만으로는 부족한 것인지 이성을 놔둔 채 감정이 계속 내달렸다. 덕분에 미야기까지 옷을 벗게 되었다.

아니, 지금의 말투는 정확하지 않다.

더 정확히 말하자면 미야기를 벗기고 싶다는 마음을 제어할 수 없었다는 뜻이다. 태연한 표정을 짓도 있어도 흑심은 사라지지 않는다는 것도 알고 있다. 나에게는 미야기를 더 만지고 싶다는 감정만이 계속 남아 있었다.

지금도 후회를 하면서 미야기는 부드러웠지, 맞닿은 부분이 기분 좋았었지, 하는 생각만 하고 있으니 구제할 길이 없었다. 사고회로는 풀리지 않을 정도로 꼬여 있었고, 닿아서는 안 되는 곳에 계속 다가가고 있었다.

계속 내가 아닌 것 같아서 기분이 좋지 않았다.

천 너머가 아니라 직접 만지고 싶다.

또 한 번 미야기에게—.

지금까지 이런 감정을 누군가에게 느꼈던 기억은 없다.

다른 사람에게는 하고 싶지 않지만, 미야기라면 하고 싶다고 생각하는 것들이 늘어났다. 갈 곳 없는 마음은 여름

인데도 눈처럼 내려 쌓였고, 풀리지 않았다.

"오늘이 금요일이라 다행인가."

하루만 쉬고 바로 미야기를 만나기엔 지금 기분은 너무 무거웠다.

그녀에게 관심은 있지만, 그 방은 아늑하다고 여겨지는 정도에서 끝내고 싶었다. 졸업하면 이 집을 나가 다른 현의 대학에 가기로 결심했고, 미래를 바꿀 생각은 없다.

하지만 청렴하고 올바르게 살고 싶은 것은 아니었기에 조금은 자극적인 일이 있어도 괜찮다는 생각은 들었다. 이이상 미야기와 깊게 관여되지만 않는다면, 그 방에서 보내는 시간의 좋은 점만 즐기는 정도는 용서받을 수 있지 않을까.

억지 논리이고 앞뒤도 맞지 않았다.

하지만 미야기에 관한 일이 되면 생각이 잘 정리되지 않았다. 아직도 미야기에 관한 것들을 파악하지 못한 탓에, 생각하면 할수록 자신은 어떻게 해야 좋을지 알 수 없었다.

애초에 미야기가 이상한 명령만 내리는 것도 잘못이다.

착하고 요령 좋은 나로 있을 수 없게 만드는 소리만 한다.

그러니까 아주 조금 정도의 모순은 간과해도 좋지 않을까.

게다가 요즘은 이상한 배려를 해 와서 마음이 불편했다.

이 집에 관한 일은 미야기와는 관계가 없다.

평소대로 하지 않으면 오늘 같은 일을 저지를 기회를 내게 주는 셈이다.

나는 그렇게 책임을 떠넘기고 옆방과 이 방을 가르는 벽을 바라보았다.

이렇게 한 사람을 오래 생각한 것은 옆방에 있는 그 사람 이후로 처음이다. 부모님이 대놓고 언니만 예뻐하게 된 이후로 한동안은 그녀에 대한 생각만 했었다.

그 시절의 나와는 다르지만, 그 시절의 나를 보고 있는 것 같아 초조했다.

"아아, 뭐야. 여름 방학인데 하나도 안 신나."

스마트폰을 손에 들고 시계를 보니 오전 1시가 넘었다.

우미나라면 괜찮으려나.

그녀는 늦게 자는 타입이라 방학이라면 이 시간에도 깨어 있을 것이다. 나는 기분 전환이라도 할 겸 우미나에게 전화를 걸었다. 호출음이 한 번, 두 번 울리고 다섯 번째가 됐을 때, 한밤중으로 느껴지지 않는 밝은 목소리가 들려왔다.

"이런 시간에 별일이네."

"잠이 안 와서. 우미나, 지금 통화 가능해?"

"남친도 통화하다가 잠들어서 마침 심심하던 참이야."

우미나에게 꼭 하고 싶은 이야기가 있는 것은 아니다.

분명 그녀도 시간을 때울 수 있다면 누구라도 상관없을 것이다. 그래도 나름대로 대화의 꽃을 피울 만한 상대와 이야기를 나누고 싶다는 욕구는 비슷하다. 우리는 소소한 이야기를 시작했다.

미야기와는 다른 목소리에 조금 마음이 진정됐다.

머리를 쓰지도 않고 떠오른 것을 그저 늘어놓고 있을 뿐인데, 미야기와 대화하는 것보다 더 술술 대화가 흘러가서 분위기가 달아오른다. 하지만 즐거운지 어떤지 묻는다면 미묘했다. 우미나와는 지난주에 이미 만났기에 대화는 과거를 따라가며 비슷한 이야기가 반복되었다.

"올해는 뭔가 하즈키를 보기가 더 어려운 것 같아. 학원이 그렇게 바빠?"

입시학원을 매번 학원이라고 하는 우미나가 불만을 숨기지 않고 그렇게 말했다.

작년은 지금의 배는 넘게 만났으니 불평을 듣는 것도 이상한 일은 아니다.

"뭐, 그렇지. 꽤 일정이 빡빡해."

입시학원이 바쁘다는 것은 사실이었고, 여름 방학의 일정을 거의 다 차지하고 있었다. 거기에 더해 미야기의 집에 간다는 일정까지 들어있으니 더욱 바빴다.

우미나는 거기에 가고 싶다, 여기에도 가고 싶다, 라는 희망사항을 말하며 스마트폰의 저편에서 일정을 비우라고 말해왔다. 나는 실제로 일정을 비울지 어떨지는 놔두고 우선은 알았다고 대답했다. 그러자 기분이 좋아진 우미나가 뒤늦게 생각났다는 듯이 물었다.

"맞다. 숙제 다 했어?"

"거의 다 끝났어."

"그럼 베끼게 해줘."

"좋아. 내일 갈까?"

"내일이라는 건, 오늘이라는 뜻이야?"

우미나에게 그런 질문을 받고 지금 오전 1시가 지났다는 것을 떠올렸다.

"아, 응. 오늘."

"알았어, 오늘 말이지. 아, 만나는 김에 가고 싶은 곳 있어."

우미나가 숙제 쪽이 더 사소하게 느껴질 법한 장소를 말했다.

만나고 싶은 것은 아니다.

작년이라면 조금 더 즐거운 기분을 느꼈을 텐데.

마음이 내키지 않았다.

하지만 누군가와 만나는 편이 마음을 비우기엔 좋을 것 같아서 나는 우미나와 만나기로 약속을 잡았다.

평소보다 더 상쾌하게 잠에서 깼다.

이유는 생각할 필요도 없이 우미나다.

토요일을 넘어서 일요일까지 그녀에게 끌려다닌 탓에 쓸

데없는 생각을 할 겨를이 없을 정도로 피곤해서 푹 잘 잤다. 이틀 연속으로 놀러 다닐 예정은 아니었는데, 미야기를 머리 한구석에 밀어낼 수 있었던 덕분에 깊게 잘 수 있었다.

덕분에 평소처럼 입시학원에 갈 수 있었고, 미야기의 집에 올 수도 있었다.

아주 조금의 어색함만 눈감으면 아무런 문제도 없다.

실제로 나도 미야기도 금요일의 일을 언급하지 않았다. 그녀는 과외비라며 나에게 오천 엔을 건네준 뒤 말없이 문제집을 테이블에 펼쳐 놓았고 나도 문제집의 답을 노트에 적어 넣었다.

그리고 지금 이 방에 존재하는 것은 평온한 시간이었다.

금요일에 있었던 일은 단지 문제집 속에 감춰두었을 뿐, 문제를 푸는 동안만 없던 일이 된다는 사실은 둘 다 알고 있었다. 원래도 별로 달아오르지 않는 대화는 자주 정체되어 침묵이 이어졌지만, 그런 것은 사소했다. 침묵이 많은 정도로 세상은 끝나지 않고, 우리의 관계도 끝나지 않는다.

좀 과하게 조용하긴 하지만, 과하게 시끄러운 것보다는 나았다.

나는 테이블 위에서 유리잔을 손에 들고 차가워진 보리차를 입에 털어 넣었다. 미야기는 배려하는 것을 관둔 것인지 오늘의 실온은 나에게는 조금 더운 수준이었다.

2도 정도 더 설정 온도를 낮췄으면 좋겠지만, 굳이 말하진 않았다.

밖에 있는 것보다는 시원하고, 금요일의 일을 따라가고 싶은 것도 아니었다.

"센다이."

예고도 없이 미야기가 나를 불렀다.

"왜?"

"일요일에 역 앞에 있었어?"

"있었는데, 왜?"

문제집에서 고개를 들어 미야기를 보니 그녀도 이쪽을 보고 있었다. 사악한 마음은 이곳에 오기 전 더운 태양에 전부 다 타버린 것일까, 미야기가 옆에 있어도 오늘은 그렇게 신경이 쓰이지 않았다.

"이바라키와 걷고 있는 걸 봤거든."

미야기의 말에 말을 걸지 그랬어, 라고 말하려다 말을 삼켰다.

우리는 그런 관계가 아니니까.

"미야기는 우츠노미야랑?"

대신할 말을 찾아 입에 담았다.

"응, 마이카네랑 외출했어."

"뭐 했는데?"

"쇼핑."

여름 방학 초, 우츠노미야와 어디에 가는지 물었을 때에는 대답해주지 않았던 미야기가 스스럼없이 대답을 내놓았다.

"센다이는 뭐 했는데?"

"이쪽도 마찬가지야. 우미나의 쇼핑에 어울렸어."

"재밌었어?"

문제를 푸는 것에 질렸는지, 아니면 계속 침묵하는 것에 질렸는지 미야기가 평소라면 묻지 않을 것 같은 질문을 해왔다.

"뭐, 그렇지."

짧게 대답하자 의심의 눈초리가 날아왔다.

미야기가 본 내가 어떤 모습의 나였는지는 모르겠지만, 그런 시선을 받을 만한 얼굴을 하고 있지는 않았을 것이다. 나는 우미나 앞에서 재미없다는 얼굴은 하지 않는다. 「뭐, 그렇지」라는 대답의 반 정도는 사실이었고, 우미나에게 휘둘리느라 피곤하지만 즐거운 일도 있었다.

"미야기야말로, 즐거웠어?"

굳이 미야기의 시선을 부정하는 것도 귀찮아서 나는 그녀의 일요일에 대해 물어보았다.

"즐겁지 않은 짓은 안 해."

"그렇구나. 뭔가 샀어?"

"이것저것."

"이것저것이라니?"

"뭐든 상관없잖아."

미야기가 질문에 대답해주는 보너스 타임은 곧 끝났고, 거기서 이야기가 중단되었다. 하지만 어제는 정말 즐거웠는지 목소리 톤은 그렇게 냉랭하지 않았다.

우츠노미야에 대해서는 잘 몰라도 미야기와 사이가 좋다는 것만은 알고 있다. 얼마나 알고 지냈고 얼마나 친한지는 물어본 적 없지만, 좋은 친구라고 생각한다.

아마도 그런 관계는 지금의 나에게 없을 것이다.

내게 있는 것은 타산적인 관계뿐이라 그런 두 사람이 조금 부럽게 느껴졌다. 그리고 떠올릴 필요가 없는 일도 머리에 떠올랐다.

우츠노미야라면 아무 생각 없이 미야기를 만질 수 있을까.

친구를 붙잡고 「아무 생각 없이」라는 주석을 다는 것 자체가 이상하다는 것은 잘 알고 있다. 평범한 친구 사이라면 그런 주석은 필요 없다. 사악한 마음이 사라졌다고 느낀 건 기분 탓이었을까. 반쯤 타다 남은 것처럼 또 이런 생각을 하고 있다.

―최악이다.

나는 펜을 내던지고 테이블에 엎드렸다.

이마와 테이블이 부딪히며 쿵 하는 둔탁한 소리를 냈지만 개의치 않았다.

"갑자기 왜 그래?"

놀란 미야기의 목소리가 들려왔지만 그것을 무시하고 계속 엎드린 채로 물었다.

"모르는 곳 있어? 있으면 말해, 알려줄 테니까."

"센다이가 갑자기 엎드린 이유 말고 모르는 건 없는데."

"그럼 문제집 계속 풀어."

"뭐야, 대체."

"그냥. 나한테 환멸을 느꼈을 뿐이야."

지금의 자신을 내버려두면 금요일을 따라가는 듯한 행동을 벌일 것 같아 스스로가 싫었다.

자신의 이성이 이렇게나 신용할 수 없을 정도인 줄은 몰랐다. 지금까지 미야기를 귀찮은 녀석이라고 생각했는데, 지금은 그 이상으로 자신이 귀찮은 인간이 되어 있었다.

"무슨 말인지 모르겠는 소리 그만하고 성실하게 해."

평소 같으면 내가 할 말을 미야기가 했다.

"오전에 성실하게 하고 왔어."

"그건 입시학원 얘기잖아. 여기서도 진지하게 해."

성실하게 공부해서 이 시시한 망집에서 해방될 수 있다면 얼마든지 성실하게 할 수 있었다. 하지만 도저히 그럴 것 같지 않았다. 차라리 내리쬐는 햇볕 아래를 산책하고 오는 편이 그나마 기분 전환이 될 것 같았다.

"참, 미야기. 식빵 있어?"

나는 몸을 일으켜서 옆을 보았다.

"식빵?"

"응. 그리고 우유랑 계란도."

"없는데, 있으면 뭐?"

"프렌치토스트 먹고 싶지 않아?"

"먹고 싶지 않아."

"내가 먹고 싶어."

즉답한 미야기에게 즉답했다.

산책을 갈까 권유할 만한 사이도 아니고, 이유도 없이 혼자 밖에 나갈 수도 없었다. 그렇다면 적당한 명분을 만들면 그만이다.

조금 기분 전환을 하고 싶었다. 밖에 나갔다 돌아오면 다시 미야기의 옆에서 아무 생각 없이 문제를 풀 수 있을 것 같았다.

그녀가 이 방에서 음식을 내놓는 일은 거의 없었지만, 가끔은 함께 간식을 먹어도 좋지 않을까.

"재료 사올 테니까 기다려."

미야기가 먹고 싶은지 아닌지는 문제가 아니었기에 나는 일어나 가방을 집어 들었다.

"프렌치토스트 같은 건 아무래도 좋으니까 제대로 공부해."

짜증 섞인 목소리와 함께 악어 커버가 달린 티슈 상자가 날아왔다. 나는 그것을 받아들고 원래 있어야 할 곳으로 악어를 돌려보냈다.

"미야기가 그런 말을 하다니 별일이네."

"센다이가 갑자기 뭔가를 시작하면 귀찮은 일이 벌어지니까."

"그거, 내가 귀찮은 일만 벌인다는 것처럼 들리는데."

"벌이고 있잖아."

"그런 적 없고 오늘은 프렌치토스트를 만드는 것뿐이야."

미야기에게 말할 생각은 없지만, 귀찮은 일을 벌이지 않기 위해 프렌치토스트를 만들려는 것이니 말리지 말아줬으면 했다.

"잠깐 다녀올게. 미야기도 같이 갈래?"

생각을 바꿀 마음이 없음을 선언한 뒤, 겸사겸사 미야기가 나를 혼자 내보내고 싶어지는 마법의 말을 덧붙였다.

"안 가. 가고 싶으면 혼자 가."

그녀는 예상 그대로의 대사를 입에 담고 문제집에 시선을 떨어뜨렸다.

"그럼 기다리고 있어. 미안하지만 문 잠가줘."

가능하다면 한여름 거리로 나가고 싶지는 않았다.

태양을 가리는 구름 한 점 없는 하늘 아래, 바람조차 없는 거리를 걷는 것은 지옥이다.

하지만 지금은 한증막 같은 거리로 나갈 필요가 있었다.

나는 미야기를 두고 현관을 나와 엘리베이터에 올라탔다.

입구를 벗어나 밖으로 발을 내딛은 순간 금세 이마에 땀이 맺혔다.

단 것을 먹으면 기분이 나아질 것이다.

근거가 있는 것은 아니지만 그렇게 믿고 햇볕이 내리쬐는 보도를 걸었다.

이런 건 마치 미야기 같다.

그늘을 찾아가며 한숨을 내쉬었다.

행동에 일관성이 없고, 무슨 일이 있으면 도망간다.

함께 보내는 시간이 길어진 탓인지 점점 미야기처럼 되어 가고 있었다. 닮아간다는 생각은 하고 싶지 않았다. 이것은 우연이고, 오늘뿐이라고 생각하고 싶었다.

관자놀이를 꾹 눌러 머리에서 미야기를 쫓아냈다.

식빵, 계란과 우유.

물어보진 않았지만 역시 설탕은 있겠지.

나는 간단한 심부름을 해내기 위해 발을 빠르게 움직였다.

속도가 높아지니 이마에 땀이 배는 속도도 올라갔다.

입고 있는 티셔츠에도 땀이 더 배어나왔다.

더워.

미야기를 향하고 있는, 나답지 않은 기분이 녹아내릴 정도로 더웠다.

앞으로 프렌치토스트가 될 식빵도 나처럼 덥다고 느끼며 익어갈지도 모르겠다, 그런 말도 안 되는 생각을 하면서

편의점이 아닌 더 먼 슈퍼마켓에 가서 필요한 재료를 샀다. 그리고 미야기가 있는 맨션으로 돌아와 자동문을 열어달라고 한 뒤 엘리베이터에 탔다.

꽤 단순하다.

다른 곳에 들르지 않고 가서 필요한 것만 사고, 또 다른 곳에 들르지 않고 돌아왔으니 한두 시간 밖에 있었던 것은 아니다. 하지만 단지 그 정도의 일만으로도 나의 기분은 한결 나아져 있었다.

밖은 덥고, 머리를 식힌다기보단 오히려 열이 올랐지만 사악한 마음을 몰아내겠다는 목적은 달성했으니 문제없었다.

"사왔어."

현관을 열어준 나는 미야기에게 말을 걸었다.

"부탁 안 했어."

못마땅한 목소리가 돌아왔다.

"부탁받은 건 아니지만, 잠깐 쉬자."

"센다이가 멋대로 쇼핑을 가버려서 계속 쉬고 있었어."

그렇게 말한 미야기는 방으로 돌아가 버렸다. 슈퍼마켓 봉지를 든 채 뒤를 쫓자 미야기는 침대에 걸터앉아 만화를 읽고 있었다.

"미야기. 프렌치토스트는?"

"주방 써도 돼."

"그게 아니라, 프렌치토스트 만들 건데 같이 간식 먹지

180 일주일에 한 번 클래스메이트를 사는 이야기 2

않을래? 라는 의미로 한 말인데."

알기 쉽게 제안을 해봤지만 미야기는 움직이지 않았다.

그렇다면 실력행사만이 있을 뿐이다.

슈퍼마켓 봉지를 바닥에 내려두고 미야기가 들고 있는 책을 집어 들자, 처음 보는 만화였다.

쇼핑했다는 게 이거였나.

아마 어제 우츠노미야 일행과 쇼핑하러 나가서 산 여러 가지 중 일부는 만화일 것이다.

"센다이만 먹지 그래."

그렇게 말한 미야기가 내게서 만화를 빼앗아 다시 읽기 시작했다.

아무리 봐도 별로 기분이 좋아보이지는 않았다.

"아, 미야기. 혹시 프렌치토스트 싫어해?"

갑자기 내가 쇼핑을 하러 갔다.

공부를 하라는 미야기의 말을 무시했다.

기분이 저조해진 이유는 그런 점들 때문이겠지만, 무난한 이유를 입에 담았다.

"……."

미야기는 이쪽을 보려고도 하지 않았다.

"왜 입을 다물어?"

"……먹어본 적이 없어서 모르겠어."

"그런 사람이 있어?"

무시하려던 것이 아니다.

솔직한 감상이었다.

하지만 미야기에게는 그렇게 들리지 않은 것인지 낮은 목소리가 들려왔다.

"절대로 안 먹어."

"폐질 일도 아니잖아. 만드는 법 알려줄 테니까 도와줘."

"안 도와줄 거니까 직접 만들어."

"이것도 다 수업이야."

"또 그런 말도 안 되는 소리."

미야기가 만화에서 고개를 들고 불만스러운 얼굴을 한다.

"그럼 다 되면 가져올 테니까 미야기는 여기 있어."

더는 상대하지 말자.

미야기와 함께 만들어야 할 이유는 없었고, 함께 요리를 만들고 있으면 또 바꿔두었던 기분이 원래대로 돌아가 버릴지도 모른다. 그녀가 도와주지 않아도 프렌치토스트는 만들 수 있었다. 아니, 오히려 없는 편이 더 빨리 만들 수 있을 것이다. 닭튀김을 함께 만들 때도 눈에 띄는 진전은 없었다. 그때 그녀는 손가락을 베었고 나는 그 상처에서 흘러나온 피를 마셨다.

"주방 빌릴게."

침대에 앉은 미야기에게 그렇게 말하고 슈퍼마켓 봉지를 들고 방을 나가려 하는데, 그녀가 티셔츠의 옷자락을 잡아

당긴다.

"왜?"

"같이 갈래."

다른 애들 앞에서는 어떤 느낌인지 모르겠지만, 내 앞에 있는 미야기는 늘 솔직하지 않았다. 오늘도 떼를 쓰더니 결국 주방에 같이 가겠단다. 안 먹겠다고 하는 프렌치토스트도 마지막에는 먹을 것이 분명하다.

그럴 거라면 처음부터 잠자코 따라오면 좋을 텐데.

정말로 귀찮다니까.

하지만 이렇게 대화를 나누고 있으면 평소의 미야기이고 평소의 나였다. 공부할 때보다 더 평범하게 있을 수 있을 것 같았다.

나는 짧은 복도를 걸어 주방으로 향했다. 하지만 미야기는 주방으로 들어가지 않고 거실의 카운터 테이블에 앉았다.

"미야기, 이쪽."

나는 도와줄 생각이 조금도 없어 보이는 미야기를 불렀다.

"왜?"

"도와주러 온 거잖아?"

부르지 않는 편이 낫다는 것을 알면서도 제멋대로 입이 움직였다.

하지만 아무 일도 일어나지 않을 것이다.

이성은 되찾았다.

"아니야. 센다이가 알아서 다 해."

"됐으니까 좀 도와줘. 요리를 잘 못해도 계란 정도는 섞을 수 있잖아. 혹시 그 정도도 못해?"

슈퍼마켓 봉지에서 우유와 계란을 꺼내며 미야기를 보자 그녀는 발끈한 얼굴을 하고 있었다.

"하면 되잖아."

성의 없는 대답과 함께 미야기가 주방으로 왔다.

"식기 같은 거 마음대로 꺼내도 돼?"

"알아서 써."

그 대답에 사양하지 않고 필요한 것들을 적당히 꺼낸 뒤 그릇에 계란을 하나 깨 넣었다.

"이것 좀 섞어줘."

미야기에게 긴 젓가락을 건네줬을 때, 중요한 것을 깨달았다.

식빵을 구울 때 쓸 버터를 안 사왔다.

냉장고를 열고 안을 보자 안색이 좋지 못한, 다 죽어가는 버터가 든 케이스가 보였다. 언제 샀는지 미야기에게 묻자 「얼마 전에 샀다」는 애매한 대답이 돌아왔는데, 얼마전인 것치고는 버터에 기운이 없었다. 그렇지만 미야기의 말을 믿기로 하고 다음 지시를 내렸다.

"설탕 한 큰술을 넣고서 우유랑 같이 섞어줘."

나는 설탕이 든 통과 계량컵에 넣고 계량한 우유를 미야기에게 건넨 다음 식빵을 도마 위에 올려놓았다.

반이면 될까.

먹기 좋게 네 조각으로 잘라도 되겠지만 오늘은 둘로 자르기로 하고 칼을 들었다. 첫 번째 식빵을 반으로 자르고 옆을 보니 미야기는 아직도 설탕을 넣고 있었다.

"미야기, 스톱."

"왜?"

"설탕 너무 넣은 거 아니야? 몇 숟가락 넣었어?"

"세 숟갈 정도?"

"내가 한 숟가락이라고 했지?"

"달콤한 편이 좋잖아."

"안 좋아. 분량을 지켜."

두 숟갈이라면 몰라도 세 숟갈은 많았다.

하지만 이미 넣어버린 설탕을 뺄 수는 없었기에 계란의 양을 늘려서 희석하기 위해 계란 하나를 더 그릇에 깨 넣었다. 우유의 양도 배로 늘려서 깬 계란에 넣자, 미야기가 다시 설탕을 넣으려 했다.

"잠깐, 미야기."

나는 속이 쓰릴 정도로 설탕을 넣으려는 손목을 붙잡았다.

"나중에 명령이든 뭐든 해도 좋으니까, 내 말 좀 들어."

"명령할 일은 이제 없어."

"뭐든 있겠지."

"그럼 이거 마셔."

미야기가 부루퉁한 얼굴로 그렇게 말하더니 설탕이 한가득 들어간 계란물을 가리켰다.

"바보 아냐?"

설탕의 양이 정상이 됐다고 해도 계란물은 식빵을 담그는 용도지, 그대로 먹는 것이 아니다.

"그러니까 명령할 일은 없다고 했잖아. 가끔은 센다이가 명령해보지 그래? 프렌치토스트 만들어주는 보답으로 명령할 권리를 줄게."

"그건 설탕 분량 지키라고 명령하면 끝이잖아. 의미 없어."

"그럼 세 개의 명령을 들어줄게. 이러면 평화롭게 프렌치토스트 만들 수 있겠지?"

역시 아직도 방해할 생각인 건가.

명령을 하지 않으면 말을 듣지 않는 미야기에게 프렌치토스트 만드는 걸 돕게 할 바엔 차라리 전부 혼자서 하는 편이 나았다.

"세 개라니, 램프의 요정이라도 되려고?"

나는 미야기에게서 그릇을 빼앗아 계란물을 섞었다.

"램프의 요정은 명령을 듣는 게 아니고 부탁을 들어주는 거잖아. 센다이야말로 바보 아냐?"

역시 바보는 미야기다.

그녀가 하는 명령은 명령이지만, 내가 명령을 한다고 해도 분명 명령이 되지는 않을 것이다. 미야기가 순순히 명령을 들을 리가 없으니 내가 하는 명령은 부탁과 다름이 없다. 게다가 램프의 요정이라면 소원을 이뤄주겠지만 미야기는 바란다 해도 이뤄준다고는 할 수 없었다.

"있지, 도와줄 거면 명령 같은 거 하지 말고 순순히 도와줘. 도와줄 생각이 없으면 저쪽에 앉아 있어."

버릇없는 짓이라는 것을 알면서도 젓가락으로 거실을 가리켰다.

하지만 미야기는 거실에 가려고 하지 않았다.

"센다이도 멋대로 룰을 만들었으니까, 상관없잖아."

"그렇긴 하지만."

"빨리 명령해."

미야기가 나를 향해 마치 명령처럼 말했다.

납득할 수 없다.

왜, 명령받는 쪽인 미야기가 오만하게 말하는 건지.

애초에 세 가지 명령을 내릴 수 있다고 해도 미야기에게 바라는 것은 설탕의 분량을 지키고, 우유의 분량도 지키고, 약한 불에 빵을 굽는 정도 밖에 없었다. 그리고 그것은 그녀가 꼭 해줬으면 하는 것도 아니었다.

그럼 뭘 명령해야 하는 것인가.

노란 계란물에 시선을 떨어뜨렸다.

미야기가 해줬으면 하는 것.

미야기에게 내가 하고 싶은 것.

없는 건 아니지만 이런 데서 명령할 일은 아니었다.

그럼 또 뭐가 있을까.

나는 그릇과 젓가락을 놓고 미야기 쪽을 바라보았다.

"명령, 아무거나 괜찮아?"

"괜찮아."

"그럼 그대로 움직이지 마."

"어?"

"움직이지 말라고 했어."

"알겠어. 다음은?"

미야기는 프렌치토스트를 만드는 걸 도와달라는 명령을 받을 것이라 생각한 건지, 의아함이 담긴 표정으로 나를 바라보았다.

"눈 감아."

"……뭘 하려고?"

움직이지 말라고 명령했는데, 미야기가 반걸음 물러선다.

"조용히 내 말 들어."

"조용히 하라는 건 명령이야?"

"그래, 명령. 세 가지 들어주는 거지?"

미야기가 눈썹을 찡그리며 나를 노려보았다. 불만이라도 있는지 센다이, 하고 나를 부른다. 하지만 이내 입을 다물고는 천천히 눈을 감았다.

미야기는 절대로 말을 듣지 않을 것이다.

그렇게 생각하고 있던 탓에 맥이 빠졌다. 이다음에 일어날 일을 예상했을 테니 좀 더 버틸 줄 알았다.

나는 보기 드물게 얌전히 말을 듣는 미야기의 뺨을 만졌다.

손가락을 미끄러뜨려도 미야기는 움직이지 않았다.

한여름 태양에 다 타버려야 했을 불합리한 감정이 타다 남은 탓에, 스스로를 멈출 수 없었다. 장을 보러 갈 시간 동안 되찾았던 이상은 잠시 빌렸던 것처럼 쉽사리 무너졌다.

천천히 닫힌 미야기의 눈처럼 천천히 그녀에게 다가간다. 나도 눈을 감고 그녀를 시야에서 지운 채 입술을 포개자, 보이지 않아야 할 미야기가 잘 보이는 것 같아 그대로 입술을 세게 눌렀다.

심장 소리가 평소보다 빠르다.

아무렇지도 않게 키스를 할 수 있을 정도로 미야기와 키스를 하는 것이 익숙하지는 않았다. 그래도 두 번째 키스—입술에 닿은 수를 정확히 세어본다면 세 번째인 키스는 역시 기분이 좋았다. 부드러운 입술에 닿아 있을 뿐인데 무너져 내린 이성이 버터처럼 녹아내렸다.

키스는 싫지 않다.

더 만지고 싶다.

그 정도의 일이 여름 방학에 있다 해도 괜찮지 않을까.

키스만큼 대단한 것은 아니라며 스스로를 속인다.

혀끝으로 미야기의 입술을 만졌다. 닫힌 입술을 벌리듯 혀를 밀어 넣자, 미야기의 손이 내 어깨를 꾹 눌렀다. 그 힘은 생각보다 강해서, 한 번 입술을 떼고 나서 한 번 더 키스를 했다.

부드럽게 만지며 혀끝으로 입술을 핥았다.

그 이상은 하지 않았다. 하지만 미야기가 내 입술을 가차 없이 깨물어버려 이번에는 내가 미야기의 어깨를 밀쳐 냈다.

아프다.

손끝으로 자신의 입술을 만지자 축축한 감촉이 느껴졌다. 손가락을 보니 빨간 것이 묻어 있다.

"처음도 아니고, 이렇게까지 할 필요는 없잖아."

물린 부분이 욱신거리는 느낌에 자연히 목소리가 뾰족해졌다.

"처음이든 아니든 상관없어. 명령은 세 가지 들었고, 제멋대로 군 센다이 잘못이야."

미야기가 불만스럽게 말했다.

제멋대로 굴었다는 말이 혀를 넣으려 한 것을 말하는 것인지, 입술을 핥은 것을 말하는 것인지는 알 수 없었다. 다만 입술에 닿았을 때는 저항하지 않았으니 키스를 한 것 자체는 제멋대로 군 것에 포함되지 않는 것 같았다.

"힘 조절 좀 해."

꼭 전하고 싶은 말을 먼저 입에 담았다. 하고 싶은 말은 여러 가지 있었지만 미야기에게 말해봤자 불평만 들을 뿐이다.

"거울 있어?"

상처가 얼마나 깊은지 궁금해서 무엇이 지뢰인지 알 수 없어 까다로운 미야기에게 그렇게 물었다. 피는 많이 나지 않은 것 같은데 입술이 아팠고 아직도 아프다. 이런 곳을 있는 힘껏 물다니 미야기는 제정신이 아니다.

"상처라면 내가 봐줄게."

"내가 볼 테니까 됐어."

"거울, 여기 없어."

그렇게 말하며 미야기가 나에게 얼굴을 가까이했다.

굉장히, 지척까지.

상처를 본다고 하기엔 지나치게 가까운 거리에 「뭐야?」라고 말하려는데, 그보다도 빠른 속도로 다가온 미야기가 마치 개나 고양이라도 된 것처럼 내 입술을 핥아왔다.

갑작스러운 상황에 소리를 내는 것도 잊고 미야기를 밀쳤다.

"소독한 것뿐이야."

변명처럼 미야기가 그렇게 말하고는 내게서 떨어져 말을 이었다.

"피, 맛없어."

"그야 당연하지. 게다가 전에도 말했지만 핥는 건 소독이 아니야."

여기서 미야기의 피를 핥았었으니 피의 맛은 잘 알고 있었다.

자신의 피와 마찬가지로 미야기의 피도 맛은 없었다. 미야기도 핥기 전부터 그런 것은 알고 있었을 것이다. 위생적이지도 않았고 나서서 할 만한 일도 아니다. 그래서 왜 미야기가 내 피를 핥았는지 이해하지 못하고 있는데, 그녀가 다시 한번 다가왔다.

"잠깐, 미야기."

몸을 기대며 입술을 가까이하려는 미야기를 제지했다.

왜, 말렸을까.

스스로도 알지 못한 채 미야기의 어깨를 붙잡았다.

"센다이가 먼저 유혹했으면서."

유혹하면 받아주겠다.

미야기의 말은 그런 의미로도 해석될 수 있었기에 나는 놀랐다.

확실히 지금까지 미야기를 유혹하는 행동을 해오긴 했지만, 그녀가 그런 말을 할 거라는 생각은 하지 못했다.

"……나랑 한 번 더 키스하고 싶다는 거야?"

물어도 대답이 없다.

내게서 거리를 좁힌 미야기가 「내가 할 거야」라고 작게 말하더니, 그대로 입술을 밀어붙였다.

희미한 통증과 함께 미야기의 입술 감촉이 선명하게 느껴졌다.

부드럽고, 따뜻하고, 기분 좋았다.

통증이 사라진 것은 아니다.

입술은 여전히 욱신거리고 열기가 느껴졌다.

하지만 맞닿은 입술의 감촉이 통증 위로 덧씌워졌다.

닿아 있는 것뿐이라면 미야기는 얌전했다. 나는 아까보다 아주 조금 더 길게 키스를 하고 나서 입술을 뗐다.

"……센다이는 야하네."

미야기가 투덜거리며 원망스러운 눈빛으로 나를 보았다.

"미야기도 키스하고 싶어 했으니까 똑같잖아."

"안 똑같아."

미야기가 저항하듯 단언하며 나에게 손을 뻗었다.

손가락 끝이 상처 부위에 닿자 천천히 쓰다듬는다.

"거기 아파."

그 말에 반응하듯 상처 부위를 손가락 끝으로 강하게 누른다.

얼얼한 통증에 얼굴을 찌푸렸다.

물리적인 거리로만 따지면 나와 미야기는 전보다 더 가까이 있는 경우가 많아졌다. 하지만 우리 사이에는 채워지지 않는 거리가 있었다.

미야기는, 아직도 내가 싫어하는 얼굴을 보고 싶다고 생
각하고 있을까.

　그녀의 손가락은 입술을 계속 만지고 있었다.

　나는 계속 찾아오는 아픔을 느끼며 그런 생각을 했다.

제7화
센다이는 쓸데없는 짓만 한다

　센다이는 장난으로 끝낼 수준의 키스를 하지 않는다.

　처음 키스할 때도 그랬다.

　살짝 입술이 맞닿는 정도의 키스라면 그저 장난이라고 변명할 수 있을 텐데, 그녀는 그런 변명을 허락하지 않는 키스를 하려고 했다. 입술이 닿는 것만으로 끝나는 키스라면 해도 괜찮다. 하지만 그 이상의 키스를 원해온다.

　"미야기, 아파."

　명령을 프렌치토스트 만드는 것이 아닌 키스에 사용한 센다이가 불평해왔지만, 입술에서 손가락은 떼지 않았다. 뗄 필요도 없었다.

　센다이의 혀가 입술에 닿자 오싹한 기분과 함께 마음이 술렁거렸다.

　그녀의 체온이 내게 섞이려 하자 머릿속이 뜨거워졌다.

　그런 키스는 우리가 해도 되는 것이 아니었기에 센다이의 입술을 깨물었다. 그녀가 한 장난 같지 않은 키스는, 열쇠로 잠가둔 상자에 넣어 마음속에 가둬둔 기분을 일깨우는 것 같아 받아들일 수 없었다.

센다이의 입술에 난 상처는 생각보다 깊었지만 자업자득이다.

나는 상처 부위를 누르는 손가락에 힘을 더했다.

센다이의 얼굴이 일그러지며, 아픔을 참고 있던 그녀가 나를 노려보았다.

반항적인 눈빛을 한 센다이는 오랜만에 보는 것 같았다.

센다이가 이 집에서만 보이는 이런 얼굴을 보면, 진기한 물건을 손에 넣었을 때와 비슷한 우월감 같은 것이 느껴졌다. 그리고 나만이 그런 얼굴을 하게 만들 수 있다는 것에 고양감이 들었다.

—얼마 전까지만 해도 그랬다.

하지만 지금은 센다이가 이런 얼굴을 하지 않기를 바라는 자신이 어딘가에 있었다.

이런 건 이상하다.

잘못한 것은 과한 키스를 하려고 한 센다이다. 나는 약간의 보복을 해도 상관없는 입장이다. 그녀가 어떤 얼굴을 하든 상관없다.

나는 상처에 손톱을 세웠다.

손가락 끝이 미끈거리는 피에 젖어들며, 센다이에게 손목을 잡혔다.

"아프다니까."

그런 말과 함께 상처에서 거칠게 손을 털어낸다.

손가락 끝을 보니 센다이의 피가 묻어 있었고, 그녀의 입술에도 똑같이 피가 묻어 있었다. 손가락에 묻은 피를 핥자 센다이의 입술을 핥았을 때와 같은 맛이 나서 역시 맛이 없었다.

"핥지 말고 손을 씻어."

그렇게 말한 센다이가 싱크대의 물을 틀려고 했다. 나는 그 손을 멈추고 그녀의 팔을 잡았다.

"손은 나중에 씻을게."

"그럼 지금은 뭐 할 건데?"

여름 방학의 센다이는 유난히 건방지다.

내가 먼저 키스를 하려고 했는데, 나한테 키스하는 것이 당연하다는 표정을 지으며 키스를 해온다. 딱히 키스 정도는 해도 상관없었지만, 센다이만 자유롭게 원하는 짓을 하는 것은 비겁하다는 생각이 들었다.

여기는 내 집이고, 세 가지 명령도 끝났으니 나도 그녀처럼 이기적으로 굴어도 되는 거겠지.

"키스."

센다이의 대답을 기다릴 생각은 없었다.

그녀에게 한 걸음 다가가 내가 먼저 얼굴을 들이댔다.

눈은 감지 않았다.

시야에 비친 센다이가 가까워졌다. 그래도 눈을 감지 않고 있자 기세에 눌린 센다이가 결국 눈을 감았고, 나는 천천히 입술을 포갰다.

따뜻한 체온과 함께 피로 보이는 액체가 입술을 더럽혔다.

전해지는 축축한 감촉은 별로였지만, 맞닿아 있다는 것 자체는 기분이 좋았다. 그녀에게서 키스를 받았을 때와 별반 다르지 않을 정도로 기분이 좋아 입술을 더 꾹 누르자, 상처가 아픈지 센다이가 조금 몸을 뺐다.

입술을 몸 어디에 붙여도 부드러움이 조금 달라질 뿐 감촉에 큰 차이는 없을 텐데, 입술끼리 붙으면 심장이 시끄럽고 몸이 뜨거워진다.

누구와 해도 똑같은 기분이 들지는 모르겠다.

알고 싶지도 않다.

하지만 센다이와 키스를 하면 어떻게 되는지는 알아 버렸다.

나는 그녀의 티셔츠를 잡고 입술을 세게 눌렀다. 아까보다 피가 더 많이 묻고, 그 어느 곳보다 부드러운 입술이 착 달라붙었다. 하지만 곧 센다이가 내게서 떨어졌다.

"좀 더 살살해. 입술 아파. 그리고 티셔츠 늘어나니까 손 놔."

그렇게 말하며 센다이가 내 손등을 쳤다.

나는 아무 대답 없이 손을 씻고 난 다음 계란물을 섞었다. 센다이는 대답하지 않는 나를 탓하지 않고 빵을 썰기 시작했고, 달그락달그락 젓가락이 그릇에 부딪혀 내는 소리만이 주방에 울려 퍼졌다.

심장은 아직 조금 두근거리고 있었다.

나는 노란 액체만을 눈에 계속 담았다. 하지만 언제까지나 침묵하고 있을 수는 없었다.

"이거 어떻게 해야 돼?"

노란 액체의 완성형을 알 수 없었기에 얼굴을 들지 않고 센다이에게 물었다.

"이제 됐어. 남은 건 식빵을 담가서 구우면 끝이니까 미야기는 저리로 가."

거실에 있던 나를 도와달라며 불러들였던 센다이가, 주방에서 나를 내쫓는 말을 했다.

너무 무책임하다.

일부러 도와주러 왔는데 쫓겨난다는 상황에 불만을 느꼈지만, 이대로 주방에 계속 있기도 어색했다. 게다가 빵을 구우라는 말을 들어도 곤란했다.

나는 순순히 센다이의 말에 따라서 주방을 뒤로 했다.

카운터 테이블에서 기다리고 있으니 치이익 하고 빵이 구워지는 소리와 함께 달콤한 향기가 풍겨왔다. 딱히 고프다고 느껴지지 않았던 배가 음식을 재촉하듯 움직여왔다. 몸을 슬쩍 내밀자 노릇노릇하게 구워진 빵이 보였다. 그리고 생각보다 오래 기다린 뒤에야 프렌치토스트가 완성되었다.

"누군가가 말을 안 들어서 맛있을지 모르겠지만. 일단 먹어봐."

센다이가 나이프와 포크를 내 앞에 두고 옆에 앉았다. 일부러 맞춘 것은 아니지만 잘 먹겠습니다, 라는 말이 겹치며 센다이와 순간적으로 눈이 마주쳤다.

나는 계란말이와 비슷한 빵에 포크를 넣고 작게 썰었다. 황금빛 덩어리를 입에 넣자 계란과 버터가 섞인 묘하게 그리운 맛이, 겉의 바삭함과 속의 폭신함과 함께 찾아들었다.

"처음 프렌치토스트를 먹어본 감상은?"

센다이가 나를 보았다.

"생각보다 달아."

"그건 미야기 때문이잖아. 무식하게 설탕을 넣으니까 그렇지."

불만스러운 어조로 센다이가 말했다.

"뭐, 그래도 꽤 맛있는 것 같아."

이건 거짓말이 아니다.

좀 과하게 달다는 생각은 들지만, 처음 먹어본 프렌치토스트는 좋아하는 음식이라고 분류해도 좋을 정도였다.

닭튀김도, 계란말이도.

센다이가 만들어준 것은 맛있었다. 어쩌면 그녀는 내가 싫어하는 것도 맛있게 만들 수 있을지도 모른다.

"그렇다니 다행이네."

옆에서 안도 섞인 목소리가 들려왔다.

센다이가 요리를 해주었을 때, 맛있다는 말을 전하면 항상 그런 말을 했다. 내 반응은 굳이 신경 쓸 필요도 없을 텐데, 조금은 신경을 써주는 모양이다.

나는 프렌치토스트를 한 입 더 먹었다. 푹신한 빵을 씹어 위장에 털어넣는 순간 쨍그랑, 하고 접시에 포크와 나이프가 닿는 소리가 들려왔다. 옆을 보자 센다이가 입을 누르고 있었다.

"괜찮아?"

입술을 누르고 있는 이유는 굳이 묻지 않아도 알 수 있었다.

상처에 프렌치토스트가 닿았다.

아마 그런 것이겠지. 하지만 상처가 생긴 원인은 센다이에게 있었으니 내가 불안함을 느낄 이유는 없었다. 하지만 그녀가 너무 아파보이는 얼굴을 하고 있어서 나도 모르게 괜찮냐고 묻고 말았다.

"피가 날 정도로 무는 것 좀 하지 마."

미간에 주름을 만든 센다이가 나를 노려보았다.

"피가 날 정도로 깨물고 싶어지는 짓을 하는 센다이 잘못이지."

"키스하는 거 싫지도 않으면서."

"좋아하는 것도 아니야."

"흐음."

센다이가 의심이 담긴 목소리와 눈빛을 향해왔다.

나는 그 목소리와 시선에서 도망치듯 프렌치토스트를 입으로 가져갔다. 천천히 씹다가 입안에서 버터의 풍미가 다 사라진 뒤에야 하고 싶은 말 중 하나를 전했다.

"모레부터는 좀 더 평범하게 해."

"평범하게라니?"

"이상한 짓 하지 말고."

센다이의 말처럼 키스는 싫어하지 않고, 센다이와 한다면 해도 좋았다.

다만 이후에도 여러 번 할 만한 일은 아니었다.

우리는 세상에서 말하는 키스를 하는 관계가 아니고, 그런 관계가 될 예정도 없다. 이번 여름 방학이 예외적인 상황일 뿐 2학기가 시작되면 1학기 때와 같은 하루하루를 보내게 될 것이다.

게다가 또 이런 일이 생기면 브레이크를 걸 수 없게 될 것 같다는 생각도 들었다. 싫지 않으니까 멀쩡하게 있을 자신이 없다. 한도 끝도 없이 이런 짓을 하고 있으면 더 곤란한 일이 생길 것 같다는 것만은 알 수 있었다.

"이상한 짓이 뭔데?"

센다이가 포크로 프렌치토스트를 찔렀다.

"이상한 짓은 이상한 짓이야."

"확실히 말해. 키스하지 말라고 말하고 싶은 거지?"

"알고 있으면 이제 이런 일은 안 하는 걸로 해. 할 거면 공부를 하거나 이야기를 하거나, 그런 걸로 하라고. 그것도 싫다면 책도 있고 게임도 있고, 그렇게 적당히 시간을 때울 수 있잖아."

거칠게 말하고는 센다이의 접시에서 프렌치토스트를 빼앗았다. 한입에 그것을 먹어치우자 센다이가 빙긋 웃으며 말했다.

"미야기, 알고 있어? 그런 것들을 함께하는 사람을 친구라고 해."

의도적으로 느껴질 만큼 밝은 목소리가 거실에 울려 퍼졌고, 센다이가 「음료수 가져올게」라고 말하고는 몸을 일으켰다. 그녀는 주방으로 향했고, 조금 떨어진 곳에서 목소리가 들려왔다.

"물론 미야기가 그런 친구 같은 일을 하고 싶다면 모레부터는 그렇게 할게."

곧바로 센다이가 돌아왔고, 테이블 위에 잔이 두 개 놓였다.

"딱히 친구 같은 일을 하고 싶은 건 아냐."

"그래? 평범한 게 좋다면 친구놀이를 해도 그만이잖아. 그렇다면 친구처럼 함께 영화라도 보러 갈래?"

센다이가 학교에서 자주 보는 미소를 지으며 보리차를

마셨다.

진심이 아니라는 것은 목소리만으로도 알 수 있었다.

갈 리가 없잖아.

센다이는 내가 그렇게 말할 것이라 예상했겠지.

그러니까 절대로 말하지 않겠다.

"······좋아. 보러 가자."

"영화를?"

"그래. 내일이나 목요일에 가자."

친구놀이는 아니지만, 센다이를 친구처럼 대하려고 한 적은 있었다.

시시한 이야기를 하고 같이 게임을 하고.

친구들과 할 법한 일을 함께 해보았다.

결국 센다이가 친구가 되는 일은 없었지만.

하지만 이번에는 다른 결과가 될 수도 있다. 그때는 나만 그러려고 했지만, 이번에는 센다이도 「놀이」에 어울려준다. 그녀와 친구가 되고 싶은 것은 아니었지만 뒤틀려 있는 관계를 원래대로 되돌릴 만한 계기가 될지도 모른다.

"왜 하필 내일이나 목요일?"

센다이가 탐색하듯 물어왔다.

"친구놀이라면 과외가 없는 날이 좋으니까."

"확실히 그러네. 그럼 목요일로 하자."

이 집에서는 본 적이 없는 상냥한 얼굴로 센다이가 말했다.

◇ ◇ ◇

저것도 아니다, 이것도 아니다.

옷을 침대 위에 늘어놓고 신음하며 옷장으로 다시 되돌리는 일을 30분 정도 하고 있음에도 입고 갈 옷이 정해지지 않았다.

옷 따위에 이렇게 시간을 들일 필요는 없다는 것은 알고 있다.

센다이가 과외로 왔던 어제, 볼 영화는 결정하지 않았지만 행선지는 결정했다.

평소 우리가 가지 않을 것 같은 장소에, 같은 학교 학생도 가지 않을 것 같은 장소.

곧바로 정해진 약속 장소는 그런 곳이었고, 그래서 전철을 타고 가야만 했다. 센다이와 방과 후에 만나고 있다는 것은 아무도 몰랐고, 여름 방학에 만나고 있다는 것도 비밀이었다. 아는 사람과 쉽게 마주칠 수 있는 장소에 갈 수는 없었기에 일부러 먼 장소를 내가 직접 골랐다.

역에 가서 전철을 탔다.

영화만을 보는 것치고는 가는 시간이 오래 걸렸다. 그래도 만나기로 한 시간은 오후부터니까 시간은 아직 있다.

"이거면 됐어."

블라우스에 데님팬츠.

얼마 전 마이카네와 만났을 때 입은 옷을 손에 들었다.

센다이와 만나기 위해 기합을 넣을 필요는 없다.

질질 끌지 말고 바로 결정했다면 좋았을 텐데.

재빠르게 옷을 갈아입고 꺼내둔 옷을 정리했다. 머리를 묶을까 말까 고민하다가 커튼을 쳤다. 창밖을 보니 햇빛이 눈이 부시도록 쨍쨍했다.

더워 보인다.

목덜미가 다 탈 것 같아 머리를 묶는 대신 선크림을 발랐다. 시계를 확인하니 집을 나서기에는 아직 조금 빨랐다.

한숨을 쉬었다.

센다이가 농담으로 던진 말에 응하긴 했지만 마음이 무거웠다. 보고 싶은 영화는 있지만, 그녀가 보고 싶은 영화인지는 모르겠다. 센다이에게 보고 싶은 영화가 있었다고 해도 그것을 내가 보고 싶다고 느낄지도 모르겠다.

나는 그녀의 친구라면 알고 있을 법한 「센다이에 대해서」는 잘 모른다.

좋아하는 영화나 좋아하는 음악, 좋아하는 음식.

그녀의 친구라면 당연하게 아는 것에 대해서 들어본 적이 없다.

길게 숨을 내쉬고 나서 짝, 뺨을 가볍게 때렸다.

오늘은 「친구놀이」를 하는 것뿐이다.

어려운 일은 아니다.

마이카네와 지내듯이 센다이와 지내면 된다. 보고 싶은 영화가 달라도 타협점은 있을 것이고, 지금까지 마이카나 친구들과도 다른 취미나 취향들을 교류해왔다.

"조금 이르긴 한데 괜찮겠지."

가방을 들고 맨션을 나섰다.

그러고 나서 10분도 채 지나지 않아 땀이 흘러나오며 블라우스에 얼룩을 만들었다. 차가 달리는 소리에 섞여 들리는 매미 소리 때문에 쓸데없이 더 덥고 거슬렸다.

빌딩의 그늘로 도망친 뒤 발을 멈췄다.

그러고 보니 센다이의 집은 우리 집에서 그리 멀지 않았다. 목적지가 같다면 타는 기차도 똑같을지 모른다.

그녀의 모습을 찾을 생각은 없지만, 무심코 주위를 둘러보았다.

있을 리가 없지.

마음속으로 중얼거리며 평소엔 타지 않는 기차를 타기 위해 개찰구를 지나갔다. 무더운 플랫폼 위에도, 그리 시원하지 않은 차량 내부에도 낯익은 얼굴은 없었다. 몇 개의 역을 지나쳐 전철에서 내렸다. 역 안, 약속 장소로 지정한 이상한 모양의 석상 앞으로 향했다. 하지만 이상한 석상에 가까워지기도 전에 「친구놀이」의 상대가 시야에 들어왔다.

멀리서도 센다이라는 것을 알 수 있는 그 사람은, 우리 집에 오는 그녀와 복장도 분위기도 달랐다.

센다이가 입고 있는 롱스커트에 민소매 셔츠는 어디에나 있는 옷으로 딱히 특이한 옷은 아니다. 하지만 무척 잘 어울렸고, 외모 때문인지 더 눈에 띄었다.

만나자는 약속을 하지 않았더라면 절대로 먼저 말을 걸었을 타입이 아니었고, 심지어 약속을 했음에도 말을 걸기가 어려웠다. 반에 있었다면 친해질 일도 없고 같은 그룹에 속할 일도 없었을 것이라 단언할 수 있다. 2년이 막 됐을 때, 이런 관계가 되기 직전 느꼈던 인상에 가까운 센다이가 있었다.

하지만 말을 걸지 않을 수는 없다.

한숨을 삼키고 세 발짝 더 앞으로 걸어가자 센다이와 눈이 마주쳤다. 내가 다가가기 전에 그녀 쪽에서 나에게 다가와 「미야기」라며 손을 흔들었다.

"미안해. 기다렸어?"

약속 시간에 늦은 것은 아니다. 만나기로 한 시간까지 아직 10분 정도는 남았으니 사과할 필요는 없지만, 친구라면 사과해 두는 편이 좋을 것 같아 일단 사과했다.

"입시학원에서 바로 왔더니 좀 일찍 도착했어."

몇 분을 기다렸는지는 모르겠지만 신경 쓰지 마, 라고 하며 센다이가 웃었다. 그리고 위에서 아래까지 나를 보며 말했다.

"미야기, 집에 있을 때랑 별반 다르지 않네."

"바꿀 필요 없으니까."

"그렇지."

"센다이는 항상 그런 느낌이야?"

얼마 전 이바라키와 함께 있는 센다이를 봤을 땐, 거리가 떨어져 있어서 그런 것일 수도 있지만 지금과는 입고 있는 옷의 분위기가 달랐다.

그냥 궁금해서 물어본 것이지만, 날에 따라 복장이 다른 것은 별로 드문 일고 아니고 딱히 물어볼 만한 일도 아니라는 뒤늦게 생각이 들었다. 하지만 그녀는 스커트를 집어 들고 묘하게 진지한 표정을 지었다.

"그렇긴 한데, 이상해?"

"별로. 그냥 물어본 것뿐이야."

"그럼 다행이지만. 일단 갈까?"

부드럽게 스커트를 나부끼며 센다이가 걷기 시작했다. 목적지는 말하지 않아도 영화관이다. 역 안을 조금 걸어 엘리베이터에 올랐다. 몇 층 위로 올라가 엘리베이터를 내리자 벽에 걸린 포스터가 눈에 들어왔다.

"보고 싶은 영화 있어?"

포스터를 보면서 센다이가 물었다.

"일단은."

"있구나. 뭔데?"

나는 집 책장에 진열된 연애 만화를 원작으로 한 일본 영화 이름을 전했다.

"아, 그거 말이지. 우미나가 보고 싶다고 했었어."

"이바라키가?"

"여주인공의 상대역을 좋아하는 것 같아."

"그렇구나."

중얼거리듯이 대답하고 「센다이도 좋아해?」라고 말하려다 말았다. 그리고 그 말을 삼킨 대신 이 자리에서 가장 자연스러운 대사를 입에 올렸다.

"센다이는 보고 싶은 영화 있어?"

"있어."

그렇게 말한 그녀의 입에서 들려온 것은 내가 지금 가장 듣기 싫은 영화 제목이었다.

"그게 보고 싶어?"

"여름용이잖아. 미야기는 호러 영화 괜찮아?"

괜찮지 않다.

센다이가 보고 싶은 영화는 학교를 무대로 한 이른바 B급 공포 영화였다. 그녀는 이런 영화를 보는 타입으로 보이지 않았다. 그리고 나는 공포 영화는 광고조차 보고 싶지 않았다. 이 영화를 본다고 하면 지금 당장 몸을 돌려 집으로 가고 싶을 정도였지만, 센다이에게 보고 싶지 않다고 하면 놀림을 받을 것 같아서 말하고 싶지 않았다.

"……."

"어, 미야기 혹시 공포물 못 봐?"

입을 다문 나에게 센다이가 그렇게 물었다.

"못 본다기보단 다른 영화를 보고 싶어."

"그거다. 밤이 되면 귀신이 나올까봐 화장실에 못 가는 타입이구나?"

"아니야."

"아니면 공포 영화 볼래?"

장난스러운 얼굴로 센다이가 말했다.

이렇게 되니 보고 싶지 않다는 말은 절대로 하고 싶지 않았다. 하지만 이대로 공포 영화를 보게 되는 것도 곤란했다.

"……유령이 있을 리는 없지만, 화장실에서 손이 튀어나올지도 모르잖아."

등 뒤에 뭔가가 있다.

아무것도 없다는 것은 알고 있지만, 혼자 집에 있으면 그런 생각이 들 때가 있어 무서워졌다. 그럴 때는 화장실에서 뭔가가 나와도 이상하지 않았다.

"미야기네 부모님은 늦게 들어오셔?"

늦기는커녕 집에는 거의 들어오지 않는다. 하지만 굳이 그런 말은 하고 싶지 않아서 입을 다물자, 센다이가 키득키득 웃으며 말했다.

"좋아, 미야기가 보고 싶은 영화로 보자. 밤에 화장실에 못 가면 안 되니까."

"놀리는 거지?"

"아니야. 아이 같아서 귀엽다고 생각한 것뿐이야."

"역시 놀리는 거 맞잖아."

"아니라니까. 그나저나 미야기는 해피엔딩을 좋아하는 거 아니었어? 이거 해피엔딩은 아니잖아."

내가 보고 싶은 영화는 연애 영화이고 원작 만화에서는 여주인공이 죽는다. 센다이가 말하는 것처럼 해피엔딩이라고는 말할 수 없는 결말이지만, 여주인공이 짝사랑을 하고 있던 남자아이와 이어지니 뒷맛이 좋지 않은 엔딩은 아니었다.

하지만 지금은 영화의 결말보다 센다이의 기억력 쪽이 더 신경 쓰였다.

분명 그녀 앞에서 해피엔딩이 아닌 연애 소설은 좋아하지 않는다고 말한 적이 있긴 하지만, 딱 한 번뿐이다.

"기억력이 좋네."

"스포일러를 당해서 한으로 남았거든."

센다이가 농담인지 진심인지 모를 말을 전했다.

"결국 끝까지 읽었으면서."

"뭐, 어쨌든 영화가 해피엔딩이 아니어도 돼?"

"해피엔딩이 아니더라도 좋아하는 건 있으니까."

"그럼 티켓 사자."

나에게 미소 지은 센다이가 등을 돌렸다.

오늘의 그녀는 평소보다 더 많이 웃었다.

친구니까.

그것이 이유라고 해도, 어제와는 다른 센다이 때문에 나는 영화가 시작한 뒤에도 어수선한 기분을 느껴야 했다.

엔딩 롤까지 두 시간 남짓.

끝까지 자리를 뜨지 않고 보았다.

옆자리의 센다이도 마지막까지 자리를 뜨지 않고 있었다.

엔딩 롤을 보지 않고 돌아가는 사람과는 양립할 수 없다. 마지막에 쿠키 영상이 나오는 일도 있고, 영화의 여운을 즐기고도·싶었다. 센다이가 끝까지 자리를 뜨지 않고 있는 사람이라서 다행이라고 생각했다.

처음에는 영화에 집중할 수 없었지만 시간이 지나자 옆에 있는 센다이를 신경 쓰지 않을 수 있었다. 영화를 보는 동안에는 누가 옆에 있어도 아무 말 없이 앞만 보고 있을 수 있었다. 덕분에 도중부터라고는 해도 스토리를 따라가는 것에 집중할 수 있었다.

"미야기, 재미있었어?"

관내가 밝아지면서 동시에 센다이가 상냥하게 말을 걸어왔다.

"재미있었어."

짧게 대답하고 자리에서 일어났다.

영화는 원작에 충실하게 만들어지지는 않았지만 재미있다고 해도 될 정도로 잘 만들어진 것 같았다. 하지만 센다이가 어떻게 느꼈는지는 알 수 없다. 그녀에게서 재미있었던 영화 이야기를 들은 기억이 없으니 취향에 맞는 스토리였는지 예상이 가지 않았다.

"센다이는?"

걸으면서 묻자 그녀는 표정을 바꾸지 않고 말했다.

"재미있었어."

"정말로?"

재미없는 얼굴을 하고 있는 것도 아니고 거짓말을 하는 것 같은 목소리도 아니었지만. 센다이의 태도가 어딘가 와닿지 않아 되물었다.

"정말이야. 재미있었어."

센다이가 밝은 목소리로 몇 개의 장면을 들며 감상을 말했다. 그리고 다시 한번 재미있었다고 말하고는 걸음을 멈췄다.

"이제부터 어쩌지? 어딘가 들를래?"

영화관 앞, 센다이가 앞으로 가야할 곳을 정하기 위해 나에게 의견을 물었다.

"어딘가가 어딘데?"

영화를 본 후의 일은 결정하지 않았다.

생각해본 적도 없어서 그만 되묻고 말았다.

"옷 같은 걸 구경한다거나?"

"센다이랑 취향 안 맞아."

"본다면 미야기가 좋아하는 옷을 봐도 괜찮아."

"딱히 보고 싶은 옷 없어."

옷은 옷장 안에 있는 것으로도 충분하다. 갖고 싶은 옷이 있는 것도 아니고, 센다이와 옷을 보러 가도 시간이 부족할 것 같았다.

"그럼 뭐 좀 먹고 갈래?"

센다이가 부드럽게 웃으며 나를 보았다.

"좋긴 한데, 뭐 먹으려고?"

"가벼운 게 좋을까? 뭐 먹고 싶어?"

"센다이가 결정해."

"그럼 그럴까. 미야기는 단 거 좋아하지?"

센다이가 좋아하는 걸 먹어도 괜찮아.

그런 의미에서 그녀에게 행선지를 정하라고 말한 것인데, 전해지지 않은 모양이다. 센다이는 목적지를 내 취향에 맞추려고 했다.

그것이 나쁜 것은 아니다.

상대가 마이카였다면 순순히 먹고 싶은 것을 알려주었을 것이다.

하지만 지금의 센다이에게 들어도 기쁘지 않았다.

이유는 알고 있다.

센다이가 유달리 상냥하고, 계속 웃고 있기 때문이다.

이곳에 있는 센다이는 학교에서 보는 센다이와 별반 다르지 않았다.

생글생글 웃으며 밝은 목소리로 말한다.

지금의 그녀는 2학년이 된 지 얼마 되지 않았을 때 대화를 해본 적도 없었던 반 친구, 나를 인식하고 있는지 어떤지조차 모르는 반 친구 같았다. 약속 장소에서 보았던 센다이의 인상은 잘못 본 것이 아니었다.

이런 센다이는 내가 아는 센다이가 아니다.

"미안해. 역시 먹겠다는 말 취소."

나는 목적지를 역 승강장으로 정하고 걷기 시작했다.

"잠깐, 미야기. 어디가?"

이곳이 내 방이었다면 불만이 담긴 목소리가 들려왔을 텐데, 뒤따라오는 목소리는 부드러운 목소리 그대로다.

속이 좋지 않았다.

위가 울렁거려 점심에 먹은 것을 게워낼 것 같은 기분에 걸음을 재촉했다.

"갈래."

돌아보지도 않고 말했다.

"벌써? 빠르지 않아?"

"빠르지 않아."

나에게 그저 맞춰주기만 하는 센다이는 재미없다.

이런 센다이와 함께 있어도 즐겁지 않다.

"그럼 미야기 집에 들러도 돼? 아직 시간도 있고."

그렇게 말하며 센다이가 내 팔을 잡았다. 뒤돌아보니 웃는 얼굴을 한 그녀가 서 있었다.

"미야기가 싫다면 들르지 않겠지만, 돌아가는 건 같이 가도 되잖아?"

"왜?"

"그야 미야기 집에 안 들려도 타는 전철은 똑같고, 돌아가는 방향도 중간까지는 똑같으니까. 같이 가면 되지. 오늘은 「친구」잖아?"

센다이는 아직 「친구놀이」를 계속하려는지 팔을 잡은 채놔주지 않았다.

그녀의 말은 그렇게 이상하지 않다.

나의 집과 센다이의 집은 비교적 가까웠기에 돌아간다면 함께 가는 것은 당연했다. 하지만 함께 돌아가 버리면 아는 사람과 마주치지 않도록 먼 장소를 약속 장소로 삼은 의미가 사라진다.

"그렇지만 누군가가 보면 곤란해."

"오봉이니까 다들 친척집에 가 있을 거고, 우연히 만날 일은 없을 거야."

무책임하게 단언한 센다이가 내 팔을 잡아당겼다.

"만날지도 모르잖아."

오늘이 오봉인 것은 맞지만, 모든 이들이 다 친척집에 가는 것은 아니다.

"안 만난다니까. 같이 돌아가자."

그렇게 말하며 센다이가 나를 질질 끌듯이 앞으로 나아가는 탓에 어쩔 수 없이 그녀의 옆을 걸어갔다.

자신의 의사 따위는 한 톨도 느껴지지 않는 조금 전까지의 센다이보다는 낫다는 생각이 들었다.

조금 억지스럽고, 자신의 의견을 관철하려 한다.

그런 태도는 마음에 들지 않았지만 꼭두각시 같은 센다이보다는 낫다. 그렇게 생각했는데, 역시 끝까지 미소를 무너뜨리지 않는 그 모습에 기분이 좋지 않았다.

걸으면서 센다이가 무어라 말을 걸었다.

맞장구를 치든 안 치든 개의치 않고 그녀는 무언가를 계속 이야기했고, 홈에서 전철을 기다리는 동안에도, 전철을 탄 후에도 나에게 계속 말을 걸었다.

덜컹덜컹 전차가 달렸다.

경치가 흐르며 집에 가까워졌다.

눈부신 거리도, 선명한 녹음도, 흐르면서 점점 익숙한 경치로 변해갔다. 분명 싫지 않은 센다이의 목소리가 들려오고 있을 텐데, 머릿속에 들어오지 않았다. 차내에 넘쳐

흐르는 잡음에 뒤섞여 사라졌다.

홈에 도착한 전철에서 센다이가 내리고, 나도 내렸다.

키 큰 빌딩에 둘러싸인 거리로 나와 익숙한 길을 나아갔다.

센다이의 집에 갔다가 돌아오는 길, 더는 나란히 걸을 일은 없을 것이라 생각했던 그녀가 계속 옆을 걷고 있었다. 하지만 이야기는 달아오르지 않았고, 달아오르게 할 마음도 없었다.

이런 분위기는 싫다.

기분과 함께 입도 무거워진 것인지 잘 움직이지 않았다. 억지로 말하려 하면 공기막이 엉겨 붙어 입을 막으려 했다. 센다이도 기분이 저조한 나와 함께 있어봤자 분명 재미없을 것이다.

하지만 그녀는 계속 내 옆을 걷고 있었고, 도중에 헤어지는 일은 없었다.

"결국 집까지 왔네."

나는 당연하다는 듯이 방에 있는 센다이에게 식은 보리차를 대접한 뒤 테이블 앞에 있는 그녀 옆에 앉아 사이다를 마셨다.

"친구를 돌려보낼 생각이야?"

"아직도 친구놀이 계속하는 거야?"

"오늘 하루는 친구잖아?"

침대를 등받이 삼아 바닥에 앉은 센다이가 웃는 얼굴을

유지한 채 말했다.

좋은 사람 같아 보여서 마음에 안 든다.

분명 센다이도 더는 친구 행세를 하는 것이 의미가 없다
는 것을 깨달았을 것이다. 「놀이」는 아무리 지나도 결국
「놀이」일 뿐, 사실이 되는 것은 아니다.

"센다이. 아까 영화 정말 재미있었어? 친구라면 사실대
로 말해줘."

영화 감상 같은 건 아무래도 상관없는 일이지만, 거짓말
은 듣고 싶지 않았다. 친구놀이를 계속하는 것의 의미는
없지만, 친구라면 이 정도는 대답해줘도 좋지 않을까.

나는 센다이를 보았다.

조금 전까지 말을 이어가던 그녀가 작게 한숨을 내쉬었다.

"……일부러 울게 만들려는 게 느껴져서 좀 그랬어. 만화
쪽이 더 좋았던 것 같아."

시선을 마주치지 않고, 하지만 상냥한 목소리로 센다이
가 말했다.

오늘 들은 어떤 것과도 다른 그 감상은, 거짓말을 하는
것처럼 들리지는 않았다. 그렇지만 만족스러운 대답도 아
니었다.

"이거면 됐어?"

센다이가 입가만 웃으며 나를 보았다.

재미있다고 생각하는 영화가 다르다.

그런 것은 마이카네와 영화를 보러 갈 때도 있는 일이었으니 센다이와 영화의 취향이 달라도 상관없었다.

　문제는 그녀의 태도다.

　여전히 웃는 얼굴을 유지한 센다이는 어딘가 서먹하게 느껴졌다.

　"역시 나와 센다이는 친구가 될 수 없다고 생각해."

　오늘 줄곧 마음속에 맴돌던 말을 붙잡아 전했다.

　그녀와 함께 친구와 하는 일을 하면, 친구는 되지 못해도 무너져가는 관계를 회복할 수 있을 거라 생각했다. 하지만 아무래도 착각이었던 모양이다.

　친구가 되려는 센다이와 있어도 즐겁지 않고, 그런 센다이와는 함께 있고 싶지 않았다. 그리고 그런 그녀와 있는 것을 택하면서까지, 뒤틀려버린 관계를 원래대로 되돌리고 싶은 마음은 들지 않았다. 하지만 그녀는 쓸데없는 노력을 계속했다.

　"반나절도 안 됐는데 결과를 내는 거야?"

　온화한 어투로 말한 센다이가 보리차를 마신다.

　"이런 건 몇 시간을 계속한다 해도 안 변해."

　"뭐가 마음에 안 들었는데?"

　"전부 다. 지금의 센다이, 기분 나빠."

　"그렇게까지 말할 필요는 없잖아."

　마지막으로 하아, 하고 큰 한숨을 내쉰 센다이가 잔을

테이블에 내려두었다.

"미야기가 친구놀이를 하고 싶다기에 요청에 응한 것뿐인데."

"요청한 적 없어."

"영화 보러 가자고 했잖아. 요청한 거나 마찬가지지."

"하지만 처음에 영화라도 보러갈까 말했던 건 센다이야."

"미야기도 보러간다고 했잖아."

원망이 담긴 어조로 그렇게 말하자 센다이가 침대에 벌러덩 누웠다. 널브러졌다고는 할 정도는 아니지만 그리 바람직한 행동은 아니다. 스커트가 구겨질 것 같아서 신경쓰였다.

"센다이, 남의 침대에서 드러눕지 마. 스커트 접히잖아."

"미야기가 이상한 짓만 안 하면 접힐 일 없어."

의욕 없는 대답이 들려오고, 침대에서 삐져나온 팔이 내게 툭 닿았다. 방해된다는 말을 해도 어깨에 닿아 있는 그것은 움직이지 않았다. 나는 힘이 빠진 팔을 붙잡았다.

민소매 셔츠를 입어 드러난 팔은 놀라울 정도로 햇볕에 타지 않아, 내리쬐는 태양 아래 일주일에 세 번이나 걸어서 우리 집까지 오고 있다고는 생각되지 않았다. 하얗고 예쁜 팔 끝을 보니 눈에 띄지 않지만 손톱이 네일로 장식되어 있다.

몸을 만지면 평소처럼 불평을 늘어놓거나 언짢은 표정을

지을까 궁금해 센다이의 어깨에 손을 얹어보았다. 손가락 끝으로 팔뚝에서 손목까지를 더듬으며 그녀를 보았다. 시선의 끝, 센다이는 아무 말도 하지 않고 여전히 의욕이 없어 보이는 표정을 짓고 있었다.

손목보다 조금 더 위에 얼굴을 가까이했다.

그대로 입술을 붙이자 머리를 눌러온다.

"이상한 짓 하지 말라고 한 건 미야기니까."

센다이가 기분 나쁜 목소리를 내며 나를 노려보았다.

그 모습에, 드디어 내가 아는 센다이와 만난 기분이 들었다.

역시 이런 센다이가 더 좋다.

분명 그렇게 느꼈음에도, 기분이 가라앉은 그녀를 보고 있으니 바늘에 찔린 듯 따끔한 통증이 몸에 퍼졌다. 팔을 잡은 채 매달리듯 손가락에 힘을 실었다.

"조금 만지는 건 괜찮잖아."

목소리 톤을 최대한 바꾸지 않고 말을 걸었다.

"만지는 게 아니라 키스잖아, 지금 그건. 미야기는 친구한테 이런 짓을 해?"

"친구한테는 안 하지만, 센다이는 친구가 아니니까. 게다가 친구놀이는 이미 끝났어."

바로 옆에 있고, 쉬는 날도 만나고.

일주일에 몇 번이고 시시한 이야기를 나누는 우리는 친

구가 되어도 이상하지 않았다. 하지만 시작이 좋지 않았던 것일까, 아니면 지금까지의 시간이 잘못된 것일까, 센다이를 친구라고 부르는 세계는 오지 않았다.

나는 그녀의 팔에 한 번 더 입술을 갖다 댔다.

하지만 이번에는 입술이 닿기도 전에 머리가 쭉 당겨졌다.

"친구가 아니라고 다 해도 되는 건 아니야."

강한 어조로 쏘아붙인 센다이가 내 이마를 찰싹 때렸다. 온화하고 다정하던 그녀는 어디로 사라진 것인지 조금도 보이지 않았다.

"센다이가 뭘 해도 좋다고 말만 하면 문제없을 것 같은데."

문제가 없다, 라는 건 거짓말이다.

이런 것들을 쌓아나가는 것이 좋을 리가 없다. 제어가 들지 않게 될 것이다. 그런 것은 알고 있지만, 센다이를 만지고 싶다는 욕구를 거스를 수 없었다. 애초에 센다이가 얌전히 자신의 집에 돌아갔다면 이런 일은 없었다. 당연하다는 듯이 내 방에 있으니까 이런 일이 벌어지는 것이다.

나는 한숨을 내쉬는 대신 그녀의 팔에 이를 세웠다.

"미야기, 아파."

그렇게 강하게 문 것도 아닌데 센다이는 엄살을 부리더니 「뭐든 해도 좋다고 말한 적 없어」라고 덧붙였다.

"그럼 빨리 좋다고 해."

"여름 방학은 미야기에게 명령할 권리는 없으니까."

귀찮다는 듯이 말하고는 센다이가 몸을 일으켰다. 그리
고 의자 대신 침대에 걸터앉더니 물린 자국을 어루만지듯
쓰다듬었다.

  "여름 방학이 된 뒤에도 명령한 적 있어."

  "그건 특별했던 거고. 오늘은 권리 안 줬어."

  "권리가 있으면 돼?"

  명령을 할 권리도, 이런 센다이를 손에 넣는 방법도 나
는 알고 있다. 그래서 일어나 가방 속 지갑에서 오천 엔짜
리 지폐를 꺼내 센다이 앞에 내놓았다.

  "이거면 됐지? 내 명령 들어."

  "오천 엔만 주면 뭐든 해결될 거라 생각해? 게다가 오천
엔은 이미 받았어."

  "그건 과외 몫. 이건 지금부터 하는 명령 몫이니까 받아."

  납득하지 못하는 그녀에게 오천 엔을 강제로 주려고 했
지만 받지 않았다. 오히려 내 다리를 차며 「필요 없어」라고
또렷한 목소리로 말한다.

  나는 센다이 옆에 앉아 갈 곳이 사라진 오천 엔짜리 지
폐를 둘 사이에 두었다.

  "센다이. 내 말 들어."

  이건 규칙에 없는 행동이니까 거절하는 것도 가능하다.
실제로 센다이는 오천 엔을 받지 않았다. 침대 위의 오천
엔짜리 지폐는 나와 센다이에게 끼인 채 갑갑한 모습으로

계속 누워 있었다.

무리일지도 모른다.

체념하고 오천 엔으로 손을 뻗자, 센다이가 보란 듯이 크게 한숨을 내쉬고는 쿵 하고 바닥을 걷어찼다.

"……뭐든 해도 되는 건 아니지만, 그렇게 만지고 싶으면 만지든가."

포기한 것처럼 말하고 나를 향했다.

만지는 것을 허락한 장소와 만지는 방식은 지정하지 않았다.

나는 조용히 그녀의 볼을 만졌다.

안 된다거나 싫다거나 하는 소리는 들리지 않았다. 손가락 끝으로 턱까지 쓰다듬고는, 똑같이 입술에 닿았다. 얼굴을 가까이 대어 봐도 불평해오지 않아 나는 그대로 입술을 포갰다.

하지만 살짝 닿기만 하고 금방 떨어졌다. 겹쳐진 입술의 부드러움도 열도 느끼지 못한 채 센다이를 보자, 불만이 담긴 소리가 들려 왔다.

"지금 그거, 만진다고 할 수 없는 것 같은데."

"손으로만 만진다는 말은 안 했어."

"진짜 열받아."

어조는 실제로 화가 난 것처럼 들리기도 했지만, 그녀는 침대에 걸터앉은 채 움직이지 않았다. 나에게서 도망치지도 않고 계속 앉아 있다.

그래서 나는 센다이를 다시 한번 입술로 만졌다.

그녀는 친구가 아니니까, 키스해도 상관없다.

궤변일지도 모르지만, 센다이도 나에게 몇 번인가 키스를 한 적이 있으니 불평할 수 없을 것이다. 게다가 싫으면 도망치면 된다.

나는 아까보다 더 강하게 입술을 포개며 그녀의 입술 감촉을 확인했다.

누구보다 가까이 있는 센다이의 입술은 며칠 전과 마찬가지로 부드러웠다.

태양 아래를 걸으면서 땀도 제법 섞였을 텐데, 기분 좋은 샴푸 냄새가 났다.

입술과 입술을 붙인다.

이런 단순한 것이 왜 기분 좋은지는 모르겠다. 그리고 더 만지고 싶고, 센다이에게 더 가까이 다가가고 싶은 이유도 모르겠다.

조금만 더.

그녀를 만질 수 있는 권리를 계속 행사했다.

나는 센다이의 손을 잡고 입술을 더 붙였다. 부드러움보다 열이 느껴져서 입술을 떼자 베개로 머리를 맞았다.

"이거, 내가 먼저 하면 안 돼?"

베개를 끌어안은 센다이가 나를 바라보았다.

"센다이는 쓸데없는 짓을 하니까 안 돼."

단지 키스를 하는 것뿐이라면 상관없지만 그녀는 그렇지 않았다. 명령해도 명령 이상의 일을 하려고 한다. 애초에 센다이는 그런 쓸데없는 것을 나에게 물을 필요가 없다. 그녀가 해야 할 일은 나를 거부하는 것이다.

얼마 남지 않은 여름 방학을 평온하게 보내고 싶다면 그렇게 하는 것이 맞다. 하지만 센다이는 키스하는 것이 일상의 일부에 포함되어 있기라도 한 것처럼 말했다.

"쓸데없는 짓만 안 하면 되는 거야?"

"오늘은 안 돼."

"오늘이 아니면 괜찮은 날도 있어?"

"센다이, 시끄러워."

쫑알쫑알 쓸데없는 말만 하는 센다이의 입을 막듯이 얼굴을 가져갔다.

센다이가 「미야기」 하고 나를 불렀다.

하지만 나는 대답을 하지 않고 키스를 했다.

막간
비 오는 날의 미야기가 나에게 한 일

오늘은 날이 흐리다.

나는 우산을 한 손에 들고 학교 입구 너머를 바라보았다.

일기 예보는 날씨 변화를 예측한 것일 뿐 반드시 맞아떨어지는 것은 아니다. 그래서 비가 온다고 해도 별로 놀랍지 않았다. 아직 장마는 끝나지 않았고, 흐리다는 예보가비로 바뀐 것이니 그뿐이라고 생각했다. 이런 일도 있을것 같아서 접이식 우산을 챙겨왔으니 문제는 없었다.

―그래야 했다.

오늘은 우산이 있어도 학교에서 나가고 싶지 않았다.

입구 밖은 교내와는 전혀 다른 세상이다.

방과 후 선생님의 호출을 받은 우미나를 기다리는 동안내린 비는 심한 원한이라도 있는 것처럼 거리를 적셨다.우산이 아무런 도움이 될 것 같지 않아 학교 밖으로 나가는 것이 계속 망설여졌다. 밖에 나가면 무조건 젖는다. 부모가 차로 데리러 온 마리코라면 몰라도, 우산을 들고 온남친과 걸어서 돌아간 우미나는 쫄딱 젖었을 것이다.

"어쩌지."

앞으로 갈 곳이 자택이라면 상관없다. 아무리 많이 젖어도 샤워를 하고 옷을 갈아입으면 그만이다. 하지만 내가 앞으로 가야 할 곳은 미야기의 집이다. 그녀에게 말하면 욕실도 갈아입을 옷도 빌려 줄 것 같지만, 빌리고 싶지 않았다. 잠자코 빌려주지도 않을 것이고, 명령이 또 쓸데없는 것으로 바뀔 것 같았다.

나는 조금 망설이다가 스마트폰을 꺼냈다.

비가 많이 와서 오늘은 못 가겠다고 보내려다가 그만두었다.

메시지를 보내는 것은 미야기의 몫이지, 내 몫이 아니다.

아무도 집에 오지 않는 집과, 사교성은 없지만 보리차를 내어주는 미야기가 있는 집.

어느 쪽이 편할지는 생각할 필요도 없다.

비를 맞는 것은 사소한 일일지도 모른다.

갈아입을 옷에 대해서는 미야기의 집에 도착한 뒤에 생각하기로 하고 스마트폰을 집어넣었다. 우산을 쓰고 입구를 빠져나갔다. 아니나 다를까 우산은 아무런 쓸모가 없었다. 양동이를 뒤집어썼다고 하면 좀 과장이지만, 밖을 걷고 싶지 않을 정도의 비가 나를 적셨다.

역시 비가 너무 심하게 내렸다.

그럼에도 내 발은 내 집으로 향하지 않았다. 걷는 속도를 높여서, 넥타이로 사람을 묶고, 다리를 핥으라고 명령하는 미야기의 집으로 향했다. 명령을 따른다는 규칙에 불만은 없지만 비를 심하게 맞으면서까지 그녀에게 가려는 자신을 이해할 수 없었다.

앞이 보이지 않는 빗속, 미야기가 사는 맨션에 점점 더 가까워졌다.

교복이 차가웠다.

7월이기는 하지만 젖은 교복을 입고 있으니 여름이 지독하게 멀게 느껴졌다.

요즘 우리는 좋지 않은 방향으로 가고 있었다.

되돌아간다면 지금이다.

아직 늦지 않았다.

그렇게 생각하면서도, 다리는 속도를 늦추지 않았다.

정신을 차려보니 나는 우산을 접고 미야기가 사는 맨션 입구에 서서 기계적으로 인터폰을 누르고 있었다. 기분이 안 좋아 보이는 미야기에 의해 입구의 잠금이 해제되어 나는 엘리베이터에 올라탔다. 블라우스가 몸에 달라붙어서 찝찝했다. 한숨을 삼키고 6층에서 엘리베이터를 내린 뒤 미야기의 집에 들어서자 단조로운 목소리가 나를 맞이했다.

"우산 안 챙겼어?"

"들고 있는 거 보면 알잖아. 미안한데 수건 좀 빌려줄래?"

"그대로 들어와도 돼. 옷 빌려줄 테니까 안에서 갈아입어."

현관에서 미야기가 당연하다는 투로 말했다.

"복도가 젖을 텐데?"

나는 누가 봐도 알 만큼 젖어 있었다. 신발을 벗고 한 걸음 걸으면 복도에 발자국이 하나 생길 것이다. 두 걸음 걸으면 두 개의 발자국이 생길 것이고 교복에서도 물이 뚝뚝 떨어질 것이다. 수건으로 교복을 닦는다 해도 복도가 젖을지도 모르지만 닦지 않는 것보다는 나았다.

"뭐 어때. 젖어도 닦으면 돼."

미야기가 묘하게 성실한 말을 하며 나를 보았다.

"안 좋아. 수건 좀 빌려줘."

"그럼 수건이랑 갈아입을 옷 가져올 테니까 여기서 갈아입어."

"여기서?"

"여기서. 나 말고 아무도 없고 아무도 안 오니까. 게다가 수건으로 닦아봤자 옷이 마르는 것도 아니고 센다이가 교복을 입은 채로 들어오면 복도도 방도 다 젖잖아."

그녀의 말은 맞다.

수건은 그저 임시방편에 지나지 않는다. 팔과 다리는 닦으면 어떻게 할 수 있다 해도 교복은 닦아도 손쓸 수 없을 정도로 푹 젖었다. 수건을 빌린다 해도 발자국은 날 것 같았다.

그런 것은 알고 있지만, 그녀의 말에 따르고 싶지 않은 것은, 그 말의 모든 것이 다 옳은 것은 아니었기 때문이다.

이곳은 미야기의 집 현관이고, 현관은 옷을 벗을 만한 장소가 아니다. 그리고 미야기 이외에는 아무도 없고, 아무도 오지 않는 이 집에는 미야기가 있다. 내 눈앞에서 나를 보고 있는 미야기가 있다.

방에 돌아갈게, 혹은 자리를 비울게, 같은.

여기서 옷을 갈아입으라고 할 거라면 미야기는 적어도 그런 말을 덧붙여야 했다. 하지만 그녀는 덧붙이지 않았다. 그렇게 하는 것을 굳이 피하는 것처럼 보였다. 미야기가 마치 「이 장소에 자신이 있는」 것에 집착하고 있는 것처럼 보였다. 그래서 그녀를 따르고 싶지 않았다.

"현관에서 옷 벗는 취미는 없어."

미야기의 말을 지우듯이 그렇게 말했다.

"복도가 젖는 게 걱정된다면 여기서 벗어."

"수건 먼저 빌려줘."

지금의 소망을 확실하게 전했다.

과거에 몇 번인가 블라우스의 단추를 미야기에게 풀린 적은 있지만, 그건 직접 푼 단추가 아니니 그나마 괜찮았다. 하지만 오늘은 아니다. 내 의지로 블라우스 단추를 풀고 교복을 벗어야 했다. 그것도 미야기가 있는 이곳에서.

이 자리에 있는 것을 고집하는 미야기 앞에서 명령도 아닌데 교복을 벗는 것은 학교에서 옷을 갈아입는 것과는 전혀 달랐다. 옷을 갈아입는다는 것이 다른 의미를 가질 것만 같아 나는 그녀를 부정하듯이 바라보았다.

"가져올 테니까 기다려."

결국 포기했는지, 아니면 다른 생각을 한 것인지, 그렇게 말한 미야기는 수건을 가져오기 위해 자신의 방으로 사라졌다.

"……교복, 어쩌지."

찝찝하기도 해서 옷도 갈아입고 싶었다.

사실은 옷을 빌려준다는 미야기의 말을 따르는 것이 맞고, 그녀가 있어도 갈아입어 버리면 그만이라는 것도 알고 있다. 자신의 의사로 벗는다는 것에 불편함을 느끼는 쪽이 더 이상하다.

비가 오지 않았다면 좋았을 텐데.

날씨가 맑았다면 미야기에게 교복을 벗으라는 말을 들을 일은 없었겠지. 젖어버린 교복에 찝찝함을 느낄 일도, 그녀의 말 뒤에 숨어 있는 의도를 찾을 필요도 없었을 것이다.

"하아, 정말이지."

나는 머리 묶고 있는 끈을 풀었다.

키스를 한 뒤에도 우리 사이에 큰 변화는 없었다. 귀를 핥거나, 넥타이에 묶인 채로 「센다이가 야하니까」라는 말도 들었지만, 그뿐이다.

다만 조금, 명령받는 입장인 나에게 그런 일이 일방적으로 쌓이며 의식이 끌려가고 있었다. 알고 있다. 나는 지나치게 의식한다. 신경 쓰지 않아도 되는 것까지 크게 받아들이고 있는 것이다.

생각해봤자 소용없는 것들을 계속 생각하고 있는데, 미야기가 방에서 돌아와 「받아」 하고 목욕 수건을 건네준다.

"고마워."

감사의 말을 하고 내민 것을 받아들어 머리를 닦았다.

"센다이, 교복은 어쩔 거야?"

미야기가 나를 빤히 보면서 물었다.

아무래도 그녀에게 나를 안 본다는 선택지는 없는 모양이다.

"닦을 테니까 그거면 됐어."

"안 좋아."

"미야기, 끈질겨."

"갈아입을 옷 빌려줄 테니까 벗어."

"……그렇게 날 벗기고 싶어?"

"그래. 그대로 있으면 감기 걸려."

우산을 써도 소용없는 폭우를 맞으며 여기까지 걸어왔다. 젖은 교복도 벗지 않았다.

이미 감기에 걸려도 이상하지 않을 것이다.

"움직이지 마."

미야기가 조용히 말하고 내 손을 잡았다.

그녀의 시선은 젖은 블라우스에 고정되어 있었다. 그녀

가 무엇을 하고 싶어 하는지 말하지 않아도 알 수 있었다.

"명령?"

물어보니 당연하다는 듯이 「그래, 명령」 하는 대답이 돌아왔다.

아마 이 뒤에 있을 일은 옷을 갈아입는 행위와는 거리가 먼 행위일 것이다.

미야기의 손을 뿌리쳐야 한다고 생각했다.

지우개 찾기라는 바보 같은 게임을 한 날, 나는 미야기에게 「옷은 벗기지 않는다」라는 항목을 룰에 추가하라고 했다. 이것은 룰을 어기는 행위라고 말하기만 하면 된다. 그러면 「움직이지 마」라는 명령을 없던 일로 할 수 있다.

하지만 내 입은 움직이지 않았고, 미야기는 잡고 있던 내 손을 떨어뜨렸다. 자유로워진 손은 미야기를 밀어내 멀리하는 일 없이 자연스럽게 내려갔다. 좋다고 말하지 않았는데도 그녀의 손이 내 넥타이를 풀었다. 그리고 아직 내가 풀지 않은 블라우스의 두 번째 단추도 풀었다.

명령을 받아들일 이유는 있다.

이대로 젖은 교복을 입고 있으면 감기에 걸리니까 갈아입어야 한다.

이는 틀림없는 사실이고 옳은 일이다.

"갈아입을 옷 안 가져왔어."

나에게서 시선을 떼지 않으려는 미야기를 보고 말했다.

정당함을 증명하기 위해서는 갈아입을 옷이 필요하다.

젖은 교복을 벗으면 마른 옷을 입어야 한다.

"아까도 말했지만, 내 옷 빌려줄게."

내가 이 집에서 평소에 벗지 않던 세 번째 단추에 미야기의 손이 닿았다.

그녀는 별로 즐거워 보이는 얼굴이 아니었다.

이 상황도 그런 그녀도 재미있지 않았다. 그렇지만 명령받은 나는 저항할 수도 없었다.

미야기의 손이 세 번째 단추를 천천히 풀었고, 네 번째 단추로 향했다.

옷을 벗기지 않는다는 새로운 룰 이야기를 꺼낼까 말까 망설였지만, 당시의 애매함을 떠올렸다. 실제로는 룰에 추가하라고 했을 뿐 합의를 얻은 것은 아니다. 그러니까 이 손은 막지 않아도 된다. 젖은 교복을 벗는 것은 당연한 일이다. 미야기는 남의 집 현관에서 교복을 벗지 못하는 나를 돕고 있을 뿐, 옳은 일을 하고 있다.

이 행위는 아무것도 틀리지 않았다.

내가 정당함을 확인하는 동안 미야기의 손이 단추를 모두 풀고 블라우스 앞을 열었다. 그녀의 시선은 나를 향한 채로, 젖은 몸에 달라붙어 있다.

딱히 상관없다.

같은 반이었던 적이 있는 나와 미야기는 같은 장소에서

옷을 갈아입은 적이 있다. 그녀가 어떤 속옷을 입고 있었다든가, 어떤 몸을 하고 있었다든가, 그런 것은 기억에 없지만 그런 과거가 있었으니 속옷 정도는 보인다 해도 대수롭지 않았다. 신경 쓰는 게 오히려 이상할 텐데. 어째서인지 나는 보여도 되는 이유를 찾고 있었다.

오늘의 나는 이상하다.

그것은 비가 왔기 때문일 수도 있고, 미야기가 나를 보고 있기 때문일 수도 있다. 어쩌면 차가워진 몸이 판단을 흐리게 만드는 것인지도 모른다.

미야기의 손이 브래지어 스트랩에 닿았다.

그대로 살짝 스트랩이 당겨지며 몸이 일순간 굳었다.

그녀의 손을 멈춰야 한다고 생각했다. 하지만 움직이지 말라는 명령을 받고 있었던 나는 움직일 수 없었고, 교복뿐만 아니라 속옷도 젖어 있었기에 벗겨져도 어쩔 수 없었다.

그래, 어쩔 수 없다.

작게 숨을 들이마시고 내뱉었다.

하지만 미야기의 손은 스트랩을 빼지도 브라를 풀지도 않고 그대로 떨어져 나갔다.

"저항 안 해?"

미야기가 여기까지 해놓고서는 맥 빠지는 소리를 했다.

"움직이지 말라고 명령한 건 미야기잖아."

"저항하고 싶다면……."

"약속을 어기면 저항할 거야."

"이건 룰 위반이 아니야?"

"교복이 젖지 않았다면 때려줬겠지."

비가 와서 교복이 젖었다.

내버려두면 감기에 걸린다.

추가된 것인지 잘 알 수 없는 애매한 룰을 따르지 않아도 되는 이유가 있다.

"특례라는 뜻?"

"맞아. 이대로 있으면 감기에 걸릴 테니까."

"하지만 아직 오천 엔을 주지 않았어."

미야기에게서는 의욕이 느껴지지 않았다. 명령을 하고 무엇을 할지 결정하는 것은 그녀인데, 그것에서 도망치기 위한 말을 찾고 있다.

"안 줄 거야?"

"이따가 줄게."

변명 같은 대사가 들리고 난 뒤, 가슴 위로 미야기의 손바닥이 가볍게 내려앉았다.

따뜻하다.

하지만 이상하다.

나를 따뜻하게 만드는 미야기의 손은 차가운 몸 바깥쪽에 붙어 있는데, 몸 안이 뜨거웠다. 심장을 직접 만지고 있는 것처럼 뜨거워서, 이 자리에서 도망치고 싶었다. 그런

데도 몸은 움직이려 하지 않는다. 그녀의 손바닥에 딱 달라붙기라도 한 것처럼 움직이지 않았다. 오직 심장만이 평소보다 더 빨리 뛰고 있었다.

"센다이, 차가워."

미야기가 불평했다.

"젖었으니까."

당연한 말을 돌려준 뒤 나를 보고 있는 미야기를 물끄러미 응시했다. 그녀는 내 시선을 눈치채지 못한 것인지 그 손으로 내 볼을 만지고 입술을 만지고는 떨어졌다.

우리는 「옳은」 것에서 멀어지고 있다.

젖은 교복을 벗긴다는 행위는 내가 감기에 걸리지 않게 한다는 말로 바꿀 수 있다. 하지만 그 이상의 행위는 설명할 수 없다. 미야기가 나를 필요 이상으로 바라보고 있는 것도, 손이 볼이나 입술에 닿는 것도 올바른 행위가 아니다.

미야기가 내게 주었던 이유가 사라져갔다.

그러니 나는 미야기를 멈춰야 하고, 그녀를 받아들여서는 안 된다고 생각했다. 그렇게 생각했는데, 미야기가 휘청거리니 나도 이끌리듯이 휘청거렸다. 그녀의 행위를 계속 허용하고 있다.

넥타이로 내 손을 묶는다는 질 나쁜 명령이었다면 불평을 던질 수도 있었다. 브래지어도 주저하지 않고 벗겼다면 이런 놀이엔 못 어울리겠다고 말하며 집에 돌아갈 수도 있었을 것이다.

하지만 그 어느 것도 하지 않고 어설프게 명령하고, 망설이는 것처럼 손을 멈추니까, 그녀에게 끌려간다.

지금도 그만두면 되는데, 의지를 벗어난 손이 미야기에게 다가가 그 뺨에 닿았다.

"미야기는 따뜻하네."

이건 옳지 않은 따뜻함이다. 차가워진 몸은 식은 채로 놔둬야 하고, 그러다 보면 뜨거워진 몸속도 차가워질 것이다. 알고 있는데도 내 손은 미야기를 계속 만지고 그녀가 한 것처럼 입술을 만질지 말지 망설였다.

미야기의 손이 내 손에 닿아와, 붙잡았다.

바싹 끌어당기자 얼굴이 가까워졌다.

눈이 마주쳤다. 그녀가 무엇을 하고 싶은지 알아차렸다.

이대로 눈을 감으면 입술이 닿겠지.

미야기가 조금 더 다가왔다.

눈에 비친 그녀는 너무 가까워서, 그 모든 것이 보이지 않는데도 잘 느껴졌다.

미야기는 집에 있는데도 교복을 입고 있다.

언제나 그랬다.

교복을 입지 않은 미야기를 본 적이 없다.

이 집에서 평소와 다른 그녀를 보고 싶었다.

예를 들어 자신과 마찬가지로 넥타이를 풀고 블라우스의

단추를 모두 푼 미야기.

나만 벗겨진 지금의 상황은 너무 불공평하다. 그러니까 똑같아지면 좋겠다는 바보 같은 생각이 머릿속에 떠올랐다.

나의 못된 생각이 전해진 것일까. 그녀는 내 손을 떼어내고 뒤로 물러났다. 그리고 다시 내 블라우스 앞을 열었다.

미야기가 작게 숨을 내쉬었다.

가슴팍에 그녀의 입술이 닿았다. 강하게 빨리며 나와 미야기의 열이 섞여들었다. 비가 내 이성을 흘려버리기라도 한 것처럼, 따뜻한 미야기를 더 만지고 싶은 마음에 그녀의 어깨를 잡았다.

—안 된다.

그렇게 생각하며 미야기의 몸을 끌어당겼을 때, 그녀의 입술이 나에게서 떨어졌다.

미야기의 손가락 끝이 지금까지 입술이 닿았던 장소에 닿았고, 부드럽게 쓰다듬은 뒤 강하게 꾹 눌러왔다. 아마도 거기에는 과거에 그녀가 내 팔에 달아놓은 것 같은 붉은 자국이 나 있을 것이고, 손가락 끝은 그것을 확인하고 있는 것이겠지.

미야기도 알고 있을 것이다. 이것은 팔에 달았던 키스마크와는 다르다. 흔적이 사라져도 마음에 지워지지 않는 흔적을 만드는 것이다. 나뿐만이 아니다. 아마 분명 미야기에게도 남는다. 애매하긴 하지만 룰에 따랐다고는 할 수 없는 행위에 대한 대가로, 계속 남을 것이다.

미야기가 다시 얼굴을 가까이했다.

입술이 붙어 나는 그녀의 어깨를 움켜쥐는 손에 힘을 주었다.

"벗기는 거 아니었어?"

내 목소리에 반응하듯 미야기가 고개를 들었다.

"자국이 오래 남지는 않을 것 같길래."

벗긴다는 말에 대답은 없다. 그것은 안도해야 할 일이고, 실제로 안도하기도 했다. 하지만 마음속 어딘가에서 실망하는 자신도 있다. 혼란스러운 사고에 튀어나올 것 같은 한숨을 삼켰다.

"이 정도면 금방 사라지니까 괜찮아."

그렇게 말한 미야기가 멋쩍은 얼굴로 나를 떠났다.

"갈아입을 옷 가져올게."

작은 목소리와 함께 미야기가 나에게 등을 향했다.

그 등에, 서점에서 미야기와 만났던 날이 떠올랐다.

비가 올 것 같던 그날 본 미야기의 등과 오늘의 등은 다르지만, 나는 그녀의 등을 본 그날, 「미야기의 방」이라는 거처를 손에 넣었다.

그럼 오늘은 뭘 얻었을까?

―생각하지 않는 편이 낫다.

나는 벌어져 있는 블라우스를 꽉 움켜쥐었다.

제8화
친구가 아닌 미야기가 하는 일

미야기와 친구놀이를 하고, 그녀의 집에 들러 키스를 했다.

어제 한 일은 그것뿐이고, 미야기에게 받은 오천 엔은 저금통 안에 있다. 오천 엔은 키스의 대가다. 그리고 오천 엔은 대가치고는 너무 많았다.

필요 없어.

키스 후 몇 번이고 그렇게 말했지만 미야기는 물러서지 않았다. 억지로 건네받은 오천 엔은 저금통을 아주 조금 무겁게 만들었고, 나는 오늘 잠을 설친 채로 미야기의 집에 와 있었다.

다시 말해 잠이 부족해 머리가 돌아가지 않았다.

졸 정도는 아니지만 눈꺼풀이 무거워서 미야기의 침대에 누웠다. 눈을 감으니 평소에는 신경 쓰이지 않던 미야기의 냄새가 신경 쓰여, 방금까지 졸렸던 머리가 다시 맑아졌다.

정말 싫다.

잠을 못 잔 이유는 많았다.

그 이유를 밝힌다고 해서 수면부족이 해소되는 것도 아니었으니 굳이 입 밖으로 내지는 않겠지만, 간략하게 말하자면 미야기 때문이었다. 공부가 일단락되어 휴식을 취하고 있는 지금도 그녀 때문에 선잠을 설치고 있다. 방의 주인이 없으니 불평도 하지 못하고 몸을 뒤척였다.

그녀는 지금쯤 주방에서 빈 잔에 사이다와 보리차를 따르고 있을 것이다.

탄산을 싫어한다고 말한 뒤로 미야기는 딱 하나만 기억하는 바보처럼 나에게 보리차를 계속 내놓고 있었다. 그밖에 마시고 싶은 것은 없는지, 좋아하는 음료는 무엇인지 물어본 적은 없다. 1년이 넘은 지금도 함께 있으니 조금 더 관심을 가져줘도 될 텐데. 하지만 나 역시 미야기에게 그런 것을 물어본 적이 없으니 피차일반일지도 모른다.

눈을 꼭 감고 귀를 기울이자 복도를 걷는 소리가 들려왔다.

이내 문이 열리는 소리가 나고, 어이없다는 듯한 미야기의 목소리가 귀에 울렸다.

"센다이, 잠들지 마."

"안 자고 있어."

그녀의 침대를 점령한 채 대답하자 테이블에 유리잔을 올려놓는지 달그락거리며 부딪히는 소리가 들렸다.

"눈 안 떴잖아."

"쉬는 중이니까 눈은 안 뜨고 있어도 돼."

목소리가 난 방향으로 몸을 돌리며 등을 둥글게 말았다.

"센다이, 일어나."

목소리가 생각보다 가까이에서 들려오고, 볼에 무언가가 닿았다.

눈을 떠보니 미야기가 침대 앞에 앉아 있었다.

어제도 그랬지만 친구가 될 수 없다는 미야기는 조심성 없이 나를 건드린다.

계속 못마땅하다는 얼굴을 했으면서, 제멋대로 구는 녀석.

어제 미야기는 내가 마음에 들지 않았는지 나를 두고 돌아가려고 했다. 친구놀이를 하겠다는 그녀에게 맞춰주며 기분 상하지 않게 노력했는데도 말이다. 나는 아직도 무엇이 잘못되었는지 몰랐다.

과거에 미야기에게 친구가 아니라는 말을 들은 적은 있지만, 이번에는 앞으로도 친구가 될 일이 없을 것이라는 식의 말까지 들었다. 거기에 더해 덤으로 기분 나쁘다는 말까지 딸려왔다.

역시 마음에 안 들어.

조금도 신경 쓰지 않는 것 같은 태도도 열받았다. 하지만 친구라는 말이 우리에게 지나치게 낯설었다는 것도 사실이다.

어느 부분이, 라고 물어도 대답할 수 없다.

공기도, 거리도, 모든 것이 어긋나 있는 느낌이었다.

친구라는 말은 가장 가까우면서도 가장 먼 것처럼 보여서 우리 사이에는 맞아떨어지지 않았다. 너무 작은 것 같

기도 하고, 또 큰 것 같기도 한 조각들은 어디에도 들어갈
자리가 없었다.

"문제집, 아직 안 끝났어."

미야기가 조용히 말하더니 손을 볼에서 목덜미로 미끄러
트렸다. 간지럽다고 말하기도 전에 쇄골 위에서 멈추더니
손바닥으로 가볍게 꾹 누른다.

"먼저 하고 있어."

"모르는 곳도 있어."

스스로 문제집에 대한 화제를 들먹였으면서 미야기는 내
쪽을 향한 채 움직이지 않았다. 풀어야 한다고 말한 문제집
은 그녀 뒤에 있는 테이블 위에 있다. 보는 방향이 다르다.

미야기와는 서점에서 만나지 않았더라면 친구가 되는 것
은 고사하고 이야기할 일조차 없었을 것이다. 이렇게 만날
일도 없이 졸업식을 맞이했을 거라 생각한다.

애초에 친구가 될 만한 타입도 아니었다. 그래도 그녀와
의 관계가 친구라는 것으로 자리 잡는다면 그것이 가장 좋
은 일이었지만, 지금으로서는 그런 결말을 맞이할 가능성
은 없어 보였다.

나는 쇄골 위에 있는 미야기의 손에 손을 겹쳤다.

"뭐야?"

미야기가 낮은 목소리로 말하며 손을 떼려고 해서 그 손
을 꼭 잡고 물었다.

"지금 두근거려?"

"……지금?"

"그래, 지금."

"……지금은 안 두근거리는데."

"그런데?"

"센다이는 어때? 지금 두근거려?"

"아니."

옆에 있으면 의식은 되지만 지금은 심장이 시끄럽게 느껴질 정도로 두근거리거나 하지는 않았다. 내친김에 말하자면 미야기와 손을 잡고 거리를 걷고 싶은 것도 아니다. 하지만 그런 미야기의 옆이 지금은 내가 있을 곳이었고, 그것에는 아무런 불만도 위화감도 없었다.

나는 미야기의 손을 풀어주고 손끝으로 그녀의 입술을 만졌다.

"오늘도 키스할 생각이야?"

조용히 물어보자 조용한 대답이 돌아왔다.

"……생각하면 안 돼?"

"글쎄, 모르겠어."

이건 옳다.

이건 잘못됐다.

모든 것을 두 가지 중 하나로 분류할 수 있다면 좋겠지만, 세상에는 분류할 수 없는 것들도 있다. 그리고 미야기와 나 사이에 있는 것은 분류할 수 없는 것이 압도적으로 더 많았다.

깔끔하게 색을 나눌 수 없는 뒤섞인 색을 지닌 대답은 너무나도 모호하고 불안정했다. 무리하게 구분하려고 하면 부서져 사라져 버릴 것 같아 두렵다. 그럴 바엔 카테고리로 구분하지 않고 그냥 놔두는 편이 낫다. 게다가 미야기는 내가 「생각하면 안 된다」라고 대답해도 내 말을 듣지 않을 것이다.

"미야기. 문제집 모르는 곳 알려줄게."

몸을 일으켜 테이블 위에 시선을 향했다.

미야기가 모른다고 했던 문제의 풀이 방법을 알려주고 나서 신학기 예습을 하면 오늘의 공부는 끝이다.

그런 생각을 하면서 침대에서 내려오려고 했는데, 그보다도 먼저 몸을 일으킨 미야기가 책상 속에서 뭔가 꺼내왔다.

"이거."

미야기가 무뚝뚝하게 말하고는 오천 엔짜리 지폐를 나에게 주려고 했다.

아무래도 문제집 이야기는 아무래도 상관없어진 모양이다. 나는 침대에 앉은 채로 미야기를 바라보았다.

"필요 없어."

"받아."

"돈만 주면 된다고 생각하는 거지?"

"틀리진 않았다고 생각하는데."

미야기의 말은 「옳고 그름」으로 분류할 수 없는 말이었다.

오천 엔은 우리를 이어주기 위해 필요한 것이기는 하지만, 여름 방학에 이 오천 엔은 필요 없다. 과외비라는 명목으로 이미 오천 엔을 받았으니 그 이상은 과한 것이다.

"명령하고 싶은 게 있다면 하지 그래? 최근에는 공부도 그다지 열심히 알려주지 않았으니까, 과외비에 명령할 권리가 포함돼 있는 걸로 해도 돼."

손이 많이 가지 않는다고 말하면 너무 건방지게 들리지만, 미야기가 나에게 「모르겠다」라고 하는 횟수는 확실히 줄어들고 있었다. 신학기 때는 성적이 오를 것이다.

"그거랑 이건 별개의 문제니까. 받아."

미야기가 당연하다는 얼굴로 오천 엔짜리 지폐를 내 무릎 위에 내려놓았다.

이 오천 엔은 여름 방학 전의 오천 엔과는 다르다.

이야기의 흐름으로 봤을 때 어제의 오천 엔과 같은 종류였다.

명령 끝에 있는 것은 아마도 키스일 것이고, 키스 정도라면 오천 엔은 필요 없다. 과외비에 포함시키는 편이 마음 편했다. 새삼스레 내밀어진 오천 엔은 대수롭지 않은 일을 대수로운 것처럼 느껴지게 했다.

"필요 없어."

강하게 말하자 미야기의 눈동자가 흔들렸다.

그녀의 눈에 불안함이 엿보여 나는 큰 한숨을 내쉬었다.

이렇게까지 했는데 거절당하고 싶지 않다, 뭐 그런 것이겠지.

나는 무릎 위에 얹어진 오천 엔짜리 지폐를 두 번 접어 침대에 내려두었다.

"받을 테니까, 명령해."

평이한 목소리로 말하자 미야기가 안심한 얼굴을 했다.

어차피 대단한 일은 하지 않겠지.

잘난 척 명령하는 주제에 미야기에는 소심한 구석이 있다.

"그럼."

명령의 서론처럼 입을 연 미야기가 나를 빤히 응시했다. 그리고 잠시 후 「움직이지 마」라고, 몇 번이나 들은 적이 있는 명령을 입에 올렸다.

그렇게 말할 줄 알았다.

앞으로 내게 할 일은 분명 예상대로의 일일 것이다.

미야기, 라고 부르고 그녀를 보았다.

저녁이라고 해야 할 시간임에도 창문으로 들어오는 빛은 밝았다.

태양이 낮과 비슷한 무더위로 거리를 밝히고 있다는 것을 알 수 있었다.

"커튼 안 쳐도 돼?"

커튼이 열려 있거나 닫혀 있거나 하는 것은 사소한 일이고, 맨션의 방 한 곳을 빤히 바라볼 사람이 있을 것 같지도 않았지만, 오늘은 그런 사소한 것들이 신경 쓰였다.

"조용히 해."

미야기가 귀찮다는 투로 그렇게 말하더니 커튼을 치고 방안의 불을 한 단계 더 켰다. 그리고 의자 대신 침대 위에 앉아 있는 내 앞에 섰다.

필연적으로 그녀를 올려다보게 된 나의 머리카락에 미야기의 손이 닿았다. 땋지도 묶지도 않은 머리를 빗질하듯 쓸더니, 자신 없어 보이는 얼굴로 입술을 가까이했다.

이런 부분을 모르겠다.

지난번에는 당연하다는 듯이 얼굴을 들이대더니, 오늘은 가까이하는 것을 망설이는 것처럼 보였다. 오천 엔을 억지로 쥐어주고 입을 맞출 준비를 해놓고선 처음 키스하는 것처럼 애매한 태도를 취하니 기분이 묘했다.

"눈 감아."

집 앞을 맴도는 길고양이처럼 포기를 모르는 미야기를 보고 있자 다소 신경질적인 말이 들려왔다. 그래도 눈을 감지 않자 미야기가 내 눈을 손바닥으로 가렸다. 밝은 방이 단숨에 어두워지고 입술에 부드러운 감촉이 내려왔다.

어제와 다르지 않다.

살짝 마른 입술이 톡 닿았나 싶더니 눈을 막은 손과 함께 금세 떠났다.

입술이 맞닿은 것은 정말 찰나의 시간이라 슈크림 같은 푹신한 감촉 외엔 아무것도 기억에 남지 않았다. 미야기와는 몇 번인가 키스를 했지만, 그녀는 가볍게 닿는 키스밖에 하지 않았다. 그렇다기보단 내가 그 이상의 일을 하려고 하면 싫어한다. 저번에는 물렸다. 그런 주제에 아쉽다는 얼굴로 나를 바라본다. 지금도 그렇다.

"미야기."

이름을 부르고 손을 뻗자, 닿기도 전에 명령이 떨어졌다.

"그대로 앉아 있어."

그렇게 말한 미야기가 옆에 걸터앉았다. 하지만 그런 명령을 내리지 않아도 난 도망가지 않는다.

"앉아 있는 건 좋은데, 뭘 하려고?"

건넨 질문에 답은 오지 않았고, 그 대신이라도 되는 것처럼 허벅지를 만져왔다.

반바지를 입고 오는 게 아니었는데.

스치듯 움직이는 손끝에 다른 옷을 입고 올 걸 하고 후회했다.

슥슥 피부 위를 미끄러지는 손에 깊은 의미는 느껴지지 않았다. 의사가 환자를 만지는 사무적인 터치와도 비슷하다. 그래도 닿으면 의식이 손 쪽으로 향하게 된다.

불쾌함과 간지러움의 중간 정도.

뇌가 미야기의 손이 주는 감각을 그렇게 인식했다.

그녀의 손이 허벅지에서 무릎으로 내려갔다.

나는 스스럼없이 계속 만지는 미야기의 손을 잡았다.

"움직이지 말라고 했지."

감정을 억누른 목소리가 내 손을 털어낸다.

"간지러워서 안 되겠어."

명령을 따르지 않은 이유를 말하자 미야기가 미간을 찡그렸다.

불만이 담긴 얼굴로 나를 보고는 무릎을 쓰다듬는다.

역시 불쾌함과 간지러움 중 어느 쪽이라고도 말할 수 없는 느낌이 들어 나는 미야기의 손목을 잡았다. 그것이 마음에 들지 않는지 미야기가 내 손을 떨어뜨리고 거리를 단숨에 좁혀왔다. 덕분에 눈을 감지도 못한 채 그녀의 입술을 느껴야 했다.

손이 허리뼈를 움켜쥐었다.

눈을 감자 눌린 입술의 감촉이 더욱 선명해졌다. 맞닿은 부분이 녹아버릴 정도로 뜨거워 이성을 내려놓고 싶어졌다.

이런 명령이 좋은지 나쁜지를 떠나 키스하는 것에 불만은 없다. 다만, 키스를 당하는 것에는 익숙하지 않은 부류에 속한다고 생각했다.

키스는 할 때보다 당할 때 미야기를 만지고 싶다는 마음이 더 강하게 들어서, 나쁜 짓을 하고 있는 것 같은 느낌이었다. 기분이 좋다는 것은 변함이 없었지만, 어쩐지 마음이 편하지 않았다.

미야기의 팔을 꽉 잡자 입술이 떨어졌다. 그것을 따라가듯 얼굴을 가져가니 손바닥으로 입을 막아버린다.

"센다이, 멋대로 굴지 마."

나는 그녀의 손을 강제로 벗기고 묻는다.

"하나 물어봐도 돼?"

"안 돼."

"왜, 키스를 하고 싶어 해?"

즉답한 미야기를 무시하고 질문했다.

"안 된다고 했잖아."

대답할 생각이 없는지 그런 나지막한 목소리가 돌아왔지만, 얼마 후 굳이 말할 필요도 없다는 듯 작은 목소리로 말을 덧붙인다.

"키스하기 싫으면 도망치면 돼."

"미야기가 명령하니까 도망갈 수 없어."

"그 말은 하고 싶지 않다는 뜻이야?"

"그렇게 생각해?"

"질문에 질문으로 대답하면 안 된다고 한 거, 센다이 아냐?"

과거에 내가 했던 말이 나왔다.

"그럼 대답. 명령하지 말고 키스해보지 그래?"

"스스로 시험해보고 답을 확인하라는 거야?"

"그런 거지."

알고 있다.

이럴 때 미야기는 반드시 도망간다.

그러니 키스는 하지 않는다.

"저녁밥, 아무거나 만들어줘."

아니나 다를까 그녀가 화제를 돌리듯 그런 말을 던졌다.

답을 알면서도 말할 마음이 없어 보였다.

프렌치토스트를 만든 날 미야기가 하려던 키스에서 도망치지 않았다는 것이 답이고, 나는 미야기와 하는 키스를 싫어하지 않는다.

"키스는 괜찮아?"

"배고파."

"아직 저녁 먹기엔 이른 것 같은데."

계속 말을 돌리는 미야기를 잡으려고 했지만, 그녀는 나를 피하며 몸을 일으켰다.

"빨라도 상관없잖아."

딱 잘라 말한 미야기가 방에서 나갔다. 이렇게 되면 나도 주방으로 향할 수밖에 없었기에 그녀의 뒤를 따랐다. 그리고 저녁을 만들라고 말한 그녀의 말에 따르기 위해 냉장고의 내용물을 확인했다.

"계란밖에 없는데."

카운터 테이블에 앉아 있는 미야기에게 말을 걸었다.

"텅 빈 건 아니니까 괜찮잖아."

"괜찮은 게 아니라, 미야기는 매일 뭘 먹고 사는 거야?"

"밤에 센다이한테 주는 거랑 같은 거."

"……그렇겠지."

과거 몇 번 열어본 냉장고에는 식재료가 거의 들어 있지 않았고, 그것이 우연이라는 생각은 들지 않았다. 내가 이 집에서 저녁을 먹고 돌아갈 때면 그녀는 레토르트 식품이니 냉동식품이니 하는 손이 가지 않는 요리를 내놓았다. 게다가 미야기는 요리를 못한다. 잘 해보려는 마음도 없다.

건강에 좋다고 할 수 없는 식생활이 엿보였지만, 지금으로서는 몸 상태가 나빠진 미야기는 본 적이 없었다. 앞으로도 그녀가 건강할 수 있을지 어떨진 몰라도 내가 참견할 문제는 아니었다. 물론 가끔 요리를 만드는 정도는 괜찮을 것 같지만, 미야기가 오늘처럼 그것을 원하는 경우는 많이 없었다.

나는 냉장고의 내용물과 과거 계란말이를 만들었던 것을 감안해 그리 많지 않은 레퍼토리 중에서 오므라이스를 골랐다.

프라이팬을 불에 올린 뒤 기름을 둘렀다.

재료가 더 있으면 좋았겠지만 없는 것은 어쩔 수 없다. 얌전히 냉장고에서 꺼낸 케첩으로 밥만을 볶았다.

계란은 프렌치토스트를 만들 때 썼던 죽어가는 버터로 오믈렛을 만들어 케첩 라이스 위에 올렸다. 다만 오믈렛을 너무 구운 것일까. 그럴싸하게 칼로 칼집을 넣어봤지만 계란이 흘러내리는 일은 없었다.

뱃속에 들어가면 다 똑같으니까 상관없겠지.

카운터 테이블 너머로 주방을 바라보던 미야기에게 「다 됐어」라고 말한 뒤 접시와 숟가락을 옮겼다.

저녁 식사를 하기에는 조금 이른 시각이었지만 그녀 옆에 앉았다. 「잘 먹겠습니다」라는 말이 겹치고, 달그락달그락 숟가락이 접시에 부딪히는 소리가 방안에 울려 퍼졌다. 한 입, 두 입 오므라이스를 입에 넣으며 3분의 1 정도 먹었을 때 옆을 쳐다보았다.

"미야기네는 늘 아무도 없던데, 부모님은 언제 돌아오셔?"

너무 깊이 파고들지 않도록 조심하며 궁금했던 것 중 하나를 물어보았다.

"아직 안 와."

작은 목소리로 미묘하게 어긋난 대답이 돌아왔다.

지금까지 말하지 않았다는 것은 결국 말하고 싶지 않은 내용이라는 뜻이다. 나는 「그렇구나」라고만 대답하고 이야기를 마쳤다.

대답하고 싶지 않다면 더 이상 추궁할 생각은 없다.

미야기가 혼자 있는 것이 무서워서 뭔가 나올지도 모른

다고 생각하는 밤, 그것이 언제 끝나는지 아주 조금 궁금해졌을 뿐이다.

약간 어설픈 오므라이스를 숟가락으로 떴다.

약간의 흥미가 충족될 거라는 기대는 하지 않았다.

나는 미야기가 말없이 오므라이스를 먹는 모습을 보고 숟가락을 입으로 가져갔다.

올해는 작년보다 여름 방학이 짧게 느껴졌다.

일주일의 약 절반.

일주일에 세 번 미야기의 방에서 지내는 것이 그 이유라고 생각했다.

우미나 일행과 보내는 시간보다 미야기와 함께 있는 시간이 더 길어질 것이라고는 작년 이맘때는 생각도 못했다. 처음 그녀의 방에 왔던 날 정한 「쉬는 날에는 만나지 않는다」라는 약속을 바꾸면서까지 이 방에 오게 될 미래를 어떻게 예상할 수 있었을까.

나는 교과서를 덮고 이제는 신호가 되어버린 말을 건넸다.

"좀 쉴래?"

"응."

미야기가 짧게 대답하고 일어섰다.

오므라이스를 만든 날로부터 2주 가까이 시간이 흘렀고, 우리는 브레이크가 고장 난 자전거처럼 친구가 아닌 행위를 계속하고 있었다.

"이거."

미야기가 커튼을 닫고 오천 엔짜리 지폐를 건네주었다.

적극적으로 받고 싶지는 않았지만, 어느샌가 받는 것이 룰에 포함되었기에 「고맙다」라고 말하고 받았다.

친구가 되는 것은 불가능하다.

함께 영화를 보러 갔을 때 그것을 인정해버린 것이 잘못이었을까. 친구가 아닌 알 수 없는 무언가가 되어버렸다는 생각이 서로를 만지는 것에 대한 면죄부가 되고 있었다.

이 방에서 하는 일이 늘어나도 여름 방학에 편입된 공부를 한다는 규칙은 사라지지 않았다. 쉬는 날엔 만나지 않겠다는 약속을 덮기 위해 사용한 과외라는 명분은 여전히 필요했고, 공부만은 계속했다.

매번 이런 일을 하는 것은 아니다.

휴식이 없는 날은 그런 것을 하지 않는 날.

휴식이 있는 날은 그런 것을 하는 날.

결정한 것은 아니지만 왠지 모르게 그렇게 되었고, 어느 한쪽이 신호가 되는 그 말을 입에 담았다.

나는 받은 오천 엔짜리 지폐를 지갑에 넣고 침대에 걸터앉았다. 미야기의 정위치는 내 옆이고, 오늘도 당연하다는 듯이 옆에 앉는다.

친구가 아닌 행위라고 해도 대단한 일을 하는 것은 아니다. 닿는 정도의 키스를 하고 골격 표본이라도 만지듯 몸을 약간 만지기만 하고 끝난다. 그것도 미야기 쪽에서 해오는 것뿐이고, 그녀가 안 된다고 해서 나는 하지 않고 있었다.

정말 대단한 것은 아니다.

반바지를 입고 이 방에 오는 것은 그만뒀지만.

"센다이, 이쪽으로."

팔을 가볍게 잡아당기는 힘에 미야기를 보자 「눈 감아」라는 말을 덧붙인다. 거역할 이유는 없었기에 얌전히 말을 들었다.

세상이 어두워진 지 몇 초.

입술에 부드러운 것이 닿았다가 떨어졌다.

키스를 기다리는 시간보다도 키스하는 시간이 더 짧았다. 눈을 뜨자 「떠도 된다고 말 안 했어」라는 불만스러운 목소리가 들려왔고 다시 한번 키스를 받았다.

입술을 겹치는 것이 당연한 일처럼 되어 있었지만, 미야기가 키스를 하고 싶어하는 이유는 지금도 여전히 몰랐다.

"눈, 그렇게 잠시만 감고 있어."

그렇게 말한 미야기가, 개나 고양이가 장난치는 것 같은 키스를 반복했다.

입술에서 전해지는 체온을 기분 좋다고 생각하면 할수록 좋지 않은 일을 하고 있는 것 같다는 기분이 들었다. 청렴하고 올바른 관계를 원하는 것은 아니지만, 지갑에 들어 있는 오천 엔을 생각하면 마음에 먹구름이 낀 기분이었다.

그럼에도 닿는 입술이 기분 좋아 미야기의 팔을 잡았다.

입술이 떨어지고 눈을 떴다.

쫓아가듯 그녀의 팔을 끌어당겨 입술을 갖다 대자, 고개를 돌린다. 그대로 미야기의 볼에 입술을 꾹 누르자 그녀가 다리를 걷어찬다.

"쓸데없는 짓 하지 말라고 몇 번을 말해. 그리고 아직 눈 떠도 된다는 말도 안 했어."

"그랬나?"

"그래."

미야기가 강하게 쏘아붙이며 나를 노려보았다.

명령할 권리는 미야기에게 있지 나에게는 없다.

"그런 건 어느 쪽이든 딱히 괜찮잖아."

미야기의 팔을 떼고 가볍게 말했다.

오천 엔을 받는 것이 달갑지 않은 나는 미야기의 명령에 순순히 따르지 않았다. 몇 번 정도 명령을 어겼고 그럴 때마다 그녀에게 눈총을 받았다.

"괜찮지 않아."

나를 부정하는 목소리가 들려왔지만 불쾌함이 담긴 목소

리는 아니었다.

아마 이런 것도 휴식에 포함되어 있을 것이다.

이것은 작은 심심풀이의 연장이다.

휴식을 취하지 않는 날이 있는 것은 미야기에게도 죄책감이 있어서 그런 것일까.

이런 일은 여름 방학만의 일.

다음 주면 끝난다.

여름 방학도, 이런 일도.

새 학기가 시작되면 1학기와 비슷한 매일이 시작된다.

지금은 시간이 남아도니 이상한 상황이 되어가는 것이다. 우리는 공부만 하기에는 너무나도 긴 시간을, 친구가 아닌 상대와 어떻게 보내야 할지 모를 뿐이다.

"센다이, 반성 안 했지?"

그렇게 말한 미야기가 나를 바라본다.

"했어."

"거짓말. 잠깐만 기다려."

미야기가 일어나 옷장을 열었다.

바스락바스락 안에서 뭔가를 끄집어내더니 이쪽을 향한다.

"그쪽으로 갈 거니까 등 돌려."

그렇게 말하는 미야기는 넥타이를 들고 있었고, 나는 앞으로 일어날 일을 짐작했다. 미야기의 손에 있는 익숙한 교복의 넥타이가 올바르게 사용되는 일은 없을 것이다.

"이제부터 학교라도 가려고?"

등을 돌리지 않고 물었다.

"볼일도 없는데 학교를 가지는 않아. 그리고 이걸 사용하는 건 내가 아니라 센다이야."

"그런 명령도 가능해?"

여름 방학 전의 오천 엔은 미야기가 내 방과 후를 사서 명령을 하기 위한 것이었다. 하지만 영화를 보고 난 후 받게 된 오천 엔에는 다른 의미가 부가되었다. 명령의 끝에는 키스나 몸을 만지는 것들이 있어서, 오늘도 미야기는 명령할 권리를 행사해 그러한 일을 해올 것이라고 생각했다.

"그런 명령이라니?"

"넥타이를 써서 묶는다는 명령."

"무슨 명령이라도 명령이라는 건 변함없잖아. 무슨 일을 당할지 알고 있다면 빨리 뒤로 돌아."

옆으로 돌아온 미야기가 내 어깨를 두들겼다.

"사용법을 바꿀 생각은 없어?"

"넥타이가 싫다면 다음에는 로프라도 준비해둘까?"

"사양할게."

명령의 내용은 정확하게 결정된 것은 아니다.

묶이고 싶은 것은 아니었지만 결국 침대에 걸터앉은 채 미야기에게 등을 돌리고 손을 뒤로 향했다. 오천 엔을 받았고, 이제 와서 거절할 수 있을 것 같지도 않았다. 게다가 이대로 쓸데없는 저항을 계속한다면 정말 로프를 준비해 올 것 같다는 생각도 들었다. 달갑지 않은 일이지만 미야기에게는 이유를 알 수 없는 단호함이 있었다.

일부러 준비한 밧줄에 묶이다니 장난으로 넘길 수 없다. 수상한 플레이가 시작될 것 같아서 싫었다. 게다가 미야기는 그런 것에 주저함이 없을 것 같아서 더 싫었다.

"이렇게까지 할 필요는 없는데."

손목에 넥타이를 두르고 있는 미야기에게 말을 걸었다.

"센다이는 신용할 수 없으니까."

그런 말과 함께 손목에 둘러진 넥타이가 꽉 묶이는 감촉이 전해졌다. 미야기는 이제 됐어 라는 말도, 이쪽을 향하라는 말도 하지 않았다.

나는 명령을 받기 전에 그녀 쪽으로 몸을 돌렸다.

"아직 이쪽으로 돌리라는 말은 안 했는데."

단조롭게 말한 미야기가 일어나더니 이번에는 서랍을 열었다. 그리고 얇은 수건을 가져와 내 앞에 섰다.

"아직도 뭔가 더 하려고?"

"눈 감아."

대답이 되지 않은 대답이 돌아왔고, 미야기의 손에 있던 수건이 내 눈을 가렸다. 반사적으로 눈꺼풀이 내려가고 수건이 눈을 압박하듯 감겼다.

"이건 좀 과하지 않아?"

쓸데없는 짓을 하지 않도록 몸의 자유를 빼앗는다.

그런 생각은 내키진 않지만 이해는 간다.

하지만 시각까지 미야기에게 넘겨버리는 것은 저항감이 들었다.

"이 정도로 하지 않으면 센다이는 반성을 안 하니까."

"반성해."

"이미 늦었어."

미야기가 그렇게 말하고는 내 눈을 가리는 수건을 꽉 묶었다.

"잠깐, 너무 세게 묶었잖아."

불평을 말하자 수건이 느슨해졌다. 그럼에도 눈을 뜰 수는 없었기에 여전히 앞은 보이지 않았다.

손목이 묶인다는 것까지는 예상했지만, 눈까지 가릴 것이라고는 예상하지 못했다. 이것은 룰의 범위 내인가 생각했지만, 잘 모르겠다. 다만 이 상황을 받아들일 수밖에 없다는 것만은 알 수 있었다.

"미야기, 이상한 짓 하지 마."

다짐하듯 그렇게 말하자 옆에서 목소리가 들려왔다.

"평소와 같은 것밖에 안 해."

미야기가 단언했지만, 그 말을 증명할 것은 없다. 시야를 빼앗자 모든 것이 불안정하게 느껴지며 아까와 똑같이 옆에 있을 미야기를 신용할 수 없었다.

"이제 이쪽 향해도 돼."

나는 목소리가 난 쪽으로 몸을 돌렸다.

당연하지만 미야기는 보이지 않았다.

보여야 할 것이 보이지 않는 탓에 갑자기 이 방에 혼자 있는 것 같은 기분이 들었다. 불안한 마음에 손을 뻗으려 했지만, 넥타이가 손목을 파고들어 움직일 수 없었다.

"미야기."

대답은 없다.

어둠이 공부만 하던 여름 방학을 집어삼키고, 옆에 있어야 할 미야기마저 집어삼켰다.

그녀가 혼자 지내는 밤에도 이렇게 어두울까, 그런 상관없는 생각을 하다 보니 손처럼 느껴지는 것이 톡, 목덜미에 닿으며 체온이 느껴졌다.

미야기가 옆에 앉아 있음을 깨닫자 알 수 없는 안도감이 들었다.

아무것도 보이지 않는 어둠 속, 목 위를 체온이 기어 다녔다.

별다른 감정이 느껴지지 않는 손은 사무적으로 쇄골로 내려갔다.

평소와는 다른 일을 할 것이라고 생각했지만, 본인이 말한 대로 평소와 같은 일을 하려는 모양이었다. 손을 묶어도, 눈을 가려도, 미야기가 하는 것은 변하지 않는다. 아마 평소와 똑같이 만지고 있겠지.

하지만 나에게는 평소와 같지 않았다.

시각을 빼앗겼으니까.

그게 이유인 것 같다.

평소와 다를 바 없는 미야기의 손이 체온을 빨아들이듯 꿈틀대는 것처럼 느껴졌다. 불안을 안심으로 바꿔주었던 손은 그 어느 쪽도 아닌 감각을 내게 전해주었다. 슬며시 전해지는 열이 간지러워서 미야기의 손을 피하고 싶었지만, 넥타이가 방해를 해서 그것도 불가능했다.

"미야기는 정말 변태야."

피부 위를 기어가는 열에서 벗어나듯 가늘고 긴 한숨을 내쉬었다.

손목을 묶고 눈을 가린다.

전 동급생에게 이런 짓을 하다니, 미야기는 매니악하다. 전에도 한 번 손목을 묶인 적이 있었는데, 그때보다도 도착적이었다.

"조용히 해."

무뚝뚝한 목소리가 들려오며 쇄골 위에서 손이 멈췄다.

"가만히 있어주길 원한다면 미야기가 뭔가 말해줘."

"싫어."

미야기가 퉁명스럽게 말한다.

정말 쪼잔하다.

말한다고 뭐가 줄어드는 것도 아니고, 입만 조금 움직여 주면 되는 것 아닌가. 조용하니 마음이 놓이질 않는다.

하지만 미야기는 말하지 않았다.

입을 다문 채 손을 미끄러트렸다.

천 너머로 그녀의 열이 느껴졌다.

쇄골 아래 심장 위쪽에서 손이 멈췄다.

오천 엔을 주고 키스로 이어지는 명령을 내리는 부도덕한 행위를 제외하면, 미야기는 행실이 바른 편이다. 키스는 닿기만 하는 정도고, 몸도 표면을 쓰다듬는 정도밖에 해오지 않았다. 그것도 오천 엔에 어울리지 않는다고 생각할 정도로 짧은 시간뿐이고, 언제나 그런 행위는 금방 끝난다.

오늘도 그럴 거라 생각했다.

하지만 미야기는 그만두지 않았다.

볼에 입술 같은 것이 닿았다.

심장 위에 놓인 손이 움직이며 어깨를 쓰다듬었다. 볼 표면에 느껴졌던 열이 떨어지고 이번엔 목덜미에 따뜻한 공기가 느껴졌다.

그리고 곧, 목덜미에 부드러운 것이 달라붙었다.

몇 번이고, 몇 번이고.

작은 소리와 함께 키스를 받아 의식이 그곳으로 집중되었다. 기분이 좋다기보단 민들레의 솜털이 달라붙어 있는 것 같아서 간지러웠다. 미야기가 닿은 곳에 신경 쓰이고, 열이 올랐다. 특별한 짓을 하는 기분이라 마음이 불편했다.

수건으로 눈을 가려 강제로 빛을 빼앗긴 탓에 감각이 예민해졌다.

주어진 감각이 평소의 몇 배로 느껴져, 지금까지 받아들일 수 있었던 것을 받아들일 수 없을 것만 같았다.

미야기를 밀어내고 싶어도 밀어낼 수 없는 나는 자유를 빼앗긴 손 대신 자유로운 목소리를 냈다.

"잠깐, 미야기."

대답을 할 생각이 없는지 목덜미에서 열이 떠나지 않았다.

미야기의 다리가 있는 부근을 발로 차자 키스를 반복하던 입술이 떨어졌다.

"아파."

가볍게 찼음에도 미야기가 과장스럽게 말했다.

"언제까지 할 생각이야?"

"대답할 필요 없잖아."

무뚝뚝한 목소리와 함께 목덜미에 열이 달라붙었다.

열의 크기와 부드러움으로 그것이 손이라는 것을 알았다.

손가락 끝이 턱 밑을 어루만지며 혈관이라도 찾듯이 살살 움직인다.

어떤 얼굴로 이런 짓을 하는지 보고 싶었다.

나를 만질 때 종종 미야기는 미묘한 얼굴을 했다. 최근에는 적어졌지만 지금도 그런 얼굴을 하고 있을지 궁금했다.

하지만 가능하면 그런 얼굴을 보고 싶지 않다는 생각도 들었다.

시각을 빼앗긴 것이 오히려 좋은 일일지도 모른다. 그렇게 생각하려던 나는 곧바로 그것을 후회했다.

미야기의 입술이 볼에 닿고, 손이 귀를 어루만지며 부드럽게 미끄러져 내려갔다.

나는 그녀의 얼굴보다도 그 입술이, 손이 다시금 신경 쓰이기 시작했다.

깊은 의미는 없어 보이는 터치인데, 손도 입술도 아까보다 더 간지러웠다. 미야기의 손을 멈추고 싶어서 넥타이로 묶인 손목을 움직여 보았지만, 구속한 천은 풀리지 않았다. 미야기의 손은 내 이성을 시험하듯 계속 움직였다.

목에서 어깨로.

팔을 쓰다듬고 옆구리를 쓸어내린다.

몸 위를 움직이는 손은 허벅지로 내려가서도 천 너머로 나를 계속 만졌다.

불쾌함과 간지러움의 중간 정도— 미야기의 손이 주는 감각은 딱 그 정도로, 지금까지 계속 그랬다. 하지만 어느 사이엔가 있어서는 안 될 감각이 그 둘 사이를 파고들며 들어오려 하고 있었다. 나는 손을 멈추려 하지 않는 미야기에게 강하게 쏘아붙였다.

"미야기, 그만해."

이런 것은, 반드시 위험해진다.

사무적인 손놀림이라고 해도 이대로 계속 하게 놔둘 수는 없다고 생각했다. 하지만 미야기는 손을 멈출 생각이 없는지 나를 계속 만졌다.

"이 정도면 성에 찼을 거 아냐. 이상한 짓 하지 말라고 한 말 잊었어?"

"이상한 게 아니라, 하는 건 평소랑 똑같은데?"

"이상한 짓을 하고 있잖아."

"안 했어."

미야기가 단언했다.

그녀가 하는 일은 분명 평소와 같은 것이다. 「이상한 것」의 정의가 엇갈릴 뿐이다. 다만 이상한 것의 정의에 대해 의논할 생각은 없었고, 하지 말라고 부탁한 이유를 말할 수 있을 리도 없었다.

"그럼 이 이상은 룰 위반이라고 하면 알아듣겠어?"

그렇게 묻자 미야기가 손을 멈췄다.

"벗기지도 않았고 그냥 만지는 건데?"

"그렇긴 하지만 룰 위반이야. 계속한다면 진심으로 화낼 거야."

옷을 벗기지 않는다는 것만이 규칙은 아니다.

폭력은 휘두르지 않는다는 약속도 있고 섹스는 하지 않

겠다는 약속도 있다.

명령은 듣지만 몸을 팔지는 않는다.

그러니 이 이상은 룰 위반이다.

"이미 화났잖아."

"그렇게 생각한다면 하지 마."

지금, 당연하게 벌이고 있는 이 행위가 다다를 그 뒤의 지식 정도는 갖고 있었다. 미야기도 갖고 있겠지.

서로 이 뒤에 무엇이 있는지 알고 있었기에 그곳에 도착하는 일이 없도록 신경 썼다. 나도 여름 방학이 된 뒤로 미야기를 벗기거나 키스를 하는 등 룰을 지나치게 소홀히 여기고는 있었지만, 최후의 보루만큼은 지켜야 한다고 생각했다.

"그럼 이걸로 끝."

그렇게 말하고 미야기가 내 어깨를 잡았다.

만지고 있잖아.

그런 불평을 입에 올리기도 전에 목덜미에 부드러운 것이 닿았다. 그것이 입술이라는 것을 깨달은 순간, 가볍게 이를 세우더니 바로 떠난다. 하지만 넥타이도 수건도 풀리지 않았다. 몸의 자유는 여전히 빼앗긴 채다.

"끝났으면 풀어줘."

"등, 이리 돌려."

미야기의 말에 따르자 손목을 묶고 있던 넥타이가 풀렸다.

"나머지는 직접 벗지 그래?"

무뚝뚝한 목소리가 들리며 미야기의 기척이 멀어졌다.

나는 스스로 눈가리개를 풀고 테이블 위의 보리차를 집어 들었다. 그리고 침대에 다시 앉아 넥타이를 옷장에 정리하는 미야기의 등을 향해 불평을 쏟아냈다.

"미야기는 변태, 밝힘증."

"센다이, 시끄러워."

"미야기가 이상한 짓을 한 게 잘못이야."

"안 했어. 이상한 건 센다이지."

미야기가 불만스럽게 말하고 테이블 앞에 앉았다.

나는 그녀에게 수건을 던지며 선언한다.

"이젠 이런 거 없어."

"이런 거라니?"

"묶거나 눈을 가리는 거."

"또 멋대로 룰을 늘리네."

"룰은 아니지만 금지야."

"룰이 아니라면 해도 괜찮잖아."

진심으로 또 같은 일을 할 생각인지는 모르겠지만, 미야기라면 할 수도 있겠다는 생각이 들어 머리가 어지러웠다.

농담이 아니다.

오늘 같은 일이 앞으로 계속 있으면 곤란하다.

"안 괜찮아."

확실히 말해두고 보리차를 다 마셨다.

이제 곧 여름 방학이 끝난다.

얼마 남지 않은 방학은 아무 일 없이 끝나야 하고, 그렇게 될 예정이었다.

잠깐의 휴식이라면 취해도 괜찮지만.

제9화
센다이와 이런 짓을 해도 괜찮다

특별한 볼일이 있는 것은 아니다.

가야할 장소도, 가고 싶은 장소도 없었지만 여름 방학 마지막 일요일이라는 이유만으로 마이카에게 놀자는 권유를 받았다.

돌아다니며 가게를 둘러보고, 이도 저도 아닌 가벼운 담소를 나누고, 고등학생이 된 뒤로 이미 몇 번이나 방문한 카페에서 시시한 수다를 떨었다.

특별한 것은 아무것도 없는 일요일이다.

눈앞에서 달그락거리며 팬케이크를 자르는 마이카의 모습을 보며 작년과 다르지 않은 여름 방학에 안도했다. 혼자 있으면 계속 센다이 생각만 나서 마이카가 불러준 것이 고마웠다.

"아아, 내일이면 여름 방학도 끝이라니. 시오리, 숙제 다 했어?"

마이카가 탄식하면서 팬케이크를 입에 넣었다.

"다 했어."

"수험생이 되면서 마음을 고쳐먹기라도 한 거야? 분명

작년에는 방학 직전에 간신히 끝내지 않았어?"

"3학년도 됐으니까 조금은 성실하게 해보려고."

센다이가 일주일에 세 번 오고 있으니까.

그런 말은 할 수 없었기에 적당한 말로 둘러댄 뒤 프렌치토스트에 메이플 시럽을 뿌렸다.

한입 먹자 겉은 바삭한데 속은 푹신푹신하고 푸딩처럼 부드럽다. 꿀꺽 삼키니 과하게 달지 않은 메이플 시럽의 맛이 입안에 남았다.

"그러고 보니 시오리가 프렌치토스트를 주문하는 것도 처음 봤어. 갑자기 안 하던 짓을 하면 지구 멸망한다?"

"이 정도로 과장은. 숙제가 일찍 끝날 수도 있고, 프렌치토스트 정도는 얼마든지 먹을 수 있잖아. 누구라도."

"그렇긴 하지만. 전에 별로 안 좋아한다고 하지 않았어?"

"맛이 있다는 걸 알았거든."

먹어본 적은 없지만 왠지 모르게 좋아하지 않는다고 생각했던 프렌치토스트는 입맛에 맞는 맛을 가진 음식이었다.

센다이 덕분이라고 말하고 싶지는 않지만, 이렇게 가게에서 주문해도 괜찮을 정도는 되었다. 하지만 접시 위에 올라간 갈색 빵을 보고 있으려니 프렌치토스트에 딸린 기억까지 되살아나, 나는 노릇노릇 구워진 빵에 포크를 푹 찍었다.

계란에 잠긴 빵과 센다이의 입술.

어느 쪽이 더 부드러웠을까, 그런 아무래도 상관없는 일이 머리에 떠올랐다. 달아야 할 프렌치토스트에 느껴질 리 없는 피맛이 섞여 있는 기분이 들었다.

이를 세웠던 입술은 부드러웠고 생각보다 피가 나왔다.

붉은 액체는 손가락으로 만지면 미끈거렸고, 상처를 강하게 누르자 센다이의 눈총을 받았다.

프렌치토스트에 딸린 기억이 너무나도 선명해 마치 센다이가 옆에 있는 것 같은 기분마저 들었다.

"역시 팬케이크로 할 걸 그랬나."

나는 맞은편에 놓인 접시를 보면서 프렌치토스트를 입에 넣었다.

"그럼 반씩 바꿔 먹을래? 나도 프렌치토스트 먹고 싶었거든."

"응."

마이카의 제안에 고개를 끄덕이고 프렌치토스트와 팬케이크를 교환하자 「이것도 맛있는데 마실래?」라며 애플티를 권유한다. 지금은 필요 없다며 거절한 나는 똑같이 푹신푹신해도 프렌치토스트와는 식감도 맛도 다른 팬케이크를 한 입 먹었다.

"맞다. 우리 내일도 만날까? 고등학교 마지막 여름 방학의 마지막 날이니까, 뭔가 하자."

이제 막 떠오른 듯 마이카가 그렇게 말하며 프렌치토스

트를 입에 넣었다.

"음, 선약 있어."

"아미도 데이트 있다고 거절하더니, 다들 너무 안 놀아주는 거 아냐?"

"그렇게 따지면 마이카도 올해는 대부분 학원 가느라 작년보다 못 놀지 않았어?"

"그건 어쩔 수 없지. 그보다 시오리는 뭐 하면서 지냈어? 올해 유난히 바빠 보였잖아."

"바쁜 건 아니지만, 집에 여러 가지 일이 좀 있어서."

여러 가지 일의 내역은 대부분 센다이였기에, 이 이상 묻지 않기를 바랐다. 하지만 마이카는 「여러 가지?」라며 그 뒤를 재촉하듯 나를 바라보았다.

"여러 가지는 여러 가지야."

"수상하네~. 올해는 여름 방학에 뭐 했는지 전혀 얘기도 안 해주고 말이야."

"수상한 거 없어."

나는 얼버무리듯 팬케이크를 한 입 더 먹었다.

여름 방학이든 겨울 방학이든 긴 방학에 누군가 곁에 있던 기억을 더듬는다면 꽤나 깊이 고민해야 했다. 그만큼 누군가 곁에 있었던 기억이 없다.

하지만 올해는 여름 방학의 절반 정도는 센다이와 함께 있었다.

다시 말해 가족보다, 친구보다 더 함께 있었던 것이 바로 그녀라는 뜻이었다. 이렇게 말해도 그 대부분의 시간은 공부에 쓰였기에 수상한 일은 없다. 그래야 했다.

공부를 가르치는 쪽과 가르침을 받는 쪽.

서로 그런 입장을 고수하며 여름 방학을 보낼 예정이었고, 남에게 말할 수 없는 행위를 할 생각은 조금도 없었다.

분명 그랬는데, 되돌아보니 전혀 다른 여름 방학을 보내 버렸다.

우리의 관계는 급속히 무너지고 있었다.

"에이, 뭐 숨기는 거 아냐?"

"아무것도 아니라니까."

마이카에게 그렇게 말한 순간, 센다이의 눈을 가리고 손목을 구속했을 때가 떠올랐다.

아마 그게 여름 방학 중 가장 남들에게 말할 수 없는 일일 것이다.

룰에 반하는 행위.

그럴 생각은 없었지만, 그렇게 되어 버렸다.

묶어서 눈을 가린 것뿐이고, 만지고 싶어서 만진 것뿐이지 다른 속셈이 있었던 것은 아니다. 없었을 것이다. 수건은 그녀의 눈이 신경 쓰여 하지 못했던 일을 하기 위해 사용했고, 넥타이는 그녀에게 방해받지 않기 위해 사용했다. 그리고 평소보다 조금 오래 만졌을 뿐. 하지만 지나쳤을지도 모른다는 생각은 하고 있었다.

그래서 그런 것은 아니지만, 다음에 센다이가 왔을 때는 휴식을 취하지 않았다.

"아, 일주일 정도 더 쉬면 좋겠다."

마이카의 절망 섞인 목소리가 들려와 그녀를 바라보았다.

"일주일이 늘어나면 마지막 날에 일주일 더 달라고 할 거잖아."

"당연하지. 시오리는 2주 정도 더 쉬고 싶지 않아?"

"그렇게는 필요 없어. 평범하게 끝나도 괜찮아."

"시오리가 필요 없다면 내가 받을까?"

"그럼 마이카한테 줄게."

"통이 크네. 대신 원하는 게 뭐야?"

"교환 조건 같은 거 없어. 나는 더 이상 여름 방학이 필요 없는 것뿐이니까."

"뭔가 속셈이 있는 거지? 분명 나중에 뭔가를 요구할 것 같아."

장난스러운 어조로 마이카가 말했다.

정말로 여름 방학은 더 이상 필요 없다.

내일.

내일이 끝나면 학교가 시작된다.

이대로 여름 방학이 계속되면 절대 어겨서는 안 되는 룰을 어기게 될 미래가 빤히 보였다. 그렇게 되면 반드시 센다이와는 잘 지낼 수 없을 것이다.

남은 한 번.

그 한 번만 아무 일 없이 끝내면 된다.

나는 어긴 룰을 재주 좋게 손 볼 정도의 능력은 없었으니, 되도록 어기지 않게 조심할 필요가 있었다.

"여름 방학은 더 늘어날 것 같지도 않고, 오늘은 이제 뭐 할까?"

마이카가 프렌치토스트에 포크를 꽂으며 물었다.

"음."

센다이를 머리에서 쫓아내고, 몇 가지 제안을 내놓는다.

그 후 우리는 제안했던 일을 몇 가지 하고, 제안과는 다른 일도 몇 가지 한 뒤에 헤어졌다.

집에 가서 저녁을 먹고.

목욕 후에는 바로 침대로 들어갔다. 눈을 감자 깨닫지 못한 사이에 의식이 사라졌고, 자명종이 울리기도 전에 눈을 떴다. 잠을 잘 잔 것은 아니지만 잘 못 잔 것도 아니었기에 나름대로 머리는 맑았다.

지금까지와 비슷한 옷을 입고 비슷한 시간에 점심을 먹었다. 산 지 얼마 안 된 책을 읽으면서 센다이의 메시지를 기다렸다. 한 시간도 안 되어 메시지가 도착하고 인터폰이 울렸다.

평소와 다른 일은 하지 않는다.

나는 작게 숨을 내쉰 뒤 센다이를 집에 들였다.

◇ ◇ ◇

"많지 않아?"

현관에서 여름 방학 마지막 오천 엔을 건네려던 나에게 센다이가 불평했다.

"안 많아."

"이번 주는 오늘 한번뿐이니까 없어도 돼."

"한 번만 해도 과외는 과외니까. 안 받을 거면 돌아가."

쌀쌀맞은 투로 말하자 센다이가 오천 엔짜리 지폐를 빤히 바라본다. 그리고 「고마워」라고 말하고는 지갑에 넣어두고 방으로 들어갔다. 나는 주방에서 사이다와 보리차를 가져와 평소처럼 테이블에 놓았다.

아무것도 변하지 않는다.

여느 때와 똑같다.

센다이 옆에 앉아 교과서나 문제집을 펼치고 테이블에 놓는 것도 마찬가지.

별다른 일은 하지 않았다.

오늘이 끝나면 이렇게 방과 후가 아닌 시간을 단둘이 보내는 일은 사라진다. 그렇게 생각하니 조금 쓸쓸한 기분이 들었다.

나는 센다이를 보았다.

머리가 방해되지 않을까.

오늘의 그녀는 머리를 땋지도 않았고 묶지도 않았다. 그
래서 여름 방학 마지막 날을 어떤 얼굴로 보냈는지 잘 모
르겠다. 아는 것이 있다면 그녀가 진지하게 교과서를 보고
있다는 것뿐이다.

시시해.

나는 센다이의 얼굴이 보고 싶어서 손을 뻗었다. 하지만
방해되는 머리를 만지기도 전에 센다이가 의아한 얼굴을
나에게 향했다.

"이쪽 보지 말고 진지하게 해."

그렇게 말하며 펜으로 내 미간을 찌른다.

이마가 간질거려 반사적으로 펜을 쥔 그녀의 손을 되밀
었다.

오천 엔은 이미 냈다.

하지만 지금 하고 싶다고 생각한 것에 대한 오천 엔은
지불하지 않았다. 그러니까 그런 것은 하지 말아야 하고,
이제 그만 하는 편이 좋다.

알고 있는데, 나는 센다이를 만졌다.

조금, 아주 조금만 얼굴을 가까이했다.

당연히 입술도 가까워졌지만, 닿기 전에 펜으로 이마를
맞았다.

"미야기. 쉬기엔 아직 이른 것 같은데, 벌써 쉬려고?"

그렇게 묻는 목소리는 조용하고 평이했다.

표정에서도 감정을 읽을 수 없었다.

휴식은 취하지 않는다.

하면 안 된다고 생각했다.

그런데도 쉬지 않겠다고 대답할 수 없었다.

"미야기. 내일부터 학교니까 예습해."

센다이가 펜촉으로 교과서를 가리켰다.

"……오천 엔이라면 나중에 줄게."

입에 담을 생각이 없던 말이 흘러나왔다.

오천 엔은 주면 안 되고, 키스도 안 하는 편이 좋다. 물론 그다음도. 그리고 센다이는 나의 제안을 거절해야 하고, 아마 거절할 것이다. 앞으로를 생각하면 우리는 아무일 없이 오늘을 끝내야 했다.

그런 뻔한 말을 늘어놓으며 스스로를 설득시키려 했지만, 그 전부를 부정하고 싶어하는 내가 있었다.

"나중이라는 말을 허락할 거라 생각해?"

그렇게 말한 센다이가 테이블에 펜을 놓았다.

"지금이 좋다면 지금 줄게."

매끄럽게 입에서 나온 말을 따라 몸이 움직였다.

하지만 일어서려던 내 팔을 센다이가 잡아당겼다.

"나중에도 지금도 이미 늦었어."

늦다니, 어째서.

입에 담으려던 말은 부드러운 입술에 짓눌렸다. 그것은 생각지도 못한 타이밍에 받은 키스였고, 쿵 하고 머릿속에 심장 소리가 울렸다.

어째서.

의문이 하나 떠오르고, 채 가시기도 전에 입술이 떨어졌다.

"그런 명령은 안 했어."

원래 물으려던 것이 아닌 말을 입에 담고 센다이를 바라보았다.

"알아."

"안다면 멋대로 굴지 마."

"그거, 명령이야?"

"명령이야."

"그래? 하지만 오천 엔을 받지 않았으니 미야기는 나에게 명령할 수 없어."

"그러니까 지금 준다고―."

"이미 늦었다고 했잖아."

나오려던 말이 센다이의 목소리에 의해 지워지고, 내 팔을 잡고 있던 그녀의 손가락에 힘이 실렸다. 팔이 아프다. 그런 불평을 하려고 했는데, 그보다 먼저 센다이가 입을 열었다.

"미야기는 본인이 무슨 짓을 하고 있는지 좀 더 생각하는 편이 좋을 것 같아.”

그녀의 말이 무슨 의미가 있는지 생각할 시간은 없었다.

센다이와 나 사이에 있던 거리가 그녀에 의해 제로가 되었고, 입술이 겹쳐졌다. 강하게 밀어붙이는 힘에 몸이 기울어졌다. 밀려 넘어진 것도 아니고, 스스로 누웠다는 의식도 없었는데, 정신을 차리고 보니 등이 바닥에 붙어 있었다.

“이번엔 물지 마.”

시선의 끝, 진지한 얼굴로 센다이가 말했다.

그 말이 무엇을 말하는 것인지 얼굴이 가까이 다가온 순간 바로 알 수 있었다.

입술이 채 닿기도 전에 목에, 볼에, 그녀의 긴 머리카락이 닿아 간지러웠다.

손을 뻗어 시야를 가리는 머리를 센다이의 귀에 걸었다. 눈을 감는 것보다도 빠르게 입술이 포개졌고, 이내 입술과는 다른 부드러움을 가진 것이 닿았다. 확인할 필요도 없이 그것은 그녀의 혀끝이었다. 입술을 가르며 입안으로 파고든다.

거절을 모르는 혀가 입안에서 움직였다.

적당한 경도를 가진 그것이 내 혀에 닿자, 미끈거리는 감각이 더욱 크게 뇌에 전해졌다. 센다이의 신체 일부가 자신 안에 있다는 선명한 느낌은 불쾌하지는 않았지만 기분 좋은 느낌도 아니었다.

지금까지라면 주저 없이 움직이는 혀에 이를 세웠겠지만, 센다이의 말이 브레이크가 되어 이를 세울 수 없었다.

숨을 쉬기가 괴로워 센다이의 옷을 잡자 입술이 떨어졌다.

"이런 건, 안 될 것 같아."

그녀를 밀어내듯 어깨를 누르고 작은 목소리로 전했다.

"나도 그렇게 생각해."

센다이는 저항하지 않았으면서, 라고는 말하지 않았다. 그 대신 한 번 더 얼굴을 가까이한다. 말과는 전혀 다른 행동에 나는 아까보다 더 큰 소리를 냈다.

"센다이."

"이럴 때는 하즈키라고 불러. 시오리."

"안 부를 거고, 부르지 마."

"미야기는 정말로 쪼잔하다니까."

센다이가 한숨을 쉬며 말했다. 그리고 당연하다는 듯이 얼굴을 가까이했다.

"……계속할 거야?"

안 된다고 말하는 대신 애매한 말을 던진다.

"미야기가 그런 짓을 하려고 하니까."

"그런 짓이라니?"

그것이 무엇인지 알면서도 물어본다.

"아까 키스하려고 했잖아."

센다이의 손끝이 나의 입술을 어루만졌다.

우리 사이에는 발을 들이면 안 되는 영역이 있었다. 그 것은 확실한 것이었다가, 여름 방학이 되면서 지독하게 불 분명한 것으로 변했고, 지금은 그 영역에 발을 들여놓으려 하고 있었다.

"미야기."

평소 같으면 웃었을 정도로 진지한 목소리가 나를 불렀다.

확실하게 그런 것을 하자고 말하지는 않았다.

하지만 앞으로 그런 것을 한다는 것은 깨달았다.

센다이의 얼굴이 다가와 다시 한번 깊게 키스에 응했다.

시선이 섞이듯 서로의 혀가 섞이며 겹쳤다. 센다이의 윤 곽이 그 어느 때보다 잘 느껴지는 키스는, 아까보다 더 기 분 좋다는 느낌이 들었다.

10초, 아니면 20초일까.

아니면 1분일까.

알지 못한 채 입술이 떨어지고, 나도 키스를 돌려주었다.

오천 엔이 오가지 않은 키스에 대한 의문은 없다. 이상 한 상황임에도 놀라울 정도로 자연스럽고, 입술을 포개는 것이 당연한 일인 것처럼 느껴졌다.

센다이의 옷을 잡았다.

입술을 세게 누르고, 천천히 떼어냈다.

감았던 눈을 뜨니 센다이의 호흡이 흐트러져 있었고, 마찬가지로 나의 호흡도 불규칙한 상태였다.

숨을 고르려고 했지만 잘되지 않는다. 분명 센다이도 마찬가지일 것이다.

"등, 아파."

잡고 있던 옷을 떼고 가쁜 호흡을 얼버무리듯 말했다.

"그 정도는 참아."

가차 없는 말이었지만, 센다이의 말은 옳았다.

침대에 가기라도 하는 상황이 생긴다면 마음이 바뀔지도 모른다. 그만큼 우리는 이런 것과는 인연이 먼 관계다.

되돌아간다면 지금이었다.

센다이의 어깨를 누르고 몸을 일으켜서 교과서를 보면 없던 일이 된다.

여름 방학 마지막 날.

8월 31일이라는, 계속 기억에 남을 것 같은 날 이런 짓을 하는 것은 좋지 않았다.

분명 오늘이라는 날에 라벨이 붙어 기념일이라도 된 것처럼 머릿속에 계속 남을 것이다.

그런 것은 알고 있다.

하지만 우연 몇 가지가 겹치고, 거기에 나의 변덕이 더해지며 시작된 관계이니 우연과 변덕으로 이런 짓을 해도 좋을 것 같다. 분명, 아마 괜찮을 것이다.

센다이의 입술이 목덜미에 닿았다.

누르는가 싶더니 가볍게 이를 세운다.

그녀의 입술이 같은 장소에 닿은 적이 있는데도 감각이 달랐다.

오싹한 느낌에 도망치고 싶은데, 또 그녀에게 다가가고 싶었다.

혀끝이 닿자 그곳으로 모든 의식이 쏠렸다. 목덜미에 느껴지는 습기에 마음이 가라앉질 않는다. 입술이 목덜미를 기어가듯 움직이더니 쇄골로 향했다. 가끔 확인하듯이 이를 세우며 강하게 빨아왔다.

방은 에어컨으로 시원할 텐데도 더웠다.

하나하나의 행위가 선명하고, 센다이가 어디에 닿아 있는지 잘 느껴졌다.

내뱉는 그녀의 숨소리와 몇 번이고 떨어지는 키스에 지금껏 내본 적 없는 목소리가 새어 나왔다. 그것은 센다이에게 들려줄 만한 소리가 아니었고, 난 황급히 입술을 깨물었다.

그 순간, 센다이의 움직임이 멈췄다.

고개를 든 그녀와 눈이 마주쳤다.

무슨 말을 들을 거라 생각했는데, 센다이는 아무 말도 하지 않았다. 입을 다문 채 티셔츠를 걷어 올린다.

옆구리에 센다이의 열기가 직접 느껴졌다.

하즈키라는 이름으로 부를 생각은 없지만, 점점 더 위로 향해 가는 손을 멈출 생각은 없다.

분위기라는 것이 있구나.

센다이와 키스를 하면서 멍하니 그런 생각을 했다.

평소보다 굳은 목소리라든가.

호흡하는 방법이라든가.

명령과는 다른 키스라든가.

사소한 차이가 쌓이고 쌓여, 지금 하고 있는 일이 특별한 무언가임을 깨달았다.

티셔츠 안으로 들어간 손은 마치 그렇게 하는 것이 당연한 것처럼 몸을 누볐다. 손가락 끝은 옆구리에서 갈비뼈를 더듬으며 가슴 아래를 완만하게 쓰다듬었다. 이성을 녹이는 손길에 몸을 내맡기는 것에 대한 주저함은 사라지고, 그와 똑같이 블라우스 속에 손을 조용히 집어넣고 센다이의 등을 직접 만졌다.

"미야기, 간지러워."

센다이가 보기 드물게 여유가 없는 얼굴로 나를 바라보았다.

"나도 간지러워."

우리는 이 간지러움 끝에, 오싹한 불쾌함 끝에, 기분 좋은 무언가가 있다는 것을 알고 있었다.

나는 등뼈를 따라 손가락을 움직였다. 등의 반 정도까지 쓸어 올리자, 센다이에게서 갈라진 목소리가 작게 들려와

심장이 뛰었다.

"그거, 간지러워."

민망함을 감추듯이 그렇게 말한 센다이가 내 가슴 위에 손을 얹었다.

속옷은 아직 벗지 않았다.

그런데도 마치 직접 만진 것 같은 기분이 들어 얼굴이 뜨거워졌다.

작다거나, 크다거나. 그런 것은 지금까지 신경 쓴 적이 없었는데, 센다이가 어떻게 생각하는지는 조금 신경이 쓰였다.

하지만 그녀의 얼굴을 봐도 볼만 조금 붉어졌을 뿐, 무슨 생각을 하는지는 알 수 없었다.

스르륵 손이 등으로 들어가려 했다.

어깨를 조금 올리자 센다이의 손이 등을 감쌌다. 하지만 그 손이 후크에 닿기 직전, 인터폰이 울렸다.

갑작스러운 상황에 숨과 움직임이 멈췄다.

센다이가 인터폰 말고 나를 쳐다본다.

말은 없다.

잠시 후 또 한 번 인터폰이 울렸다.

"······신경 쓰여?"

센다이가 물었다.

"딱히. 어차피 권유 같은 거야."

"확인 안 해도 돼?"

"센다이가 확인할래? 모니터를 보면 권유인지 아닌지는 알 수 있을 테니까."

얼굴을 살짝 움직여 인터폰 모니터를 바라보면 인터폰을 누른 사람이 누구인지 알 수 있었다. 하지만 센다이가 나를 보고 있는 것처럼 나도 센다이를 계속 쳐다보았다.

"얘기해보기 전까지는 모르잖아. 나는 어느 쪽이든 상관없어."

센다이의 말뜻은 금방 알아차렸다.

이대로 계속할 것인가, 인터폰의 호출에 응할 것인가.

나에게 그 선택을 맡긴 것이다.

평소라면 그렇게 여러 번 울리지 않을 인터폰은 집요하게 울려댔다.

센다이는 내가 걸핏하면 도망간다고 하지만, 센다이도 선택하는 것에서 도망치고 있다. 언제나 나에게 선택을 강요했다.

생각할 것도 없다.

일어나서 인터폰의 호출에 응하면 그걸로 끝이다. 인터폰을 울리는 상대와 대화한 뒤에는 이다음을 이어갈 수 없을 것이다.

"미야기."

조용한 목소리가 들려와 나는 그녀의 어깨를 눌렀다.

"센다이는 패기가 없어."

그렇게 말하는 나도 센다이와 별반 다르지 않다. 패기가 있을 리 만무했고, 결국 인터폰에 의해 깨어난 이성에 따라 몸을 일으켰다. 흐트러진 옷을 정돈하고 버튼을 눌러 계속 울리는 차임벨을 침묵시켰다. 입구 너머에서 상대의 목소리가 들려와 이야기를 들어보니 역시나 시시한 권유였다.

숨을 들이마시고, 내쉬었다.

작게 심호흡을 한 뒤 돌아보자 센다이는 침대를 등받이 삼아 만화를 읽고 있었다.

"권유였어."

"그래?"

시큰둥한 목소리만이 돌아온다.

이쪽을 보지 않는 그녀를 보며, 얼굴을 보고 싶다는 생각이 들었다.

"센다이."

"뭐야?"

대답은 하지만 시선은 아래를 향한 채다.

"아무것도 아니야."

얼굴을 보여주지 않는 센다이를 보며, 조금 더 만지고 싶고 만져주길 바랐다는 생각을 했고, 더는 그런 일이 없을 것 같은 오후에 아주 조금 후회가 들었다.

제10화
오늘도 미야기 생각만 하고 있다

어색하다.

나와 미야기 사이에 있는 공기는, 그 이외의 말로는 표현할 수 없었다.

여름 방학 마지막 날, 지금까지 만져 본 적 없는 장소를 만지고 들어 본 적 없는 목소리를 들었다. 그렇다 해도 만진 것은 가슴 정도이고 목소리도 그렇게 많이 들은 것은 아니다.

그래도.

그래도 어색했다.

교과서를 펴놓고 숙제하고 있을 뿐인데도, 우리는 상대의 눈치를 보는 것 같은 시간을 보내고 있었다.

"뭐라고 말 좀 해."

나는 입을 다문 채 아무 말도 하지 않는 미야기에게 지우개를 던졌다.

그 일이 있고난 뒤 처음 온 방의 공기는 미묘해서, 마음이 뒤숭숭했다.

"센다이가 말하면 되잖아."

미야기가 아무렇지도 않게 말하고는 지우개를 다시 던져

왔다. 나는 맞은편에서 데굴데굴 굴러온 지우개를 집어 들고 지우고 싶지도 않은 글자를 지웠다.

미야기는 오늘 내 옆이 아니라 굳이 맞은편에 앉아 있다.

여름 방학이 끝났다고 해서 여름도 함께 끝나지는 않는다.

그날이 끝나도 우리의 여름은 계속되었고, 9월에 들어선 뒤에도 아직 더운 날씨가 계속되었다. 어제도 오늘도 아이스크림은 맛있고 에어컨은 필요했다.

다행인지 불행인지 이 방은 현재 불만스럽지 않은 온도로 유지되고 있었다. 더위를 이유로 미야기의 옷을 벗길 일도, 내가 벗을 일도 없다. 물론 미야기의 몸을 만지지도 않았고 만질 기회도 없었다.

신학기가 시작된 지 며칠이 지났는데도, 그런 당연한 생각을 하고 있을 정도로 나는 제정신이 아니었다.

오늘, 미야기와는 그런 일을 하지 않는다.

그런 분위기가 될 일도 없다.

당연하다.

우리는 섹스를 할 만한 관계가 아니었으니 쉽사리 그런 분위기가 만들어질 리가 없다.

—그런데 어째서.

그때 들었던 그런 것을 하고 싶다는 생각은 부정할 수 없었고, 내 안에 그런 욕구가 있었다는 사실에도 놀라움은 없었다. 성적인 욕구 따위는 누구에게나 있으니 분명 미야기 안에도 있을 것이다. 그러니 하고 싶다는 생각은 그렇게 이상하지 않다.

신경 써야 할 부분은 그러한 욕구가 미야기를 향했다는 점이다.

"왜 이쪽을 쳐다봐?"

미야기가 평소보다 차가운 목소리로 말했다.

싸늘한 시선도 함께 따라오니 썩 유쾌한 기분은 들지 않았다. 목소리도 시선도 꾸며진 것이나 다름없으니 신경 쓸 필요 없다는 것은 알고 있다. 하지만 적지 않은 무게가 되어 마음을 짓눌러 기분이 가라앉을 것만 같았다.

"보면 안 돼?"

최대한 자연스러운 목소리로 물었다.

"안 돼."

"그럼 안 볼게."

시선을 교과서에 떨어뜨렸다.

숙제 해줘.

그런 명령이라도 받으면 덜 심란할 것 같은데, 미야기는 스스로 숙제하고 있었다. 나도 마찬가지로 숙제를 해야 하는데 눈앞에 놓인 문제에 집중이 되지 않았다. 정신을 차리면 어느새 기억 속의 미야기를 되새기고 있었다.

이런 자신을 용납할 수는 있어도 받아들이기는 어려웠다.

이렇게까지 확실하게 미야기를 향한 욕구를 자각하는 것은 예상하지 못한 일이다.

내 손에는 아직 그녀의 가슴을 만졌던 감촉이 남아 있었다.

오른손을 꽉 움켜쥐었다.

손바닥에 손톱자국이 날 정도로 쥐고는, 손을 펼쳤다. 고개를 들어 지우개를 미야기 쪽으로 굴렸다.

"역시 미야기 쳐다봐도 돼?"

"이미 보고 있잖아. 그보다 왜 그런 걸 일부러 물어봐?"

"미야기가 보지 말라고 하니까."

"그런 건 됐으니까 센다이도 진지하게 숙제해."

"미야기를 보고 있어도 된다면."

지우개는 돌아오지 않았다.

그녀는 대놓고 싫다는 표정이었다.

"싫다고 아까 말했지?"

"싫은 게 아니라 안 된다고는 했는데."

굳이 정정해주자 미야기의 미간에 주름이 깊게 파였다. 그리고는 발끈한 얼굴로 일어나더니 책장에서 만화책 한 권을 가져왔다.

"숙제할 마음이 없으면 이거라도 읽고 있어."

테이블 위에 만화가 올라왔다.

"어제 산 거라 센다이는 아직 안 읽은 거야."

볼 거면 얼굴 말고 만화를 보라는 뜻인 걸까.

이런 반응을 보이는 미야기는 귀엽다고 생각한다.

하지만 욕정할 만한 요소는 없다.

미야기는 어디에나 있을 법한 평범한 여자아이로, 특별한 점은 없다. 작년에는 그저 같은 반에 지나지 않는 눈에 띄지 않는 수수한 여자아이였고, 지금은 옆 반의 눈에 띄지 않는 수수한 여자아이다. 아니, 좀 더 정확히 말하면 눈에 띄지 않고 수수하지만 보통보다는 조금 특이한 여자아이다. 보통은 다리를 핥으라고 명령하거나 피가 날 정도로 깨물지는 않는다.

다시 생각하니까 정말 너무하네.

그러한 인간을 상대로 욕정한 나는 이성을 제어하는 나사가 2, 3개 떨어져 나간 것이 분명하다.

앞으로 그런 기분이 드는 일은 없을 것이다.

미야기를 만지고 싶다는 생각은 들었지만, 만져도 그렇게 되지는 않을 것이다. 그렇게 믿었다. 나사가 빠져나간 이유는 생각하고 싶지 않았고, 알 필요도 없었다. 애초에 만지고 싶어도 지나치게 멀리 앉아 있다.

"안 읽어?"

미야기가 지우개를 던져왔다.

"다음에 왔을 때 읽을래."

"다음이 언젠데?"

"그건 미야기가 결정할 일이지."

그렇긴 하지만, 하고 미야기가 교과서를 닫았다. 하지만 곧바로 팔랑팔랑 교과서를 넘기며 나직이 말했다.

"……센다이, 오늘 안 올 줄 알았어."

이야기의 흐름을 무시한 말이 허공에 떠올랐다.

갑자기 생긴 공간을 짓뭉개듯, 교과서를 넘기는 소리만이 울렸다가 사라졌다.

"왜 그렇게 생각했어?"

"그런 짓을 했으니까."

"미야기야말로, 더는 나를 안 부를 거라 생각했어."

오늘 미야기가 나를 불렀다.

그것은 분명 의외였다.

신학기가 시작된 후에도 미야기는 연락을 하지 않을 것이다.

그렇게 생각했으니까.

"룰을 어긴 건 아니니까."

계속 넘어가던 교과서가 탁 닫혔다.

잘 생각해보면 그것은 미수로 끝났다. 끝까지 하지 않았으니 섹스는 하지 않는다는 룰은 어기지 않았다는 뜻이었다.

"그럼 옆이 아니라 그쪽에 앉아 있는 이유는?"

오늘 처음 이뤄진 대화를 놓치지 않기 위해 궁금했던 것을 물었다.

"센다이를 믿을 수 없으니까."

단호한 어조로 나온 대답을 듣고, 속으로 그녀의 말을 긍정했다.

내가 믿을 수 없다는 말에 대해서는 부정할 수 없었다. 하지만 미야기도 나를 거부하지 않았다. 그렇게 말하고 싶었지만, 입에 담으면 그녀가 또다시 입을 다물 것 같아서 그 말은 삼켜 두었다.

"숙제하자."

드물게 미야기가 진지한 말을 꺼냈지만, 내 머리는 노트를 채우는 것보다 눈앞의 미야기만을 생각하고 있었다. 미야기를 비추고 싶어 하는 눈이 교과서를 봐주지 않았다.

나는 손가락 위에서 펜을 빙글 돌렸다.

미야기가 나를 시야에서 내쫓듯이 교과서를 펼치고 노트에 펜을 가져갔다. 당연히 눈은 나를 비추지 않았고, 성실하게 교과서와 노트만 보고 있느라 이쪽을 향하지도 않았다.

다시 한번 펜을 돌렸다.

이번에는 손가락 위에서 펜이 떨어지며 달칵, 소리가 났다. 하지만 미야기는 고개를 들지 않았다.

"숙제할 테니까 이쪽으로 와."

옆에 텅 빈 공간을 톡톡 치며 미야기를 불렀다.

"안 가."

고개를 들지 않고 미야기가 대답한다.

"그럼 내가 그쪽으로 갈게."

"안 돼."

"그거, 명령이야?"

그렇게 묻자 미야기가 고개를 들었다.

"명령이야."

힘이 실린 어조에 나는 움직일 수 없었다.

명령이라면 어쩔 수 없다며 순순히 체념하고 교과서를 보았다.

나는 항상 명령이라는 말에 구원받는다. 미야기에게 명령하게 하고 선택지를 들이대는 짓을 몇 번이고 반복하면서, 자신은 명령을 핑계 삼아 힘없이 물러난다. 사실 나는 미야기가 말한 것처럼 패기가 없었다.

그때 두 사람의 관계를 결정적으로 바꿀 용기가 없었던 것처럼, 지금은 미야기의 말을 거역하면서까지 옆으로 갈 용기가 없었다. 아마 미야기 역시 내 옆으로 올 용기는 없을 것이다. 그래서 오늘 우리에게는 거리가 있었다.

"센다이, 여기 모르겠어."

"어디?"

들려온 무뚝뚝한 목소리에 미야기를 보자 열린 교과서를 펜촉이 가리켰다.

"여기."

"이쪽에서는 보기 어려운데."

미야기가 가리키는 부분은 알 수 있었다.

어떤 문제인지도 알겠다.

숫자가 늘어선 교과서를 거꾸로 보는 데는 큰 문제가 없었지만, 옆에 빈 공간을 채울 계기가 될 수는 있었다. 하지만 미야기는 말없이 교과서를 이쪽으로 향했다.

"미야기는 쪼잔해."

아무 원한도 없는 애꿎은 교과서에 낙서를 하며 투정을 부리자 곧바로 그것이 지워졌다.

"쪼잔하다니, 어디가?"

"그런 부분이."

"의미 모를 소리 하지 말고, 알려줘."

"네, 네."

건성으로 대답하고 교과서를 보았다. 노트의 끝에 공식을 쓰면서 풀이법을 설명하자 알 듯 말 듯 한 얼굴을 한 미야기가 종이 위에 숫자를 늘어놓았다.

그날, 그대로 계속 이어졌다면.

요 며칠 동안 몇 번인가 그런 것을 상상했지만, 상상에서 끝내야 한다는 생각이 들었다.

사귄 뒤에만 해야 한다는 청렴결백한 사상을 갖고 있는 것은 아니지만, 끝까지 했다면 이런 식으로 같이 숙제는 하지 않았을 것이다. 그렇게 생각하면 그 이상 하지 않았던 며칠 전의 자신을 칭찬해줘야 했다. 한 번뿐인 몸의 관계보다 이렇게 이 방에서 공부를 하거나 책을 읽는 편이 더 즐거울 것이라며 스스로를 타일렀다.

"맞아?"

대답을 이끌어낸 미야기가 고개를 들었다.

"맞아."

노트에 적힌 글씨를 보고 그렇게 말하자 그녀는 곧바로 시선을 교과서에 떨어뜨렸다.

"그래서, 미야기. 다른 명령은?"

그녀의 마음을 교과서에서 떼어내기 위해 물었지만 대답은 없다. 불편한 얼굴로 입을 다물고 있다.

미야기가 입을 열지 않는 이유는 상상이 가능했다.

섣불리 명령하면 여름 방학 때의 일을 다시 떠올리게 된다. 책을 읽으라든가, 숙제하라는 식의 시시한 명령은 어느샌가부터 거의 하지 않게 되었고, 그렇다고 평소와 같은 명령을 하면 여름 방학 때 일의 다음 단계를 요구하는 것처럼 들린다. 하지만 이쪽으로 오지 말라는 정도의 명령만 하고 그 외에 아무런 명령도 하지 않으면 오천 엔이 갈 곳이 사라지고 만다.

오천 엔은 더 이상 필요 없다.

그렇게 말할 수도 있지만, 필요 없다고 말해버리면 여기에 올 이유가 사라지기 때문에 말하고 싶지 않았다.

시선 끝, 미야기가 할 말을 고르듯이 교과서를 넘겼지만, 그런 곳에 답이 쓰여있을 리가 없다. 그녀가 시선을 떨

군 채 나지막하게 입을 열었다.

"숙제 끝나고 가."

"그런 걸 명령으로 해도 괜찮아?"

"괜찮아."

그렇게 말한 미야기는 어딜 어떻게 봐도 「괜찮은」 얼굴이
아니었다. 오랜 시간 함께해 왔기 때문에 알 수 있었다. 미
야기는 무언가 말해야 하는 상황을 두고 그럴듯한 말을 던
진 것뿐이다.

"다른 명령으로 해."

"왜 센다이가 나한테 명령하는데?"

"숙제 같은 건 금방 끝나니까."

숙제는 양이 많지 않다. 한 시간이면 끝나고, 평소에 이
집에서 돌아가는 시간을 생각하면 꽤 이르다.

"명령, 아까 그걸로 괜찮아?"

미야기가 다른 명령해올 거라 예상했지만, 일단 물어보
았다.

"……머리, 해줘."

속삭이듯 미야기가 말했다.

"머리?"

"전에 머리 해준다고 했잖아."

전, ―전에 내가 했던 말.

미야기의 말을 듣고 기억을 더듬어보자 금세 원하던 답

을 찾을 수 있었다. 5월에 키스를 하고 나서 처음 만난 날, 우미나를 위해 산 잡지를 보면서 그런 말을 했었다.

"어떤 식으로 해주면 좋겠어?"

미야기에게 무슨 말을 했는지는 기억해도 그 잡지에 실려 있던 여자아이의 관한 것은 얼굴도 머리도 기억에 없었다. 우미나와의 대화를 맞추기 위해 사는 잡지에 오래 기억할 정도의 관심이 없어서 그런 것일 수도 있다.

"이상한 짓만 안 하면 뭐든 좋아."

"그게 뭐야."

"어쨌든 보기 좋게 해줘."

엉성한 리퀘스트가 날아들었지만, 본인은 움직이지 않았다.

맞은편에 앉은 채로 나를 보고 있다.

"미야기, 이리 와."

초능력자도 아니고 팔이 늘어나는 것도 아니니 미야기가 움직이지 않으면 머리를 만질 수 없었다. 그런 것은 그녀도 알고 있을 텐데, 일어설 기미가 보이지 않았다.

"이대로 머리를 만질 수 있을 것 같아?"

내가 미야기 쪽으로 가도 되지만, 내키지 않는 얼굴을 할 것이 분명하다.

"미야기."

다시 한번 부르자, 그녀는 마지못한 얼굴로 일어나 내

옆에 오더니 조금 떨어진 위치에 앉았다.

그렇게 경계하지 않아도, 아무것도 하지 않을 건데.

마음속으로 중얼거리고는 가방 속에서 브러시를 꺼냈다.

"등, 이쪽으로 돌려."

조금 다가가 미야기의 어깨를 두드리자 흠칫 몸이 흔들렸다. 그래도 순순히 등을 돌려준 덕분에 어깨보다 더 긴 머리를 만질 수 있었다. 이번에는 몸이 흔들리는 일은 없었지만 등에서 긴장이 전해졌다.

쉽지 않다.

신용하지 못한다는 말처럼, 미야기 주변의 공기가 팽팽하니 나까지 긴장감이 들었다.

"머릿결, 좋네."

굳은 공기가 조금이라도 누그러지길 바라며 진부한 칭찬의 말을 뱉었다. 하지만 그것은 사실이었고, 검은 머리는 결이 좋아 부드럽게 손을 빠져나갔다.

하지만 미야기는 대답하지 않았다.

어쩔 수 없이 나도 말없이 머리를 만졌다.

잡지에 실려 있던 여자아이의 헤어스타일은 기억나지 않았고, 미야기의 요청은 애매하고 분명하지 않았다. 나는 기억에 의지하는 것도, 리퀘스트에 응하는 것도 포기하고 미야기의 머리를 잡아 그것을 땋았다.

"땋으려고?"

등을 꼿꼿이 세운 미야기가 얼굴을 반쯤 내 쪽으로 돌렸다.

"응. 다른 스타일이 좋아?"

귀여운 머리 스타일은 여러 가지로 많다.

스마트폰 안에 있는 사진을 보며 미야기에게 어울릴 만한 헤어스타일을 찾아도 좋다. 하지만 나는 미야기의 머리를 계속 땋았다.

"아무거나 좋지만…… 전에 봤던 잡지에선 다른 스타일이었잖아."

뭐든 좋다고 말한 것치고는, 뭐든 좋지 않다는 듯이 미야기가 그렇게 말했다.

"예쁘게 해 줄게."

잡지에 실린 여자아이가 기억나지 않는다는 이야기는 하고 싶지 않았다.

땋은 머리라면 미야기의 머리를 오래 만질 수 있을 것 같았으니까.

그런 생각을 하고 있다는 것은 더더욱 말하고 싶지 않았다.

"안 예뻐도 돼."

미야기가 앞을 본 채 대답했다. 그리고 「저기」라며 말을 이었다.

"왜?"

"앞으로도 센다이를 부르고, 명령할 거야."

"응."

"그럼 졸업식 전까지, 내가 부르면 지금까지처럼 여기로 와."

비로소 명령의 기한이 명확하게 그어졌다.

나도 이 방에서 지낼 수 있는 것은 졸업식 전까지라고 생각했다. 줄곧 그 정도가 딱 좋다고 생각했지만, 남은 시간을 소리 내어 말해보았다.

"앞으로 반년 정도라는 뜻?"

"맞아. 그때까지 센다이 방과 후 일부는 내 거야."

미야기가 당당하게 주장하자 팽팽하던 공기가 조금 누그러졌고, 등에 한가득 붙어 있던 긴장이라는 글자가 3분의 1가량 지워졌다.

나는 땋았던 머리를 풀고 다시 땋기 시작했다.

미야기는 불평하지 않고 앉아 있었다.

결 좋은 머리는 역시 감촉이 좋았다.

미야기의 침대에서 나는 향기와 똑같은 냄새가 코를 간지럽혔다. 내 것과도 우미나 마리코 것과도 다른 샴푸의 향기에 이끌리듯 조금만 더 미야기에게 다가갔다.

"반년이라…… 짧네."

중얼거리듯 그런 말을 내뱉었다.

손가락 끝은 계속 머리를 땋고 있다.

"그렇지."

미야기가 감정 없는 목소리로 말했다.

■ 작가 후기

「일주일에 한 번 클래스메이트를 사는 이야기」 2권을 읽어주셔서 감사합니다.

이 작품은 웹 연재 소설에 가필 수정, 새로 쓴 이야기를 더해 서적화한 것입니다.

「2권」라는 단어 이외는 1권과 같은 문장으로 시작했습니다만……. 2권입니다, 2권! 소리 내어 말하고 싶은 단어입니다. 많은 분들이 1권을 구매해주신 덕분에 2권이 발매될 수 있었습니다. 가슴이 벅차네요. 정말로 기쁩니다.

이번에도 U35 선생님께서 귀여운 미야기와 센다이를 그려주셨습니다. 그리고 띠지의 글을 미카미 테렌 선생님이 적어주셨습니다.

자, 이어지는 것은 막간과 번외편 이야기입니다. 1권과 똑같이 적었습니다(스포일러가 적혀 있으니, 아직 읽지 않으셨다면 이 뒤는 나중에 읽어주세요).

번외편 「센다이의 방과 후가 오천 엔 지폐가 되기까지」는 「미야기가 환전하는 이야기는 어떨까」라는 담당 편집자님의 제안으로 생겨난 것입니다. 그 미팅 중에 「환전하는 미야기라니, 귀엽네요」라는 이야기가 나와서 저도 그런 마음으로 적었더니, 이러한 미야기가 되었습니다. 미야기, 귀여웠나요? 막간인 「비 오는 날의 미야기가 나에게 한 일」은 내용을 조금 더 보충하고 싶었던 제3화 「이런 센다이는 모른다」의 센다이 시점입니다. 비 오는 날 센다이가 어떤 생각을 하고 있었는지를 알 수 있는 이야기이니 미야기 시점과 비교하며 읽어보시면 좋겠습니다.

새로 쓴 것 외에도 가필하거나 수정하면서 여러모로 바빴지만, 그런 날들 속에서 무척 기쁜 소식이 있었습니다. 무엇인가 하면—.

1권 증쇄! 소리 내 말하고 싶은 단어 2탄입니다.

여러분이 응원해주신 덕분에 1권이 증쇄되었습니다. 정말로 감사합니다. 견본지를 받고 판권장을 봤을 때 상당히 감동했습니다. 증쇄한다는 소식을 담당 편집자님이 전화로 알려주셨는데, 갑작스런 전화에 스마트폰에 표시된 담당 편집자님 이름을 보고 무슨 일이 생겼나 남몰래 놀랐다는 것은 비밀입니다.

감동이라고 하니까, 1권 발매 후 서점에 갔을 때도 감동했습니다.

늘 다니던 서점에 책이 있다! 아니, 서점에 책이 있는 것은 당연한 일이지만, 제가 쓴 책이 놓여 있는 것에 감동했습니다. 아마 굉장히 수상한 사람처럼 보이지 않았을까요.

여기까지 쓰니 적당한 페이지수가 완성된 것 같습니다.
마지막으로 2권을 읽어주신 여러분, 웹에서 응원해주신 여러분, U35 선생님, 미카미 테렌 선생님, 담당 편집자님, 다양한 형태로 해당 작품에 참여해주신 여러분. 많은 분들께 진심으로 감사드립니다. 그리고 친구 N에게도 감사를. 이번에도 많은 도움을 받았습니다.

그럼, 또 3권 후기에서 만날 수 있다면 좋겠습니다!

하네다 우사

번외편
센다이의 방과 후가 오천 엔 지폐가 되기까지

오후 수업이 없는 것은 기쁘다.

하지만 오전에 기념행사가 있다는 것에 불만을 가진 학생들도 있었고, 지금 내 책상을 잡고 있는 아미도 그 중 한 명이었다. 할 일은 오전에 끝나고 이제 집에 가는 일만 남았는데도, 그녀는 일어선 채 열변을 토하고 있었다.

"개교기념일인데 학교에 와야 한다니, 사기 아니야? 내년부터는 쉬어야 한다고 생각해."

책상을 덜컹덜컹 흔들면서 「그렇게 생각하지?」라며 동의를 요구당한 나는 흥분한 아미에게 그녀가 잊어가는 사실을 알렸다.

"내년부터 쉰다고 해도, 우리는 졸업하니까 의미 없잖아."

"아, 그렇구나."

아미의 맥 빠진 목소리에 마이카가 한탄하는 목소리가 이어졌다.

"공휴일 없는 6월에 휴일이 있다면 좋겠지만, 졸업한 후에 방학이 생겨도 하나도 안 기뻐."

한가롭게 자리에 앉아 있던 나를 데리러 온 친구 두 사람은 각자 개교기념일에 대한 생각의 온도가 다른 듯했다.
아미만큼 휴일에 집착하지 않는 마이카가 주제를 바꾸듯
짝 손뼉을 치며 우리를 보았다.

"이제부터 가고 싶은 곳이 있는데, 다들 계획 있어?"

"딱히 없는데."

마이카에게 시선을 주며 대답하자 아미가 생긋 웃으며
「나도 없어」라고 말을 받았다.

"그럼 같이 선크림 사러 가줘."

"가자, 가자. 서점도 들러도 돼? 참고서 사고 싶어."

쓸데없이 기운 넘치는 아미의 목소리에 관심 있는 만화
가 있다는 것이 떠올랐다. 마이카가 하복 필수 아이템이라
고 입이 닳도록 말하는 선크림은 그렇다 치고, 만화는 꽤
재미있을 것 같았기에 살 수 있다면 사고 싶었다.

돈은 있고—

거기까지 생각했다가 얼마 남지 않았다는 사실을 깨달
았다.

"미안, 볼일 있는 거 생각났어. 함께 가."

"에이, 시오리도 가자. 지금까지 잊고 있었던 볼일은 놔
두고."

아미의 큰 목소리가 울려 퍼졌고, 마이카의 목소리가 이
어졌다.

"볼일이라니, 어디 가?"

"어디 간다기보단 아빠랑 만날 약속을 했다는 걸 잊고 있었어."

"어, 아저씨 오늘 쉬시는 날이야?"

마이카가 놀란 얼굴로 말했다.

"아, 쉬는 날은 아니야. 일 때문에 이 근처에 오는데 겸사겸사 뭔가 주고 싶은 게 있다고 해서."

나는 아빠와 약속을 하지도 않았고, 아빠에게는 그럴 시간도 없었다. 이것은 단지 구실이었고, 진짜 볼일— 은행에 간다는 이야기는 하고 싶지 않을 뿐이다.

센다이에게 줄 오천 엔이 얼마 남지 않았다. 그녀의 방과 후에는 천 엔 5장도, 만 엔과 거스름돈도 아닌 오천 엔 딱 한 장으로 사기로 정했기 때문에 환전이라는 행위가 필요했다.

솔직히 말하면 환전은 귀찮은 행위라고 생각한다.

안 해도 된다면 하고 싶지 않았다.

하지만 오천 엔은 지갑 안에 들어 있을 법하면서 들어 있지 않았다. 나에게는 정기적으로 얻어야 하는 지폐다.

"그렇구나. 그렇다면 어쩔 수 없지."

마이카가 아쉬운 듯 말했고, 아미가 「시오리 아빠, 한번 뵙고 싶다」라는 말을 이었다. 그 말은 그다지 달가운 것이 아니었기에 나는 부드럽게 아미의 말을 거절했다.

"딱히 얼굴 볼 사이도 아닌데, 뭘."

아빠와의 만남은 구실이지만, 그런 구실이 없다 해도 굳이 남에게 소개할 사이는 아니다.

"그럼 내 세뱃돈 저금에서 시오리 아빠 견학료를 낼게."

"그게 뭐야. 아미, 시오리네 아저씨를 보는데 얼마를 내려고?"

"천 엔 정도?"

"뭔가 미묘한 금액 설정이네."

마이카가 그렇게 말하자 아미가 의외라는 얼굴로 입을 열었다.

"천 엔이 있으면 책을 한 권 살 수 있는데? 난 천 엔을 받는다면 아빠 한두 명은 보여줄 수 있고 뭐든 할 수 있어."

아미가 딱 잘라 단언했다. 나는 그런 그녀에게 의문이 생겨 물었다.

"정말로 천 엔을 받을 수 있으면 뭐든지 다 할 거야?"

"……내용에 따라 다르지."

갑자기 톤 다운된 아미의 모습에 마이카가 웃음을 터뜨리며 「그러면 뭐든지가 아니지」라는, 당연하다고도 할 수 있는 지적을 날렸다.

뭐, 그렇겠지.

아미는 솔직하다. 고등학생에게 있어서 천 엔은 그 정도의 금액이지만, 천 엔 정도로 사람은 무슨 말이든 다 듣지는 않는다. 할 수 있는 것과 할 수 없는 것이 있는 것은 당연하다고 생각한다.

하지만 그것이 천 엔이 아니라면. 예를 들어—.

"있지, 아미. 내가 오천 엔을 준다고 하면 뭐든지 할 수 있어?"

그렇게 물으며 아미를 보았다.

천 엔보다 무겁고 만 엔보다 가볍다.

그런 금액이라면 어떻게 할까?

"글쎄에~."

아미가 짐짓 심각한 얼굴로 말하며 헛기침을 했다. 그리고 두 팔 벌려 단언한다.

"시오리는 신이 되겠지."

예상과는 전혀 다른 대답에 맥이 빠졌다. 그리고 똑같이 맥이 빠진 것 같은 마이카가 어이없다는 듯 말했다.

"아미의 신, 너무 싼 거 아냐? 그보다 질문에 대한 답도 아니고."

"뭐, 어때. 애초에 오천 엔은 너무 어중간하지 않아? 뭐든지 다 해주길 바란다면 만 엔 정도는 내야지. 가정이라고 해도."

"그럼 십만 엔은 어때?"

아미와 마이카에 의해 금액이 점점 더 커졌다. 내가 한 질문은 살에 살이 붙어 엉뚱한 방향으로 향했고, 정신을 차려보니 두 사람은 자신이 원하는 것에 대한 이야기를 하고 있었다. 하지만 내 머리에서는 여전히 오천 엔이 떠나질 않았다.

가정에서도 어중간하다는 말을 들은 오천 엔은, 지폐로서도 어중간하고 존재감이 희박하다. 오천 엔은 나에게 너무 과한 용돈을 주는 아빠조차 두는 일이 거의 없는 돈으로, 우연한 경우를 빼고는 내 지갑에 들어 있던 적이 없었다.

그래서 센다이와 서점에서 만난 날 지갑에 오천 엔짜리 지폐가 들어 있던 것은 우연이었다.

그날 어떤 이유에서인지 오천 엔짜리 지폐가 있었기 때문에 센다이 대신 돈을 지불했다.

하지만 우연은 오래가지 않는다.

센다이에게 오천 엔을 건네준 뒤로 내가 가지고 있던 몇 장의 오천 엔은 소비되어 금방 다 사라졌다. 그리고 나는 쇼핑의 거스름돈으로 모은다는 행위 이외에 만 엔이나 천 엔을 오천 엔으로 만드는 방법을 따로 알아보게 되면서 환전기의 존재를 알게 되었다. 게다가 그것이 의외로 불편한 것이, 점심시간에 은행까지 가거나 오늘처럼 학교가 일찍 끝날 때가 아니면 사용할 수 없다는 점도 알게 되었다.

센다이는 나에게 몰라도 될 지식을 주고, 나를 귀찮게 했다.

우연히 내게 들어온 오천 엔짜리 지폐를 봉투에 넣어서 모아둔 만큼만 그녀를 부르면 그만일지도 모르지만, 또 그렇게는 되지 않았다.

"슬슬 가야겠다."

나는 가방을 들고 일어섰다.

"도중까지 같이 가자."

마이카가 그렇게 말하고 셋이서 학교를 나갔다. 5분쯤 걸어 두 사람과 헤어진 나는 그대로 은행에 갔다.

ATM기에서 돈을 찾은 뒤 꽤 사람이 있는 환전기 앞에 줄을 섰다. 잠시 후 내 차례가 다가왔고, 환전기에 넣은 돈이 오천 엔짜리가 되어 내게 찾아와 지갑에 다시 담았다.

처음에는 당황했던 조작에도 이젠 익숙해졌다.

별다른 감흥 없이 은행에 오갈 수 있었다.

하지만 가끔 생각한다.

서점에서 낸 돈이 오천 엔이 아니라 천 엔과 동전이었다면.

센다이도 아미가 오늘 대답했듯이 내용에 따라서는 나의 명령을 따르지 않았을 것이다. 우리 집에 올 일조차 없었을지도 모른다. 만 엔짜리였다면 센다이는 우리 집에 오지 않고 학교에서 강제로 돈을 돌려주었을 것이라 생각한다.

그랬다면 오천 엔을 봉투에 모으지도, 환전을 하지도 않았겠지.

나는 은행을 나와 센다이에게 여느 때와 같은 메시지를 보냈다.

답장은 기다리지 않고 집으로 향했다.

서점에는 들르지 않았다.

보도 타일 중에서도 색깔이 짙은 부분을 골라 걸었다.

가방 안에서 스마트폰이 벨소리를 냈다. 꺼내서 화면을 보자 센다이에게서 메시지가 와 있었고, 환전한 지 얼마 안 된 오천 엔이 곧 필요해질 것임을 알아차렸다.

오늘 나는 어떤 명령을 하면 좋을까.

5월에 센다이와 키스를 하고, 6월에 그녀의 귀를 깨물고.

그 후로는 어떤 명령해야 할지 모른 채 그녀를 불렀고, 6월이 계속되고 있다. 알고 있는 것이라고 하면, 나와 센다이에게는 오천 엔이 필요하다는 것이다.

나는 센다이의 신은 아니지만, 그녀는 오천 엔을 주면 내 말을 듣는다.

오천 엔은 천 엔 다섯 장이 모인 것으로, 만 엔의 절반 가치다.

그 이상이 될 일도 없고 그 이하가 되지도 않지만, 센다이의 방과 후를 사기에는 딱 좋았다. 다만 그 오천 엔은 「오천 엔 지폐」여야 했다.

나는 걷는 속도를 높였다.

어떤 명령을 하든 센다이가 오기 전에 집에 도착해 있어야 했다.

내가 집에 도착한 지 15분 정도 지나자 인터폰이 울렸다.

모니터로 센나이의 모습을 확인한 후 입구의 잠금을 해제

했다. 곧 그녀가 현관 앞까지 찾아왔고 나는 문을 열었다.

"오늘은 빨리 왔네."

어쩐지 쓸데없는 말이 입에서 나왔다.

"그렇게 빠르진 않은 것 같은데."

센다이도 대수롭지 않게 말하며 신발을 벗었다. 나는 그녀를 기다리지 않고 방으로 돌아갔다. 곧바로 센다이도 찾아와 침대 근처에 가방을 놓더니 블라우스 위에서 두 번째 단추를 풀었다.

"받아."

나는 테이블 위에 방금 환전한 오천 엔짜리 지폐를 내밀었다.

"고마워."

센다이가 그것을 지갑에 넣어버렸다.

아무것도 아닌 것처럼.

무의미한 반복인 것처럼.

오천 엔을 주고받는 것은 오늘 약속의 시작이고, 우리의 모든 것의 시작이기도 하지만, 단지 그뿐인 의미였다. 그렇게 생각하면서도, 지갑 속으로 사라진 오천 엔의 향방이 아주 조금 궁금했다.

일주일에 한 번 클래스메이트를 사는 이야기 2

초판 1쇄 발행 2024년 10월 10일

지은이_ Usa Haneda
일러스트_ U35
옮긴이_ 이소정

발행인_ 최원영
본부장_ 장혜경
편집장_ 김승신
편집진행_ 권세라 · 최혁수 · 김경민 · 최정민
커버디자인_ 양우연
국제업무_ 박진해 · 조은지 · 남궁명일
관리 · 영업_ 김민원 · 조은걸

펴낸곳_ (주)디앤씨미디어
등록_ 2002년 4월 25일 제20-260호
주소_ 서울시 구로구 디지털로 32길 30, 코오롱디지털타워빌란트 1301-1308호
전화_ 02-333-2513(대표)
팩시밀리_ 02-333-2514
이메일_ lnovellove@naver.com
L노벨 공식 카페_ http://cafe.naver.com/lnovel11

SHU NI ICHIDO CLASSMATE O KAU HANASHI Vol.2
~ FUTARI NO JIKAN, IIWAKE NO GOSENEN ~
©Usa Haneda, U35 2023
First published in Japan in 2023 by KADOKAWA CORPORATION, Tokyo.
Korean translation rights arranged with KADOKAWA CORPORATION, Tokyo.

ISBN 979-11-278-7798-9 04830
ISBN 979-11-278-7540-4 (세트)

값 8,500원